THOMAS ERLE
Höllsteig

SCHATTEN DER VERGANGENHEIT Als Jürgen Wanka, ein ehemaliger RAF-Aktivist, aus der Haft entlassen wird und nach Jahren in seine südbadische Heimat zurückkehrt, nimmt Lothar Kaltenbach wie die meisten anderen zunächst nur wenig davon Notiz. Der Weinhändler und Musiker aus Emmendingen will seine Freundin zum Geburtstag mit einer romantischen Parisreise überraschen.

Schon kurz darauf überschlagen sich jedoch für Kaltenbach die Ereignisse. In einem Weinberg seines Onkels am Kaiserstuhl finden Kinder beim Spielen einen Toten, den niemand kennt. Kurz darauf verschwindet Walter Mack, Kaltenbachs Freund, spurlos. Als er wieder auftaucht, wird ein zweiter Toter in einem alten Westwallbunker am Rhein gefunden.

Erste Spuren führen zurück in die Siebzigerjahre, als die Proteste gegen das geplante AKW in Wyhl die Region aufrüttelten. Doch Kaltenbach stößt bei seinen Ermittlungen immer wieder auf Schweigen. Am Höllsteig im Schwarzwald kommt es zum schicksalhaften Aufeinandertreffen aller Beteiligten.

Thomas Erle verbrachte Kindheit und Jugend in Nordbaden. Nach dem Studium in Heidelberg zog es ihn auf der Suche nach Menschen und Erlebnissen rund um die Welt. Es folgten 30 Jahre Tätigkeit als Lehrer, in den letzten Jahren als Inklusionspädagoge. Parallel dazu vielfältiges künstlerisches Schaffen als Musiker und Schriftsteller. Seit 20 Jahren lebt und arbeitet er in der Region.

Seit Ende der 90er Jahre verfasste er zahlreiche Kurzgeschichten, von denen die erste 2000 veröffentlicht wurde. 2008 erschien zum ersten Mal ein Kurzkrimi. 2010 gehörte er zu den Preisträgern beim Freiburger Krimipreis, 2011 folgte die Nominierung zum Agatha-Christie-Krimipreis. »Teufelskanzel«, der erste Roman um den sympathischen Weinhändler Lothar Kaltenbach, erschien 2013 und wurde auf Anhieb ein Erfolg.

Bisherige Veröffentlichungen im Gmeiner-Verlag:
Freiburg und die Regio für Kenner (2015)
Blutkapelle (2014)
Teufelskanzel (2013)

THOMAS ERLE
Höllsteig
Kaltenbachs dritter Fall

*Personen und Handlung sind frei erfunden.
Ähnlichkeiten mit lebenden oder toten Personen
sind rein zufällig und nicht beabsichtigt.*

Besuchen Sie uns im Internet:
www.gmeiner-verlag.de

© 2015 – Gmeiner-Verlag GmbH
Im Ehnried 5, 88605 Meßkirch
Telefon 0 75 75 / 20 95 - 0
info@gmeiner-verlag.de
Alle Rechte vorbehalten
1. Auflage 2015

Lektorat: Claudia Senghaas, Kirchardt
Herstellung: Mirjam Hecht
Umschlaggestaltung: U.O.R.G. Lutz Eberle, Stuttgart
unter Verwendung eines Fotos von: © Thomas Erle
Druck: GGP Media GmbH, Pößneck
Printed in Germany
ISBN 978-3-8392-1748-1

»Nai hämmer gsait!«
Verfasser unbekannt
Aus dem Widerstand gegen das AKW Wyhl.

»Man ist nie geneigter, Unrecht zu tun,
als wenn man Unrecht hat.«
Johann Peter Hebel (1760–1826),
alemannischer Dichter und Schriftsteller
Quelle: »Der Vater und der Sohn«, 1811

»Die Tafelrunde ist entehrt, wenn ihr ein Falscher angehört.«
Wolfram von Eschenbach (um 1160/80–ca. 1220),
mittelhochdeutscher Dichter und Epiker
Quelle: »Parsifal«

»Die Blaue Stunde des Tages –
kein Nachsinnen, das Herz weit offen …«
Lothar Kaltenbach (*1966)
Quelle: »Reise um den Tag in 80 Welten«

PROLOG

Der Wind frischte auf. Für einen Moment riss die Wolkendecke auseinander. Tief drang das Mondlicht durch das Gewirr der Äste und Zweige. Im silbrigen Geflacker der schwarzen Äste tanzten kleine Leuchtpunkte.

Eine lang gestreckte Reihe kaum erkennbarer Gestalten folgte dem zitternden Flackern einer Fackel. Das kühle Gluckern des Baches an ihrer Seite mischte sich mit dem dumpfen Klang der Schritte. Langsam aber zielstrebig stapften die Männer durch das Dunkel der Schlucht vorwärts.

Am Eingang eines kleinen Talkessels hob der Vorderste den Arm mit der Fackel.

»Wir sind da. Macht euch bereit.«

Die Wolken hatten sich wieder vor den Mond geschoben. Silbrigen Fäden gleich hingen ihre Ränder in der dumpfen Schwärze.

Aus der Reihe wurde einer der Männer nach vorn gestoßen. Die Übrigen entzündeten ihre Fackeln am Feuer des Anführers. Dann bildeten sie einen großen Kreis.

»J'accuse!«

Die Stimme des Anführers schnitt durch die dumpfe Luft. Erschrocken fuhr ein nachtschwarzer Vogel aus einem Gebüsch auf und flatterte davon. Die Männer hefteten ihre Blicke auf den, dem die Anklage galt.

»Verrat an der Gemeinschaft!«

Der Mann in der Mitte antwortete nicht. Seine Augen waren geschlossen, sein Kopf war gesenkt. Die Arme hingen kraftlos an der Seite herab.

»J'accuse! Verrat an den Geheimnissen!«

Die Worte schlangen sich wie Peitschenhiebe um den Angeklagten. Immer noch zeigte er keine Reaktion. Der Anführer erhob erneut seine Stimme.

»J'accuse! Sabotage an unseren Aktionen!«

Jetzt hob der Mann in der Mitte den Blick. Sein Mund öffnete sich leicht, doch er brachte kein Wort hervor. Sein Atem ging stoßweise.

»J'accuse!«

Die Worte erhoben sich unter den Umstehenden, wurden aufgenommen, setzten sich fort, vereinten sich zu einer einzigen großen Anklage.

Der Anführer reichte seine Fackel dem Nebenstehenden und hob die Hand. Sofort trat Ruhe ein. Außer dem Knistern der Flammen war nichts zu hören. Auf einen Wink trat einer der Umstehenden vor, löste dem Mann in der Mitte die Fesseln und trat in den Kreis zurück. Jetzt zog der Sprecher aus seinem Gürtel einen armlangen Stab und hielt ihn mit beiden Händen in die Höhe.

»J'accuse!«

Im nächsten Augenblick zog der Mann den Stab mit einem kräftigen Ruck nach unten und brach ihn über seinem Knie in zwei Teile. Mit einer verächtlichen Geste warf er die beiden Holzstücke vor dem Knieenden auf den Boden. Dann nahm er seine Fackel zurück und wandte sich dem Pfad zu, der aus der Lichtung herausführte. Die übrigen Männer folgten ihm schweigend. Keiner sah sich um.

Als die Schritte sich langsam entfernten, sank der Mann auf den Boden ins Gras und begann leise zu schluchzen.

KAPITEL 1

Lothar Kaltenbach schob sich durch das Gedränge der hungrigen Büroangestellten, Verkäuferinnen und Studenten. Die nichts ahnenden Touristen in der Freiburger Markthalle wurden innerhalb weniger Minuten von den Beschäftigten der Innenstadt überrollt. Alle schienen gleichzeitig Mittagspause zu haben.

Kaltenbach wusste, was ihn erwartete. Doch heute war ihm das egal. Nach dem erfolgreichen Besuch des Reisebüros hinter dem Stadttheater in der Bertoldstraße musste er dem Fernweh mit einem entsprechenden Essen entgegenkommen.

Vorsichtig balancierte er den Teller vom Afghanen mit einer Kreation aus Auberginen, Lammfleisch und Rosinen zu einem der kleinen Stehtische an der Wand. Zwei auf ihren Smartphones herumtippende Krawattenträger rückten wortlos zur Seite. Der Lärmpegel aus Stimmen, Lachen und Geschirrklappern störte Kaltenbach heute nicht. Während er die erste Kartoffel in der sämigen dunklen Sauce zerdrückte, dachte er an den Umschlag, der in seiner Jackentasche steckte. Das überall beworbene Billigpreisticket für den TGV, das französische Pendant zum Intercity, war es zwar nicht, aber er hatte trotzdem Glück gehabt. Gerade heute Morgen waren zwei Vorbestellungen storniert worden, die der freundliche Herr bei »Gleisnost« direkt an ihn weitergab.

Drei Tage Paris zu zweit! Ein kleines Hotel am Rande des Künstlerviertels nicht weit entfernt vom Louvre. Luise würde Augen zu ihrem Geburtstagsgeschenk machen. Und es würde die Krönung eines unvergesslichen Sommers werden.

Das Pilaw war mit frischem Koriander und Zitronensaft verfeinert und schmeckte ausgezeichnet. Kaltenbach überlegte eben, ob er den Kaffee hier oder doch besser in einer ruhigeren Umgebung trinken sollte, als das Handy in seiner Hosentasche vibrierte. Er erkannte die Nummer sofort, doch der Empfang in dem alten Gebäude in der Innenstadt war so schlecht, dass er nur bruchstückhaft verstand, was die Frau am anderen Ende sagte.

»Ich rufe zurück.« Er drückte das Gespräch weg und gab rasch sein Tablett mit dem Teller zurück. Dann eilte er vor die Tür und wählte. Cousine Martina vom Kaiserstuhl war keine Freundin großer Worte. Wenn sie anrief, musste es etwas Wichtiges sein.

»Es ist etwas passiert«, sagte sie knapp. Kaltenbach erschrak. Onkel Josef? Das Herz des alten Herrn war in letzter Zeit etwas aus dem Tritt geraten. Trotzdem wollte der weit über 70-jährige Winzer von Schonung nichts wissen, da konnten die Familie und der Arzt sagen, was sie wollten.

»Ist etwas mit Onkel Josef? Hat er …?«

»Er ist außer sich. Überall rennen Leute rum, sogar im Hof. Und natürlich in den Reben. Ausgerechnet jetzt, wo wir doch diese Woche mit Herbsten anfangen wollen.«

»Was für Leute?«

»Alle Möglichen. Neugierige halt. Reporter. Rotkreuzler, der Arzt. Und die Polizei natürlich.«

»Polizei?«

»Sie haben einen Toten gefunden. Oben in den Höhlen. Sieht so aus, als sei er umgebracht worden.«

Kaltenbach wusste, was mit den Höhlen gemeint war. Ein paar in die Lösswände gegrabene Löcher unterhalb der

Bäume am Waldrand. Die Kaiserstühler Kaltenbachs hatten seit jeher dort oben ihre besten Reblagen.

»Es wäre gut, wenn du rüberkommst«, sagte Martina knapp. Kaltenbach spürte, dass sie keine Lust auf Erklärungen hatte. Er sah auf die Uhr. »Um halb zwei bin ich da.«

Josef Kaltenbachs Premium-Weinberg lag auf der Höhe zwischen Bickensohl und Achkarren, zwei typischen Weindörfern im Herzen des Kaiserstuhls. Hier oben konnten die Reben noch bis kurz vor Sonnenuntergang die letzten Strahlen aus dem Elsass herüber einfangen und bis zuletzt in den Burgundertrauben die Süße des Herbstes reifen lassen. Die Spätlese, die Kaltenbachs Onkel daraus kelterte, war zurecht sein ganzer Stolz. Regelmäßig heimste er dafür Medaillen bei der Weinprämierung ein. Höchstpersönlich kümmerte er sich darum, so oft es ging.

»Das ist Familiensache. So war es schon immer, und so soll es bleiben.«

Auch Kaltenbach hatte schon einige Male beim Schneiden, Binden und Herbsten geholfen, halb freiwillig, halb aus Pflichtbewusstsein. Hatte ihm doch Onkel Josef vor Jahren die Gründung von »Kaltenbachs Weinkeller« in Emmendingen mit einer nicht unerheblichen Summe unterstützt.

Martina hatte nicht übertrieben. Als Kaltenbach die Straße zur Dorfmitte einbog, standen überall Gruppen von Menschen beisammen und unterhielten sich gestenreich. Andere liefen scheinbar ziellos hin und her und hielten ihre Smartphones im Dauerbetrieb.

Vor der einzigen Zufahrtsstraße hoch in die Weinberge stand ein blau-weißer Einsatzwagen. Zwei Polizisten hatten den Weg abgesperrt und ließen kein Fahrzeug durch.

Von hier bis zu den Höhlen war es ein gutes Stück zu laufen. Doch Kaltenbach musste nur kurz überlegen. Er war oft genug hier gewesen, um sich von einer Polizeisperre nicht aufhalten zu lassen. Er wusste eine bessere Lösung.

Er wendete seine Vespa und fuhr zurück zum Ortsrand. Gegenüber der Winzergenossenschaft führte in spitzem Winkel eine schmale Straße steil nach oben. Er ignorierte das Verbotsschild und brauste kurz darauf auf einem der vielen asphaltierten Wirtschaftswege durch die Rebzeilen.

Ein paar Kurven später war Kaltenbach am Ziel. Hinter einer Rebhütte stieg er ab und bockte den Roller auf. Von hier aus konnte er etwa 200 Meter vor sich die kahle Lehmwand mit den Höhlen unter dem Waldrand sehen. Direkt davor lag Onkel Josefs Weinberg.

Martina hatte nicht übertrieben. Das halbe Dorf schien auf den Beinen zu sein. Viele von ihnen liefen kreuz und quer durch die Reben, alle versuchten, irgendwie einen Blick auf das Geschehen zu erhaschen. Vor einen der Höhleneingänge hatte die Polizei weiträumig ein rot-weißes Absperrband gezogen. Ein paar wenige Polizisten waren sichtlich damit überfordert, die Leute davon abzuhalten, die Arbeit der Ermittler zu stören.

Inmitten des Durcheinanders konnte Kaltenbach ein paar bekannte Gesichter seiner Kaiserstühler Verwandtschaft erkennen. Allen voran der alte Weinbauer, der schimpfend und fluchend herumrannte. Zusammen mit Martina und ein paar Schwagern und Cousins versuchte er, mit Drohungen, Überreden und körperlichem Einsatz den Schaden in Grenzen zu halten.

Beim Näherkommen sah Kaltenbach ein paar weitere Leute aus dem Dorf, darunter der Ortsvorsteher und die komplette Feuerwehrabteilung. Aber auch Georg Grafmüller, der Redakteur aus Emmendingen, war mit seiner Kamera unterwegs, an seiner Seite Sabine Fritz, seine Kollegin von der Kaiserstühler Redaktion der »Badischen Zeitung«.

Am Ende des Weges kurz vor der Absperrung erkannte Kaltenbach Walter Mack, einen seiner Freunde und Stammtischkollegen aus Emmendingen. Er stand etwas abseits der Neugierigen und diskutierte heftig mit zwei Männern, die Kaltenbach noch nie zuvor gesehen hatte.

Das war nun allerdings eine Überraschung. Vielleicht hatte Walter über Grafmüller von dieser Sache erfahren. Allerdings war es normalerweise nicht seine Art, derartigen Sensationen nachzulaufen.

Kaltenbach winkte hinüber, doch sein Freund reagierte nicht. Stattdessen kam nun Bewegung in die Menge. Eben fuhren das Rotkreuzfahrzeug und der Notarztwagen dicht hintereinander mit Blaulicht Richtung Dorf. Gleichzeitig forderte der Einsatzleiter der Polizei per Megafon die Leute auf, nach Hause zu gehen. Kurz darauf trotteten die Ersten tatsächlich davon, überzeugt, dass es nun nichts Spektakuläres mehr zu sehen geben würde.

Kaltenbach musste lächeln, als er ihnen hinterhersah. In den Wohnzimmern und am Stammtisch im »Rebstock« würde es für die nächsten Tage genug Gesprächsstoff zu ausgiebigen Debatten geben. Der alte Weinbauer schickte ihnen einen Schwall wüster Beschimpfungen hinterher, ehe er seinen Zorn an den leidgeplagten Polizisten ausließ.

Als Kaltenbach näherkam, konnte er den Ärger des Winzers gut verstehen. Die Weinstöcke hatten tatsächlich übel gelitten. Abgerissene Blätter und zertretene Trauben lagen auf dem Boden und boten einen traurigen Anblick.

»Was ist hier eigentlich los?«, fragte Kaltenbach Matthias,

einen seiner Schwäger, der eben ein paar heruntergezerrte Triebe wieder nach oben band.

»Viel weiß ich auch nicht. Martina hat angerufen, so um zwölf. Sie sagte, es sei einer gefunden worden hinter Josefs Burgunderreben. Ich bin dann gleich hoch, da war die Polizei schon da und hat alles abgesperrt. Und dann kamen die Leute und haben angefangen, überall herumzulaufen.«

»Ein Verbrechen?«

»Sieht so aus. Der Mann von der Kripo hat so etwas angedeutet. Aber Genaues weiß ich nicht. Viel hat er nicht gesagt.«

»Wer ist der Tote?«

»Keine Ahnung. Ich habe ihn nur kurz gesehen, bevor er weggebracht wurde. Ein Mann. Etwas älter. Normal irgendwie.«

»Und der lag in der Höhle? Ich dachte, die Löcher im Hang sind alle längst eingestürzt oder zugeschüttet?«

»Nicht alle. Ein paar nimmt der Onkel fürs Werkzeug und für Dünger. Ein paar Kanister Spritzmittel stehen dort rum.«

Kaltenbach wusste, was gemeint war. Mit der Höhle war ein mannshohes Loch gemeint, das ein paar Meter in den Berg hineingegraben war. Als Kind hatte er oft darin gespielt.

»Wie hat man ihn denn überhaupt gefunden?«

»Die beiden Buben vom Ferdinand waren es.« Beim letzten Teil ihrer Unterhaltung war Martina dazugekommen. »Sie haben zuerst gedacht, da schläft einer. Doch dann haben sie das Blut gesehen und sind sofort zum Hof runtergefahren und haben es erzählt. Ganz aufgeregt waren sie.«

Kaltenbach kannte die beiden. Lukas und Bernie waren neun und elf Jahre alt und machten außerhalb der Schule mit Vorliebe Dinge, die ihren Eltern gar nicht gefielen. Eine ihrer

Hauptbeschäftigungen war es, mit ihren Mountainbikes in den Weinbergen herumzudüsen. Nicht nur auf den Wegen.

Martina half nun ebenfalls mit, die Reben wieder in Ordnung zu bringen, so gut es ging. »Das war aber noch nicht alles«, sagte sie. »Lukas hat von einem Fremden erzählt, der so komisch mit ihnen geredet hatte.«

»Komisch?«

»Ja, er hat ihnen gesagt, sie sollen doch mal oben in der Höhle nachsehen, da sei ein Schatz vergraben.«

»Was war das für ein Mann?« Kaltenbach zupfte ein paar abgeknickte Blätter von den Rebstöcken.

»Das konnten sie nicht sagen. Ferdinand hat sowieso geglaubt, dass sich die beiden das nur ausgedacht haben. Sie wissen genau, dass sie normalerweise dort oben nichts zu suchen haben. Na ja. Morgen wird es dann sowieso in der Zeitung stehen!«

KAPITEL 2

Georg Grafmüller hatte wieder einmal alle Register gezogen. Am nächsten Morgen erschien ein ausführlicher Bericht samt Fotos in der Zeitung. Der Tote hatte drei Kugeln in seiner Brust, die jede für sich allein tödlich waren. Noch war unklar, ob er in der Höhle umgebracht oder erst dorthin geschafft worden war. Auf Schüsse hatte niemand geachtet. In vielen Feldern gab es im Herbst zum Schutz der reifen Trauben gegen die immer hungrigen Stare Selbstschussanlagen, sodass das Knallen in den Weinbergen nichts Außergewöhnliches war.

Kaltenbach trank seinen zweiten Crema und studierte das Gesicht des Toten. Ein älterer Mann im frühen Rentenalter, schütteres Haar, graue leicht fleckige Gesichtshaut. Die Polizei wusste noch nicht, wer er war, er hatte keinerlei Dokumente bei sich gehabt. Auch ein Motiv lag noch völlig im Dunkeln. Hinweise versprach sich die Polizei außer von dem Foto vor allem von einem Stück Papier, das man in der Tasche des Toten gefunden hatte, und das auf einem zweiten Foto abgebildet war. Das Papier war offensichtlich aus einem Notizblock herausgerissen und mehrfach gefaltet gewesen. Jemand hatte mit Kugelschreiber drei Kreise und einen Pfeil aufgezeichnet. Sorgfältig, wie Kaltenbach fand. Er überlegte, ob er das Motiv schon einmal gesehen hatte, doch auf Anhieb fiel ihm nichts ein. Das Ganze erinnerte ihn ein wenig an Zeichen, die sie früher beim Räuber- und Gendarmspielen an Häuserwände und Gartenmauern aufgemalt hatten.

Kaltenbach faltete die Zeitung zusammen, trank den Kaffee aus und zog seine Schuhe an. Was ihn noch mehr interessierte, war, warum der Tote ausgerechnet im Weinberg seines Onkels gefunden wurde. Aber was sollten die Kaiserstühler Kaltenbachs mit einem Mord zu tun haben? Undenkbar. Trotzdem hatte er kein gutes Gefühl bei der Sache. Am besten würde er gegen Abend noch einmal nach Bickensohl fahren. Vielleicht hatte sich Onkel Josef bis dahin wieder einigermaßen beruhigt.

Nachdem Kaltenbach seinen Laden im Emmendinger Westend aufgeschlossen hatte, dauerte es keine Viertelstunde, bis Erna Kölblin in der Tür von »Kaltenbachs Weinkeller« stand. Kaltenbach freute sich, als er sie sah. Die rüstige Dame im ewig besten Alter war mehr als eine Stammkundin. Vor Jahren hatte sie bei der Eröffnung zu den Ersten gehört, die mit prüfendem Blick den Neuen und sein »G'schäft« begutachtet und befriedigt zur Kenntnis genommen hatten. In der ersten Zeit hatte sie ihn, den ehemaligen Lehramtsanwärter, unter ihre Fittiche genommen und ihn täglich mit guten Ratschlägen und vor allem stets mit den neuesten Nachrichten versorgt.

Es war keineswegs so, dass Frau Kölblin nicht sowieso auf ihrer täglichen Runde durch die Stadt bei ihm vorbeigeschaut hätte. Doch nach den heutigen Meldungen im Radio und in der Zeitung über den Toten im Kaiserstuhl gab es für die rüstige Dame natürlich einen besonderen Grund, nach dem Rechten zu sehen.

»Din Onkel hett doch Räbe dert obe, wu der Mord gsi isch«, keuchte sie, kaum nachdem sie ihre massige Gestalt wie gewohnt in Kaltenbachs alten Ohrensessel plumpsen ließ.

»Klar!«

Kaltenbach hatte rechtzeitig gelernt, dass den neugierigen Augen und Ohren von Erna Kölblin nichts entging. So war es meistens besser, gleich mit offenen Karten zu spielen, anstatt ihre manchmal fantasievoll ausgeschmückten und überaus persönlich gefärbten Versionen einer Geschichte in Umlauf gelangen zu lassen.

»Und ich war sogar dabei!«

Diese unerwartete Neuigkeit brachte Frau Kölblin für einen Moment aus der Fassung. Ihr Mund klappte nach unten. Doch sie fing sich rasch und zog ihre Stirn in Falten.

»Due warsch dabi? Bi dem Mord? I glaub's jo nit. Verzell!«

Kaltenbach stellte ihr eine Tasse Kaffee auf das Tischchen neben ihrem Sessel. »Nicht bei dem Mord. Hinterher. Als man ihn gefunden hat.«

»Jag mir bloß kei Angschd i, Bue.« Frau Kölblin war sichtlich beeindruckt und vergaß sogar den verführerisch duftenden Kaffee. »Was isch bassiert?«

Kaltenbach beschränkte sich bei seinem Bericht im Wesentlichen auf das, was in der Zeitung stand.

»Aber der isch nit vu do gsi, der Dode, gell? Gottseidank!« Sie gab sich die Antwort gleich selbst. »Obwohl, irgendwie hab i den schu emol gsäne.«

»Dann sollten Sie aber gleich zur Polizei gehen!«

Frau Kölblin hob beide Hände und wehrte ab. »Nai, nai. Des mach i nit. Am End stimmts nit, und i krieg bloß Ärger.« Sie deutete auf die beiden Fotos in der Zeitung, die aufgeschlagen auf dem Tisch lag. »Aber sag, des ander Bild, was soll des si?« Wieder wartete sie die Antwort nicht ab. »Schdeggt do ebbis derhinter? Oder isch des bloß hikritzelt? Villicht, um d' Polizei abzulenge! Halt so wie im Fernseh!«

Kaltenbach unterdrückte höflich ein Grinsen. Wie meist kam Frau Kölblin bei ihrem Besuch an einen Punkt, an dem die Vorstellungskraft mit ihr durchging. Als begeisterte Fernsehkrimizuschauerin wusste sie natürlich für jede Situation eine passende Lösung. Obwohl sie es immer wieder versuchte, hatte sie zu ihrem großen Bedauern einsehen müssen, dass Kaltenbach nicht der geeignete Gesprächspartner für derartige Höhenflüge war. Das konnte sie mit anderen besser. Mit ihrer Freundin Maria zum Beispiel, die im Café nebenan als Bedienung arbeitete.

Als sie daher merkte, dass es an diesem Morgen nichts mehr an Informationen zu holen gab, stemmte sie sich schnaufend aus dem Sessel und schob sich Richtung Tür.

»Also adje. Villicht weisch jo morge meh. Du bisch jo derbi gsi!«

Seufzend wandte sich Kaltenbach wieder der Arbeit zu. Normalerweise wäre an diesem Nachmittag Martina zur Aushilfe gekommen. Doch nach den gestrigen Aufregungen in Bickensohl war daran nicht zu denken. Er würde umplanen müssen. Martinas Absage brachte Kaltenbachs Planungen für das gesamte Wochenende durcheinander. Anstatt am Nachmittag die Bestellungen auszufahren, musste er als Erstes die Kunden der Reihe nach anrufen und neue Termine ausmachen. Kaltenbach fluchte, als er die Liste durchging. Seine bestens ausgetüftelte Tour würde er auf mehrere Tage verteilen müssen. Am schlimmsten war, dass er sich das Wochenende aller Voraussicht nach schenken konnte. König Kunde forderte sein Recht, und der Markt unter den Weinlieferanten im Breisgau war hart umkämpft.

Kurz vor der Mittagspause hatte er alles erledigt. Was blieb, war ein Anruf bei Walter. Es würde sich nicht vermeiden lassen, dass Kaltenbach heute Abend zu spät zur Probe kommen würde. Für den Herbst waren zwei Auftritte ihrer »Shamrock Rovers and a Thistle« geplant, und es galt, noch ein paar neue irische Lieder einzustudieren.

Am Telefon war Regina, Walters Frau. »Ich werde es ihm ausrichten«, sagte sie, »er ist gerade unterwegs. Dreharbeiten irgendwo am Bodensee.«

Kaltenbach lachte. »Hauptsache, wenigstens er wird pünktlich da sein«, meinte er.

»Stimmt«, antwortete Regina. »Immerhin ist er seit gestern weg. Der Termin kam anscheinend ziemlich überraschend.«

Kaltenbach stutzte. »Seit gestern, sagst du?«, fragte er.

»Ja, er ist gegen Mittag los. Später hat er noch mal angerufen, dass er über Nacht bleiben würde. Er klang etwas durcheinander.«

Kaltenbach wurde hellhörig. »Hat er irgendetwas vom Kaiserstuhl gesagt?«

Regina lachte. »Was sollte er denn dort? Nein, er wollte nach Friedrichshafen. Irgendeine Luftfahrtmesse. Aber warum interessiert dich das?«

Irgendetwas stimmte nicht. Kaltenbach entschied sich, seine Beobachtung für sich zu behalten. »Ach, nur so«, wiegelte er ab. »Ich will nur sichergehen, dass es heute Abend klappt.«

»Dann wünsche ich euch viel Spaß!«

»Den werden wir haben.«

Nachdenklich legte Kaltenbach den Hörer auf. Natürlich war es Walters Sache, was er seiner Frau erzählte. Aber merkwürdig war es schon. Warum hatte er ihr verschwiegen, dass er zum Kaiserstuhl fuhr? Und was hatte er dort gewollt? Gestern war Walter in der Menge untergetaucht, so dass Kaltenbach keine Gelegenheit mehr gehabt hatte, mit ihm zu sprechen. Kurz spielte er mit dem Gedanken, seinen Freund auf dessen Handy anzurufen. Doch er wusste, dass Walter es nicht gern hatte, wenn man ihn während der Arbeit störte.

Kaltenbach hängte das »Geschlossen«-Schild hinter die Ladentür und lief die Lammstraße entlang Richtung Marktplatz. Vielleicht sollte er sich nicht so viele Gedanken machen. Mit Sicherheit gab es eine einfache Erklärung für das Ganze. Walter würde schon wissen, was er tat. Spätestens beim Stammtisch heute Abend nach der Probe konnte er ihn immer noch fragen.

Auf dem Wochenmarkt bestellte Kaltenbach eine heiße Rote an einer der beiden Wurstbuden.

»Mahlzeit!«, tönte es von der Seite, als er sich eben einen breiten Streifen Senf auf seine heiße Wurst drückte. »Trifft sich gut, dass ich dich treffe. Ich wollte sowieso nachher noch bei dir vorbeikommen!«

Georg Grafmüller, Redakteur der »Badischen Zeitung«, nickte ihm zu und biss in ein überdimensionales Schnitzelweckle. Die beiden kannten sich seit Jahren. Seit Grafmüller von seiner »Strafversetzung«, wie er es nannte, aus Lörrach in die Emmendinger Redaktion zurückgekommen war, trafen sie sich wieder regelmäßig.

Natürlich wusste Grafmüller von Kaltenbachs Verwandtschaft am Kaiserstuhl. Dass das Verbrechen ausgerechnet am Rande von Josef Kaltenbachs Weinberg geschehen war, war für ihn daher ein gefundenes Fressen.

»Ich wollte heute noch mal nach Bickensohl rausfahren. Noch ein paar Recherchen machen, Fotos, Interviews und so weiter.«

»Interviews?«

»Klar. Die Leute dort werden doch Einiges zu erzählen haben!«

Kaltenbach kaute mit vollen Backen. »Dass du dich da mal nicht täuschst. Ich glaube kaum, dass du viel erreichen wirst. Die Kaiserstühler sind nicht sonderlich gesprächig. Vor allem Fremden gegenüber.«

»Schon klar. Deshalb wollte ich dich ja fragen, ob du mitkommst. Mit einem echten ›Kaltenbach‹ an der Seite habe ich doch sofort bessere Chancen.«

Kaltenbach wiegte den Kopf. Untereinander würden sich die Dörfler das Maul zerreißen. Aber sobald jemand von außen kam, schalteten sie auf stur. Und Onkel Josef war mit Sicherheit noch so aufgebracht, dass er einen Reporter gleich vom Hof jagen würde.

Trotzdem wollte er Grafmüllers Bitte nicht abschlagen. »Du kannst es ja versuchen. Aber mache dir nicht allzu viel Hoffnung.« Er wischte sich den Mund mit einer Serviette ab und warf sie in den Mülleimer. »Wie wäre es mit einem Kaffee zur Verdauung?«

Es war nicht einfach, vor ihrem Stammcafé im Westend zwei freie Stühle zu finden. Die Hälfte der Marktbesucher schien dieselbe Idee gehabt zu haben.

»Was hast du bisher herausgefunden?«, fragte Kaltenbach nach dem ersten Schluck Cappuccino.

»Nicht viel. Der Tote ist immer noch nicht identifiziert. Ich hoffe auf die Pressemeldung der Polizei heute Abend. Vielleicht meldet sich ja noch jemand direkt in der Redaktion.«

»Und die komischen Kreise und der Pfeil?«

»Teilerfolg. Gleich heute Früh haben drei Leute angerufen. Die Kreise erinnerten sie an ein Zeichen von früher. Allerdings ohne den Pfeil.«

»Von früher? Was heißt das?«

»Aus den 70ern. Irgendetwas mit Umweltaktivisten.

Einer war sich ganz sicher, dass er es damals auf den Demos gesehen hat.«

»In Freiburg?«

»In Freiburg und in Wyhl. Das war wohl so ein Altgrüner.«

Kaltenbach nickte. Das Atomkraftwerk, das am Oberrhein hätte gebaut werden sollen. Und das die Kaiserstühler Winzer mit ihren Protesten verhindert hatten. Er konnte sich erinnern, wie er als kleiner Junge die Traktorkolonnen gesehen hatte, die in Richtung des geplanten Baugeländes gefahren waren. »Nai hämmer gsait!« – der griffige Spruch war damals bundesweit bekannt geworden.

»Leider konnte auch er sich nicht an den Pfeil erinnern«, seufzte Grafmüller. »Aber es ist immerhin ein Anfang.«

»Heute Mittag hat sich noch einmal jemand gemeldet«, sagte Grafmüller, als sie am späten Nachmittag im Golf des Redakteurs hinter Bahlingen die Höhe erreichten. Von Westen her schien die Nachmittagssonne herein und ließ die Reben im Gegenlicht flirren. Grafmüller setzte seine Sonnenbrille auf. »Er meinte, es gebe einen Film, der vor ein paar Jahren in der Gegend gezeigt wurde. ›35 Jahre Wyhl‹ oder so ähnlich. Den solle ich mal anschauen.«

»Und der Tote?«

»Immer noch nichts. Aber wenigstens kennt die Polizei jetzt die Waffe. Eine Walther P38, Kaliber 9. Alte Wehrmachtspistole.«

»Aus dem Krieg?«

»Die gab es damals zu Tausenden. Für die GIs waren das beliebte Trophäen. Die meisten wurden allerdings vernichtet.«

»Dann dürfte es ja nicht schwer sein, herauszufinden, wer heute noch so eine Waffe hat.«

»Eben doch. Die Polizei vermutet, dass nach dem Krieg viele verschwunden sind und jetzt irgendwo in Kellern, Schränken und Schubladen liegen. Registriert wurden nur wenige. Wenn die Waffe gefunden wird, kann man natürlich nachweisen, dass daraus geschossen wurde. Vorher ist es allerdings ziemlich sinnlos.«

Eine Stunde später stellte sich zu Grafmüllers großer Enttäuschung heraus, dass Kaltenbach die Menschen im Dorf richtig eingeschätzt hatte. Sobald sich der Redakteur zu erkennen gab, zogen sie sich zurück. Mehr als ein paar Allgemeinplätze zu den Reblagen und ein paar kräftige Verwünschungen nach Stuttgart in Richtung Agrarministerium waren nicht zu erfahren. Nach einer Stunde standen auf Grafmüllers Notizblock nur wenige brauchbare Stichworte.

»Was ist mit deinen Leuten?«, fragte Grafmüller. »Wenn du mir ein wenig …«

»Vergiss es.« Kaltenbach schüttelte energisch den Kopf. »Onkel Josef würde mich zum Teufel jagen. Die Menschen hier wollen keine Schwierigkeiten. Man redet darüber, spekuliert ein bisschen herum und geht dann zum Tagesgeschäft über. Und was sie persönlich betrifft, regeln sie auch selber.«

»Aber hier ist ein Mord geschehen!«

»Schlimm. Aber nicht schlimm genug. Keiner von hier. Keiner von ihnen.«

Grafmüller gab nicht auf. »Was ist, wenn der Mörder aus dem Dorf kam?«

»Unwahrscheinlich. Warum sollte er dann den Toten quasi vor der Haustür ablegen? Nein, mein Lieber, da liegst du ganz falsch.« Kaltenbach wies auf Grafmüllers Wagen. »Und jetzt fahr mich nach Hause. Ich hab noch einiges zu erledigen!«

KAPITEL 3

Kaltenbach fluchte, als er sich mit seinem Lieferwagen am frühen Samstagnachmittag durch den Verkehr auf der B31 durch das Höllental quälte. Das schöne Wetter lockte die Ausflügler auf die Straßen. Reisebusse mit Kennzeichen aus Holland, Tschechien und Spanien waren unterwegs.

Die Strecke über Kirchzarten bis hinauf in den Schwarzwald hatte er eigentlich für gestern geplant gehabt. Doch es war gekommen, wie er es befürchtet hatte. Durch Martinas Ausfall blieb ihm nichts anderes übrig, als heute sofort nach Ladenschluss auf Liefertour zu fahren und den Start ins Wochenende zu verschieben. Viele seiner Kunden waren Privatleute, die er vielleicht noch ein, zwei Tage hätte vertrösten können. Doch die Hotels in den Touristenzentren warten zu lassen, konnte er sich nicht leisten. Der Kundenstamm, den er sich in den letzten Jahren aufgebaut hatte, schätzte nicht nur die persönliche Beratung, sondern legte auch Wert auf Zuverlässigkeit.

Kaltenbach wurde nachdenklich, als er an den gestrigen Abend dachte. Er hatte es fast erwartet. Walter war nicht bei der Probe gewesen, und keiner wusste, was los war. Vielleicht war dies der Grund, warum keine rechte Stimmung aufkommen wollte. Markus trommelte ziemlich uninspiriert auf seiner Bodhrán herum, und Michael verpasste ungewohnt oft seine Einsätze. Andrea hielt sich mit ihrer Stimme deutlich zurück, weil sie eine anstrengende mündliche Prüfung an der Uni vor sich hatte, wie sie sagte. Kaltenbach hatte Walters Gesangs- und Gitarrenpart übernommen, so gut es ging. Doch er konnte nicht verhindern, dass er mit seinen Gedanken woanders war.

Walters Verhalten war ungewöhnlich. Die irische Musikgruppe, die sie vor über einem Jahr bei der Feier zu seinem 60. Geburtstag gegründet hatten, war seither sein Herzensanliegen. Er organisierte die Termine und war die treibende Kraft hinter der Stückeauswahl. Kaltenbach konnte sich nicht erinnern, dass er jemals eine Probe verpasst hätte.

Am Titisee erreichte Kaltenbach ein Anruf, der sein Unbehagen verstärkte. Eine hörbar nervöse Regina war am Rande der Verzweiflung.

»Ich war gestern hundemüde und bin früh schlafen gegangen. Eigentlich dachte ich, dass ihr euren Stammtisch nach dem Treffen ein bisschen ausgedehnt habt. Aber heute Morgen war Walters Bett unberührt. Und Andrea hat mich schon angerufen und gesagt, dass er gar nicht da war.«

Kaltenbach lud gerade auf dem Parkplatz vor dem Hotel »Seeblick« ein paar Kartons Pinot gris aus dem Wagen und trug sie in die Gaststube.

»Weißt du denn nicht, wo er ist? Hat er nicht angerufen?«

»Gestern um die Mittagszeit. Er sei in Friedrichshafen und alles sei okay. Seither habe ich nichts mehr von ihm gehört. Sein Handy ist aus. Du weißt ja, das macht er manchmal, wenn er nicht gestört werden will. Aber zu eurer Probe wollte er auf jeden Fall kommen!«

»Hast du bei Walters Büro in Freiburg angerufen?«

»Habe ich. Gleich, nachdem Andrea von eurer Probe erzählt hat. Aber die wissen von nichts.«

Kaltenbach stand das Bild vor Augen, wie er seinen Freund unter den Neugierigen in den Weinbergen gesehen hatte. »Haben sie wenigstens bestätigt, dass Walter am Bodensee ist?«

»Nur indirekt. Sie haben ihm freigestellt, den Auftrag in Friedrichshafen wenn nötig über das Wochenende auszudehnen. Lothar, ich mache mir ernsthaft Sorgen.«

Natürlich wusste Kaltenbach, dass die Mitarbeiter bei Mediastar, Walters Agentur in Freiburg, viele Freiheiten genossen. Trotzdem klang das Ganze ungewöhnlich. Doch er wollte Regina nicht noch mehr beunruhigen.

»Jetzt lass mal gut sein. Walter wird schon wissen, was er tut. Vielleicht ist sein kreativer Schub mit ihm durchgegangen. Vielleicht ist auch etwas mit seinem Handy. Er bräuchte sowieso längst ein neues.«

Kaltenbach spürte, wie dürftig seine Erklärungsversuche klangen. Doch mehr konnte er nicht tun. Bestimmt hatte sich die Sache spätestens heute Abend erledigt.

An der Seepromenade gönnte sich Kaltenbach einen »Schwarzwaldbecher Exotic«, eine typische Touristenkreation mit ein paar Mangostückchen zwischen den Sauerkirschen. Schmeckte aber nicht übel, wie er fand. Vor seinen Augen auf dem See kreuzte die gesamte Tretbootflotte. Von Weitem klang dazu das Geschrei und Gelächter aus dem Strandbad herüber. Das Stimmengewirr um ihn herum war hörbar durchsetzt mit japanischen und spanischen Klängen.

Gerne wäre er noch ein paar Schritte am Seeufer entlang gelaufen. Doch für eine ausgedehnte Ruhepause hatte Kaltenbach keine Zeit. Er hatte noch Kunden in Neustadt und in St. Märgen zu beliefern. Und dann musste er sehen, dass er endlich nach Hause kam. Um sieben hatte sich Luise angesagt. Und die wollte er am allerwenigsten warten lassen.

»Giacometti ist eine Offenbarung! Und wenn du erst die Originale siehst! Ich bin immer noch hin und weg.« Luise Bührer blätterte durch den Ausstellungskatalog, den sie von Bern mitgebracht hatte.

Kaltenbach kam mit einem Tablett aus der Küche.

»Das gilt genauso für die Vermicelles!« Er stellte zwei Teller und eine zusätzliche kleine Schale mit Schlagsahne auf den Wohnzimmertisch. »Dafür kannst du gerne öfter zu unseren Nachbarn fahren!« Seit es keinen »Migros« in Freiburg mehr gab, waren die Schweizer Delikatessen zu Kaltenbachs Bedauern ein gutes Stück weiter weggerückt.

»Aber nächstes Mal nur mit dir!« Luise drückte ihm einen Kuss auf die Wange. »Stattdessen musst du dich wieder mit Verbrechern 'rumschlagen.« Mit einem beglückten Seufzer begann sie genießerisch langsam das Maronenmus zu löffeln.

Kaltenbach überhörte die Spitze und legte stattdessen eine Platte auf. Colosseums »Valentyne Suite« schien ihm am besten geeignet, ihren Wiedersehensabend musikalisch abzurunden.

»Und wie geht es Regula?«

Während Luise von ihrer Schweizer Freundin erzählte, merkte Kaltenbach, dass er nur mit halbem Ohr zuhörte. Walters Verschwinden beschäftigte ihn mehr, als er zugeben wollte.

»Hey, was ist mit dir?«, unterbrach ihn Luise schon nach ein paar Sätzen. »Heute hatten wir Wiedersehen ausgemacht! Kein Berufsstress. Keine Alltagssorgen. Oder ist etwas passiert?«

Kaltenbach berichtete in aller Kürze, doch für Walters merkwürdiges Verhalten hatte Luise einen völlig unerwarteten Aspekt parat.

»Vielleicht ist die Ehe der beiden doch nicht so glücklich, wie es von außen aussieht.«

»Du meinst, Walter hat eine Freundin?«

»Warum nicht?« Luise kratzte genießerisch die letzten Reste aus der Schüssel. »Ein Beruf mit Arbeit an vielen unterschiedlichen Orten bietet viele unterschiedliche Gelegenheiten. Und perfekte Ausreden«, fügte sie schelmisch hinzu.

Kaltenbach schüttelte unwillig den Kopf. »Walter und Regina? Niemals. Ich kann mir das nicht vorstellen.«

Luise setzte sich zu ihm und legte die Arme um seinen Hals.

»Du kannst dir so manches nicht vorstellen, mein Lieber«, hauchte sie ihm ins Ohr. »Und dem wollen wir jetzt mal ein wenig abhelfen!«

KAPITEL 4

Das Telefon klingelte um acht. Penetrant.

Kaltenbach sah ein, dass er aufstehen musste. Luise regte sich nicht, als er die Decke zurückschlug und hinaus in den Flur schlurfte. Eigentlich konnte es nur Grafmüller sein. Der Redakteur rief grundsätzlich an, wann es ihm passte und wann er es für richtig hielt. Oder war es vielleicht Walter? »Tut mir leid, Lothar. Aber jetzt muss etwas passieren!« Regina klang vollkommen aufgelöst. »Er ist immer noch nicht zu Hause. Die halbe Nacht habe ich gewartet und versucht, ihn anzurufen. Nichts. Absolut nichts. Was soll ich nur tun? Du musst mir helfen!«

Reginas Stimme ließ Kaltenbach schneller wach werden, als ihm lieb war. »Und du hast wirklich alles versucht?«

»Ich habe alle durchtelefoniert, die mir eingefallen sind. Alle möglichen Geschäftspartner und die ganzen Kumpels.«

»Was ist mit Friedrichshafen? Mit Freiburg?«

»Im Büro war niemand mehr zu erreichen. Samstagabend. Das sind Leute, die nach der Arbeit auf Privathandy umstellen. Entschleunigung. Ich weiß nicht mehr weiter. Ich werde die Polizei anrufen!«

Kaltenbach war unschlüssig, was er antworten sollte. Wenn Walter einen Unfall gehabt hatte, würde es die Polizei als Erste erfahren. Falls es aber eine andere pikantere Erklärung gab, würde sein Freund ganz schöne Schwierigkeiten bekommen, wenn Regina die Behörde umsonst alarmieren würde.

»Vielleicht wartest du noch ein bisschen«, meinte er. »Ich bin sicher, es gibt für alles eine plausible Erklärung.«

»Wenn du meinst.« Regina klang nur wenig beruhigt. »Bis heute Mittag warte ich noch. Länger nicht. Dann ruf ich an. Und wenn es ein Fehlalarm sein sollte.«

»In Ordnung. Ich werde mich auch noch mal ranhängen. Sobald ich irgendetwas weiß, gebe ich Bescheid.«

So leise er konnte, schlich Kaltenbach zurück ins Schlafzimmer. Von Luise waren lediglich ein Fuß und eine blonde Haarsträhne zu sehen. Das Vierteljahr, seitdem sie nun zusammen waren, hatte zwischen ihnen ein Maß an Vertrautheit geschaffen, das er immer noch kaum fassen konnte. Was mochte in Regina vorgehen, die mit Walter ein halbes Leben geteilt hatte? Würde Walter ein solches Geschenk tatsächlich aufs Spiel setzen – aus einer Laune heraus?

Kaltenbach duschte und bekam Lust auf einen Kaffee. Er ging in die Küche, schloss die Tür hinter sich und warf seine italienische Maschine an. Es war schon hell draußen. Die Vögel flogen um die Häuser und balgten sich in den Sträuchern. Von Weitem sah er die ersten Wanderer auf dem Weg hoch zur Burg.

Kaltenbach nahm zwei Tassen aus dem Schrank, füllte den Milchschäumer und startete das Programm für Cappuccino. Während der Kaffee einfloss, überflog Kaltenbach die Sonntagszeitung. Die Freiburger brachten im Wesentlichen dasselbe, was Grafmüller bereits geschrieben hatte. Dazu auch hier ein Bild von dem Toten vom Kaiserstuhl, zusammen mit dem Papier mit dem unbekannten Zeichen.

Mit den beiden Tassen ging er zurück ins Schlafzimmer. Luise erwartete ihn mit verschlafenen Augen. »Du machst Krach«, krächzte sie ihm entgegen.

»Und hier kommt die Entschädigung!«

Er stellte eine Tasse neben sie auf die Ablage und setzte sich mit der anderen vorsichtig daneben.

»Du bist ein Schatz«, brummte sie und kuschelte sich an seine Seite. »Ein richtiger Sonntagsschatz!«

Eine halbe Stunde später war der Kaffee kalt.

Nach dem Frühstück war Kaltenbach bester Laune. »Wie wäre es mit einer kleinen Sonntagstour mit der Vespa? Wir könnten zum Mummelsee. Oder in den Hotzenwald. Oder zum Baden an den Schluchsee.«

»Und wenn wir stattdessen spazieren gehen? Sonntags sind immer so viele Raser unterwegs.« Luise warf einen Blick hinaus auf die Vorberge. »Wir laufen zum Stilzerfritz. Oder zur Tennenbacher Kapelle. Der Engelwirt hat vielleicht frische Forellen!«

Kaltenbach zog eine Schnute.

»Du bist ein faules Stück!« Luise kniff ihn in den Bauch. »Ich werde mir einen jüngeren Liebhaber zulegen!«

Ein paar Küsse später schob Luise ihn auf das Sofa. »Schluss jetzt!«, lachte sie. »Ich gehe duschen, und wenn ich fertig bin, hast du einen brauchbaren Vorschlag. Oder …«

»Was oder?«

Luise stand auf und schlurfte Richtung Bad. »Oder wir verhocken den ganzen tollen Sonntag in dieser mickrigen Wohnung in trauter Zweisamkeit wie ein altes Ehepaar, während draußen das Abenteuer lockt.«

»Wäre gar nicht so übel!«

»Das habe ich gehört!«

Kaltenbach räumte das Frühstücksgeschirr weg. Dann startete er sein Handy, das er über Nacht regelmäßig ausschaltete. Natürlich hatte Luise recht. In den Sommermonaten war das Zweiradfahren am Wochenende auf den kurvigen Bergstraßen des Schwarzwaldes kein Vergnügen. Ein wenig Laufen würde ihm tatsächlich nicht schaden. Vielleicht gab es einen Kompromiss. Zum Beispiel mit dem Roller hoch auf den Schillinger Berg und dort …

Plötzlich hielt Kaltenbach in seinen Gedanken inne und starrte auf das Display seines Mobiltelefons. Die SMS, die er las, bestand aus einem einzigen Wort. Jetzt wusste er, was er heute machen würde.

Luise sah sofort, dass etwas nicht stimmte, als sie mit nassen Haaren von der Dusche zurückkam.

»›Locke‹? Was soll denn das sein?«, fragte sie.

»Eine Nachricht von Walter. Ich muss dringend zu ihm. Wer weiß, wie lange er schon wartet.«

Luise nahm ihm das Telefon aus der Hand und tippte auf die Tasten, bis die Uhrzeit erschien. »Gestern Nacht losgeschickt. 23 Uhr 07 steht hier. Woher weißt du, dass das von Walter ist?«

»Es ist ein Name, den nur wir beide kennen. Ein Typ mit Rübezahlbart und Vollglatze, den wir vor Jahren kennengelernt haben. Wir haben ihn ›Locke‹ getauft.«

»Und der weiß etwas über Walter?«

»Ich hoffe es.« Kaltenbach zog seine Schuhe an. »Ich muss los. Jetzt gleich.«

»Sagst du mir wenigstens, wohin du gehst?«

»Ich fahre ins Simonswälder Tal. Locke hat dort einen Bauernhof. Wenn es stimmt, was ich vermute, ist Walter dort untergekrochen.«

»Was ist denn mit diesem ›Locke‹?«

»Vor ein paar Jahren hatten Walter und ich unsere ›sportliche Phase‹. Walter kam auf die glorreiche Idee, den Westweg zu laufen. 285 Kilometer von Pforzheim nach Basel. In 13 Tagen quer durch den Schwarzwald.«

Luise schüttelte ungläubig den Kopf. »Du und wandern? Und so viel?«

»Natürlich nicht alles auf einmal. Wir wollten zuerst einmal eine Probe machen. Zum Antesten sozusagen. Wir sind mit dem Zug nach Hausach und von dort los. Natürlich haben wir uns prompt verlaufen. Dann kam ein Wetterumsturz. Sommergewitter mit Blitz, Donner und Hagel. Es hat runtergemacht, was nur ging.«

»Was habt ihr gemacht?«

»Die Lust ist uns rasch vergangen. Alles war nass, wir hatten Blasen an den Füßen. Aber es war noch weit bis zum Etappenziel. Wir haben dann versucht, zum nächsten Ort im Tal abzusteigen. Auf halbem Weg sind wir auf Lockes Hof gelandet. Zum Glück! Wir waren zu müde, zu nass und zu hungrig, um weiterzulaufen. Locke hat uns wieder aufgepäppelt, und es wurde noch ein lustiger Abend. Am nächsten Tag hat er uns dann nach Waldkirch zum Bahnhof gefahren.«

Kaltenbach zog die Jacke über und steckte die Sonnenbrille ein. »Seither ist das so eine Art Insider-Gag für uns geblieben.«

»Aber warum macht es Walter so geheimnisvoll? Warum ruft er nicht einfach an? Oder schreibt zumindest Genaueres?«

Kaltenbach küsste Luise auf die Wange. »Wenn er mir diese Nachricht schickt, heißt das, dass nur ich sie verstehen soll. Und das wiederum bedeutet, ich soll Locke fragen.«

»Vielleicht hält Walter sich dort versteckt?«

»Vielleicht.«

»Willst du nicht Regina anrufen?«

Kaltenbach schüttelte den Kopf. »Wenn er wollte, hätte er das schon selbst getan.«

20 Minuten später fuhr Kaltenbach durch die Simonswälder Ortsteile entlang der Gutach. Beim Sportplatz bog er

hinter einer Gaststätte nach links ab. Die Dorfstraße führte hier steil nach oben. Schon nach wenigen Kurven erreichte er die letzten Häuser. Ein paar Hundert Meter weiter stand an der Seite ein verblichenes Holzschild.

»›Durchfahrt verboten. Frei bis zum Glaserhof. 2 Kilometer. Geöffnet März bis Oktober‹«, las Kaltenbach. »Es hat sich nichts verändert.«

Die Entfernungsangabe war mehr als willkürlich. Die Straße führte zunächst ein Stück weiter durch die Wiesen den Berg hoch und durchquerte dann ein kurzes dunkles Waldstück. Die Blätter der vereinzelt zwischen den Tannen emporragenden Buchen zeigten erste Anzeichen der Herbstfärbung. Kurz nach einer Kurve hörte der Asphaltbelag auf. Der Wald öffnete sich, und es wurde hell. Vor ihm lag eine weite grasbewachsene Hangfläche. Zum Berg hin war der Fahrweg mit einem Elektrozaun abgeteilt. Unter einer alleinstehenden Tanne lagen ein paar Kühe und kauten träge. Nach rechts öffnete sich der Blick auf das Simonswälder Tal. Direkt darüber stieg der mit Fichten dicht bewachsene Osthang des Kandel empor.

Der Glaserhof ähnelte trotz einiger Anbauten in vielem dem traditionellen Schwarzwaldhaus. Das Hauptgebäude duckte sich an den Hang und verschwand fast unter dem riesigen Dach, das auf allen Seiten wie eine riesige Mütze aus Stroh heruntergezogen war. Nach hinten waren ein paar kleinere Wirtschaftsgebäude angebaut, beim Stall stand die Tür weit offen. Ein Stück Wiese war als Parkplatz abgezäunt. Daneben plätscherte ein hölzerner Röhrenbrunnen.

Vor dem Eingang zum Haupthaus standen im Hof ein paar Tische und Bierbänke. Ein stattlicher Mann mit wallendem Bart in ledernen Kniebundhosen und einem weiten bunt karierten Holzfällerhemd balancierte zwei Tabletts mit

Getränken zwischen den zahlreichen Gästen. Locke hieß mit bürgerlichem Namen Friedhelm Enderle und war ehemaliger Werbemanager aus Sindelfingen. Vor 15 Jahren hatte er sich aus dem Hamsterrad verabschiedet und war seither zufriedener Schwarzwaldwirt.

Enderle hatte sein Markenzeichen unter einer Rothaus-Schirmmütze verborgen. »Lange nicht gesehen!« Er begrüßte Kaltenbach herzlich und kam ohne Umschweife zur Sache. Er deutete auf das Haus. »Er ist oben. In eurem alten Zimmer.« Enderle sprach breitestes Schwäbisch mit ein paar alemannischen Einsprengseln.

»In Ordnung«, nickte Kaltenbach. »Irgendetwas, das ich wissen muss?«

»Ich weiß selber nichts. Vor drei Tagen war er plötzlich da. Er hat mir eingeschärft, ich dürfe niemandem etwas davon sagen, auch den Gästen nicht.« Enderle rückte sich seine Kappe zurecht. »Seither hockt er oben. Gestern hat er mich gebeten, vom Dorf aus eine SMS zu schicken. Hier gibt's ja kein Netz.« Er zuckte die Schultern. »Das ist alles. Ach ja, nervös ist er. Granatenmäßig.«

Walter empfing ihn in der offenen Tür seines Zimmers. »Ich habe dich kommen sehen. Ich sehe jeden, der kommt. Ich muss jeden sehen.« Walter sah Kaltenbach mit rotgeränderten Augen an. Er sah aus, als habe er nächtelang nicht geschlafen. »Und mach die Tür zu!« Er ging zum Fenster und bog die Gardine zur Seite. »Sieht so aus, als sei dir keiner gefolgt«, stieß er erleichtert hervor. Er ließ sich auf einen Stuhl fallen, legte den Kopf nach hinten und atmete tief durch. »Tut mir leid«, sagte er schließlich. »Ich bin froh, dass du hier bist. Ich habe sehr gehofft, dass du das Signal verstehst.«

»›Locke‹? Na klar! Das kennt doch keiner außer uns beiden. Aber was soll diese Geheimniskrämerei? Ist etwas passiert? Und warum meldest du dich nicht einmal bei Regina? Sie macht sich wahnsinnig Sorgen!«

»Niemand darf wissen, wo ich bin. Auch Regina nicht. Dann kann er es nicht aus ihr herauspressen.«

»Wie bitte? Was meinst du mit ›herauspressen‹? Und von wem redest du?«

Walter sprang auf, holte eine Zeitung und warf sie auf den Tisch. »Hier! Der Typ ist durchgeknallt! Und ich will nicht der Nächste sein!«

Die aufgeschlagene Seite zeigte den Artikel über den Mord am Kaiserstuhl. Kaltenbach war völlig verwirrt.

»Also habe ich doch richtig gesehen. Du warst gar nicht am Bodensee! Aber was wolltest du stattdessen in den Weinbergen? Und warum hast du niemandem etwas gesagt?« Kaltenbach spürte, wie sich 1000 Fragen in ihm auftaten.

Walter ging erneut zum Fenster und sah hinaus.

»Ich musste schnell reagieren. Keiner weiß, wann er wieder zuschlägt und wen es als Nächsten trifft.«

»Du willst damit sagen – du kennst den Mörder?« Kaltenbach war fassungslos.

Walter holte zwei Tassen und stellte sie auf den Tisch. Erst jetzt sah Kaltenbach, dass neben dem kleinen Waschbecken an der Rückseite des Zimmers eine einfache Kaffeemaschine stand. »Ich bin froh, dass du da bist. Du musst mir helfen.« Er goss beiden aus der halb vollen Kanne ein. »Vor allem muss ich dir einiges erklären.« Er setzte sich und nahm einen Schluck. »Vor 18 Tagen ist Jürgen entlassen worden. Ich war total überrascht, denn ich hatte lange nicht mehr an ihn gedacht.«

»Wer ist Jürgen?«

»Jürgen Wanka. Er war in den 70ern in unserer Aktionsgruppe. ›Die Roten Korsaren‹ nannten wir uns. Studenten hauptsächlich. Aber nicht nur. Wir haben Demos gemacht, Flugblätter verteilt, Hausbesetzungen. Solche Sachen. Und natürlich Wyhl.« Walters müde Augen begannen plötzlich zu glänzen. »Nai hämmer gsait! Wir haben es verhindert! Unser größter Erfolg. Jedenfalls waren wir dabei.«

»Und Jürgen?«

»Nach Wyhl veränderte sich alles. Es gab ein paar missglückte Aktionen. Und es kam zum Streit, wie es weitergehen sollte. Jürgen hat immer die radikalste Auffassung vertreten. ›Macht kaputt, was euch kaputtmacht!‹ und so. Er ist dann irgendwann im Dunstkreis der RAF verschwunden. Von da an habe ich nichts mehr von ihm gehört.«

»Aber wo ist das Problem?«

»Die meisten RAFler wurden gefasst und verurteilt. Jürgen gelang es damals, in die DDR abzutauchen. Nach der Wiedervereinigung wurde er verhaftet und ihm im Nachhinein der Prozess gemacht.« Walter suchte Kaltenbachs Blick. Das nervöse Flackern war mit einem Schlag zurückgekehrt. »Jetzt ist er wieder draußen.«

»Ja und?«

»Begreifst du das nicht? Er will sich rächen!«

»An dir? Warum denn? Ich dachte, er …«

»An mir und an allen, die damals dabei waren. Jürgen war immer sehr überzeugt von sich. Als er verhaftet wurde, kam für ihn nur Verrat infrage. Jemand musste ihn verpfiffen haben. Jemand, der ihn gut kannte.«

Kaltenbach schüttelte den Kopf. »Du redest dir etwas ein. Das ist doch alles ewig her.«

»Ein paar Tage nach seiner Entlassung kam der Brief. Kein Absender. Nur das Zeichen.« Walter deutete auf das Foto in der Zeitung. »Mir war sofort klar, was das bedeutet.«

»Du hast einen Brief mit diesem Zeichen bekommen? Kennst es? Weißt du, was es bedeutet?«

Walter nickte. »Die drei Kreise gab es damals schon. Die gehörten zu irgendwelchen Ökos. Wir haben es übernommen und den Pfeil dazugenommen. Grüne Kraft und rote Aktion. Es ist unser Zeichen!«

»Was hat Regina dazu gesagt?«

»Ich habe ihr nichts davon erzählt. Als der Brief kam, habe ich ihn verschwinden lassen. Und am Donnerstag kam der Anruf.«

»Am Tag, als der Tote gefunden wurde?«

»Er hat mir die Uhrzeit gesagt und den Ort. Ich solle um zwölf zu den Lösshöhlen in Bickensohl kommen. Er hatte ein Taschentuch über den Hörer gelegt wie in alten Zeiten. Aber ich war mir sofort sicher, dass es Jürgen war. Und ich bin hingefahren. Ein paar von den anderen waren auch da.«

»Welche anderen?«

»Von den ›Roten Korsaren‹. Mit denen hat er es genauso gemacht. Erst der Brief, dann der Anruf. Als wir dann mitbekamen, wer der Tote war, mussten wir sofort etwas unternehmen.«

»Du kennst den Toten?«

»Werner Grässler. Er war einer aus der Gruppe. Er hatte ein eigenes Auto, einen alten Golf. Wir nannten ihn ›Enzo‹ nach dem Gründer der Sportwagenfirma in Italien. Er hat immer für schnelle Autos geschwärmt. Einmal einen Ferrari fahren, das war sein Traum.«

Es entstand eine Pause. Walter wirkte erschöpft. Vom Hof vor dem Haus hörte man Lachen und Kindergeschrei. Kaltenbach fragte nicht weiter. So hatte er seinen Freund noch nie erlebt.

»Wir sollten in Ruhe besprechen, was zu tun ist«, meinte er schließlich. »Vor allem solltest du zumindest Regina Bescheid geben.«

Sofort kehrte die Anspannung in Walters Gesicht zurück. »Aber …«

»Kein aber.« Kaltenbach stand auf. »Und jetzt werde ich Locke sagen, dass er dir etwas Vernünftiges zu Essen bringen soll!«

KAPITEL 5

Walter hatte darauf bestanden, nichts von seinem Aufenthalt bei Locke preiszugeben, ehe sie nicht wussten, wie es weitergehen sollte. Kaltenbach war froh, dass er sich immerhin dazu durchgerungen hatte, Regina wenigstens eine Nachricht zukommen zu lassen.

Sobald er zurück im Tal war, wählte er ihre Nummer. »Du kommst doch gleich vorbei und erzählst alles? Und bring Luise mit!«, bat sie ihn. Reginas Stimme war anzuhören, dass ihr ein gewaltiger Stein vom Herzen fiel.

Auf dem Rückweg nach Maleck schwangen die Begegnung und das Gespräch mit Walter noch immer nach. Natürlich war auch Kaltenbach erleichtert, dass es Walter gut ging. Die Situation einzuschätzen, war schwierig. Ob die Bedrohung durch Jürgen Wanka wirklich so brisant war, wie Walter sie darstellte?

Vor dem Haus in Maleck blieb Kaltenbach noch einen Moment im Auto sitzen. Walters Flucht zu Locke war nur mit Panik zu erklären. Er hatte Angst um sich und seine Familie. Was Kaltenbach jedoch am meisten überrascht hatte, war, seinen Freund von einer Seite zu erleben, die er bisher so nicht gekannt hatte. Walter, der große Macher, Walter, der auf alles eine Antwort wusste. Walter, der stets alles im Griff hatte und mit jeder Situation umgehen konnte. Alles dies hatte einer anderen Seite Platz gemacht. Zum ersten Mal erlebte Kaltenbach ihn als angreifbar, verletzlich. Und als ratlos. Er spürte, wie sein Herz bis in den Hals hoch klopfte.

Um die Mittagszeit standen Kaltenbach und Luise vor der Wohnungstür am Mühlbach. Regina fiel beiden um den Hals. »Ich bin ja so froh«, sagte sie. »Kommt rein, ich habe uns Kaffee gemacht.« Kaltenbach und Luise folgten ihr ins Wohnzimmer. Der Tisch war bereits gedeckt. Eine grün-weiße Schale war mit schottischem Buttergebäck gefüllt. Von der hinteren Seite des Hauses schien die Sonne angenehm durch den Wintergarten herein.

»Ich habe ja schon manches mit Walter durchgemacht«, sagte Regina, als Kaltenbach seine Erzählung von dem Treffen mit Walter beendet hatte. »Aber ich hätte nie vermutet, dass er derart panisch reagieren könnte!«

Kaltenbach nickte. »Stimmt«, sagte er. »Aus seiner Sicht handelt er völlig richtig. Aber eine Lösung ist das natürlich nicht.«

Regina schenkte allen Dreien Kaffee nach. »Dabei hätte es mir auffallen müssen, dass etwas nicht stimmte.« Sie überlegte einen Moment. »Vor zwei Wochen etwa. Wir haben zusammen in den Nachrichten den Bericht über die Entlassung des ehemaligen RAF-Mitglieds gesehen. Auf SWR wurde das groß herausgebracht, weil er wohl ursprünglich aus unserer Gegend kam und jetzt wieder herziehen will.«

Kaltenbach sah kurz zu Luise hinüber. »Und wie hat Walter reagiert?«

»Zuerst aufgeregt. Interessiert. Auch das, was die Tage darauf zu dem Thema in der Zeitung stand, hat er aufmerksam verfolgt. Dann hat sich das von jetzt auf nachher geändert.«

»Wie?«

»Erst wurde er nervös. Dann in sich gekehrt. Richtig geistesabwesend. Ich habe ihn gefragt, aber er wollte nichts sagen. Jetzt ist mir natürlich einiges klar. Es muss seit dem

Tag gewesen sein, an dem er den Brief mit dem Zeichen bekommen hat.«

»Eine Nachricht aus der Vergangenheit.« Kaltenbach nickte. »Zuerst Wankas Entlassung, dann das alte Kampfzeichen der ehemaligen Gruppe. Das konnte kein Zufall sein. Als kurz darauf ein ehemaliger Mitstreiter ermordet wurde, brach bei Walter die Panik aus. Er musste schnell reagieren.«

»Und sah nur eine Möglichkeit! Warum hat er nicht mit mir gesprochen? Ich verstehe das immer noch nicht.« Regina schüttelte den Kopf. »Es gab Zeiten, da war das anders. Als Andrea geboren wurde, zum Beispiel«, fügte sie leise hinzu. »Es gab keinen liebevolleren Vater als Walter. Er wirkte fast so zerbrechlich, so hilflos wie seine Tochter.«

Luise nahm Reginas Hand. »Vergiss nicht, er will dich damit schützen. Letztlich ist es seine Art, Liebe zu zeigen.«

Regina lächelte zaghaft, ihre Augen begannen zu glitzern. »Vielleicht hast du recht.«

»Warum gehen wir nicht einfach zur Polizei?« Luise kuschelte sich in die Sofaecke. »Die sollen diesen Wanka verhaften. Und Walter kann heute Abend wieder nach Hause.«

Kaltenbach schüttelte den Kopf. »Aus welchem Grund sollten sie das tun? Wir leben in einem Rechtsstaat. Da kannst du nicht jemanden verhaften, nur weil ein anderer Angst vor ihm hat.«

»Aber der Mord! Und das Zeichen, das er Walter geschickt hat!«

»*Wenn* er es geschickt hat. Bisher ist das nichts weiter als Walters Vermutung. Die Polizei würde höchstens ihn vernehmen. Nicht den anderen. Für die Polizei ist das nichts weiter als pure Spekulation.«

Auch Regina war skeptisch. »Ich befürchte, Lothar hat recht. Und wie ich Walter kenne, würde er das gar nicht wollen. Nicht einmal mir zuliebe.«

»Aber was können wir sonst tun?«

Für eine Weile tranken alle drei schweigend ihren Kaffee. Endlich ergriff Kaltenbach das Wort. »Entweder Walter hat mit seinem Verdacht recht oder nicht. Wenn wir etwas tun und ihm helfen wollen, müssen wir genau das herausfinden!«

Eine halbe Stunde später verabschiedeten sie sich. Es war noch früh genug am Tag, und sie hatten noch eine Weile Zeit, ehe Luise wieder zurück nach Freiburg musste.

»Spaziergang?«

»Warum nicht?«

Der Feldweg oberhalb von Windenreute lag in der Nachmittagssonne. Es war sommerlich warm. Die Badenfahne auf der Hochburg hing schlaff herunter.

»Was würdest du an Walters Stelle machen?« Luise hatte sich bei Kaltenbach untergehakt.

»Wenn ich jetzt auf dem Glaserhof bei Locke säße?«

»Nicht nur. Überhaupt. In dieser Situation.«

»Wie meinst du das?«

»Wenn du bedroht wärst. Wenn du Angst um dein Leben hättest. Und das ganze Drumherum völlig im Dunkel läge. Völlige Ungewissheit.«

»Na ja. Für Walter ist es nicht so ganz ungewiss. Für ihn ist klar, mit wem er es zu tun hat. Er ist ja überzeugt, dass Wanka hinter der Bedrohung steckt, dass Wanka sich rächen will.«

»Aber er weiß nicht, wo und wann es passieren wird. Ob er der Nächste ist oder ein anderer aus der Gruppe. Ob er nicht längst beobachtet wird, vielleicht sogar auf Lockes Hof. Also, was würdest du tun?«

Kaltenbach antwortete nicht sofort. Er konnte sich an ein paar Situationen erinnern, in denen er Angst gehabt hatte. Als Kind vor dem riesigen Hund in der Nachbarschaft. Angst davor, beim Staatsexamen zu versagen. Seine Höhenangst, die sporadisch kam und ihn plötzlich überfallen konnte. Aber das war es nicht, was Luise wissen wollte.

»Ich glaube, Angst vor dem Sterben haben wir alle«, sagte er schließlich. »Aber wir drängen sie weg. Sonst könnten wir nicht leben.« Er kickte einen kleinen Ast in das Maisfeld neben dem Weg. »Ich kann das nicht beantworten. Wenn es so weit ist, weiß ich es vielleicht. Vorher nicht.«

Er blieb stehen und nahm Luise in den Arm. »Aber um dich hätte ich Angst.«

Für einen Moment blieben sie eng umschlungen stehen.

»So geht es Walter«, sagte Luise. »Es trifft ihn doppelt.«

»Stimmt. Er ist ein Mensch, der es gewohnt ist, die Zügel in der Hand zu halten. Seine Geschicke selbst zu bestimmen. Dieses Mal ist es anders.«

»Aber was willst du tun? Du bist sein Freund!«

Sie setzten sich wieder in Bewegung. An der Kreuzung vor dem Wasserspeicher bogen sie nach links ab zu den Zaismatthöfen.

»Ich denke, es hat am wenigsten Sinn, genauso hektisch zu werden. Vielleicht tut es Walter sogar gut, ein paar Tage für sich zu sein. Ich werde solange versuchen, ein paar Informationen zu bekommen. Vielleicht finde ich ja etwas, das seinen Verdacht zerstreut.«

»Das klingt, als glaubtest du ihm nicht.«

»Es geht nicht ums Glauben. Ich will ihm helfen. Das ist alles. Er würde für mich dasselbe tun.«

Kaltenbach zog die Jacke aus und hängte sie über die Schulter. »Außerdem bin ich sicher, dass er es in seinem Versteck nicht mehr lange aushält. Er wird bestimmt demnächst wieder aufkreuzen. So lange kann er gar nicht nichts tun.«

Den Abend verbrachte Kaltenbach alleine vor dem Fernseher. Der Sonntagskrimi konnte ihn heute nicht sonderlich fesseln. Die »Tatort«-Macher hatten wieder einmal ein neues Ermittlerteam geschaffen. Doch Kaltenbachs anfängliche Neugier hielt nicht lange an. Er wurde nicht warm mit den beiden Hauptdarstellern. Vor allem der Mann war seiner Meinung nach viel zu jung, um einen überzeugenden »Hauptkommissar« abzugeben.

Nach einer halben Stunde hatte er genug und schaltete ab. Wenigstens der gut temperierte Merlot hielt, was er versprach. Kürzlich hatte er auf einer Postkarte einen Spruch gelesen, der ihm gefiel: »Du bist zu alt, um schlechten Wein zu trinken.« Kaltenbach nahm einen Schluck und betrachtete die tiefrote Flüssigkeit im Glas. Das galt für Wein ebenso wie für anderes. Die »Fünf« rückte allmählich in Sichtweite, und in seinem Alter musste er nicht irgendetwas tun, um die Zeit rumzubringen.

Das Schöne an Kaltenbachs riesiger Plattensammlung war, dass es für jede Stimmung die passende Musik gab. Die perfekt abgestimmten Harmonien von Crosby, Stills, Nash und Young waren genau das, was ihm jetzt gut tat. Er zog die Vinylscheibe aus dem Cover, setzte die Nadel auf und genoss das gefühlvolle Intro der akustischen Gitarren.

Kaltenbach hatte diese Musik kennen- und liebengelernt, als er zum ersten Mal erfuhr, dass das Leben nicht so geradlinig ging, wie er es gewohnt war. Als er mit 15 auf Verständnis hoffte und nirgends fand, nicht einmal bei sich selbst. Als er verzweifelt auf der Suche war nach Möglichkeiten, seinen stürmischen und zarten und vor allem widersprüchlichen Gefühlen Ausdruck zu verleihen. Die meisten seiner Altersgenossen waren dem Sound der 80er gefolgt, hatten den Synthie-Pop von Depeche Mode gehört und Poster von Michael Jackson und Madonna aufgehängt. Doch mit der Ermordung John Lennons war er auf die Musik der Älteren aufmerksam geworden.

Seltsam, dass ihm all dies gerade jetzt in den Sinn kam. Der Einblick in Walters emotionale Seite hatte etwas in ihm angerührt. Etwas, an das er sich kaum mehr erinnern konnte. Wo waren all die Gefühle geblieben? Wo die tief gehenden Erlebnisse? Er dachte an das hölzerne Hin und Her mit Luise, das am Anfang ihrer Beziehung gestanden war. An ihre beiderseitige Unfähigkeit, das auszudrücken, was in ihnen lebte. Auch das war eine Art Angst. Angst vor Nähe, Angst vor Verletzlichkeit.

»… leave us helpless, helpless …«, sang Neil Young. Nein, das war es nicht. Niemand war hilflos. Er musste nur den Mut aufbringen, das zuzulassen, von dem er meinte, sich schützen zu müssen.

Kaltenbach stand auf und ging zu einem seiner Bücherschränke, einem umfunktionierten Küchenkänsterle, das er vor vielen Jahren vor dem Sperrmüll gerettet hatte. Im unteren Regal in der zweiten Reihe fand er zwischen ein paar Rilke- und Hessebüchern, was er suchte. Ein Notizbuch. Er zog es heraus und nahm es mit zurück zum Sofa. Der Einband war noch derselbe wie vor über 30 Jahren, ein zarter, bunt bedruckter Stoff vom Flohmarkt.

»Reise um den Tag in 80 Welten – Gedichte von L. Kaltenbach.« Leise, fast ehrfürchtig kamen die Worte über seine Lippen. Dann schlug er auf und begann zu lesen.

KAPITEL 6

Zum Wochenbeginn, am Montagmorgen war Frau Kölblin sichtlich enttäuscht, dass es von Kaltenbach nichts Neues über den Mord am Kaiserstuhl zu hören gab. Den Hinweis auf die laufenden polizeilichen Ermittlungen wischte sie zur Seite.

»Was heißt do nix Neis? I denk, din Onkel het de Dode gfunde?« Der Vorwurf in ihrer Stimme war unüberhörbar.

Kaltenbach bezweifelte nicht, dass seine frühe Besucherin den Umgang mit den Nachrichten ganz anders angegangen wäre. Doch er konnte ihr tatsächlich nicht helfen.

»Die Polizei hat inzwischen herausgefunden, wer es ist.«

»I weiß, in dr Zittig isch es gschdande. Aber i wodd halt schu meh wisse. Hesch du den Dode kennt? War der ues em Dorf?«

Kaltenbach hob entschuldigend die Hände.

»Ich weiß es nicht, tut mir leid.« Natürlich hütete er sich, von dem Gespräch mit Walter zu erzählen.

»I kriegs scho rus, verloss di druff.« Frau Kölblins Augen blitzten unternehmungslustig. »Ich kenn do ebber«, meinte sie vielsagend. »Hit Obend weisch dann Bscheid!«

Mit diesen Aussichten verabschiedete sie sich rascher als gewohnt.

Kurz darauf rief Martina an.

»So wie es aussieht, kann ich morgen kommen«, sagte sie. »Der Rummel hat sich wieder verzogen. Onkel Josef ist zwar immer noch sauer, aber er hat sich einigermaßen beruhigt.«

»Das heißt, du wirst nicht mehr gebraucht?«
»Das Meiste ist getan. Die Rebstöcke sind wieder einigermaßen gerichtet. Und die Vorbereitungen zum Herbsten laufen wie immer.«
»Was ist mit der Höhle?«
»Die Polizei hat alles wieder freigegeben.«

Das waren gute Nachrichten. Kaltenbach war froh, dass Martina sich die Zeit nahm. So würde er wenigstens die Planungen für das Weihnachtsgeschäft abschließen können. Er wusste, dass spätestens nächste Woche alle Kräfte gebraucht wurden. Wenn es sein musste, würde sogar er mithelfen müssen.

Zu Mittag aß Kaltenbach einen Salatteller im neu eröffneten Biomarkt in der Stadt. Danach steuert er seine Lieblingsbank im Stadtpark an und streckte sich aus. Die Sonne schien angenehm warm und lockte zu einem Nickerchen.

Der Gedanke an Walter ließ ihm jedoch keine Ruhe. Es würde nichts nützen, ihm mit gutem Zureden die Furcht zu nehmen. Das Gespräch mit Luise gestern hatte ihn daran erinnert, wie schwierig es war, wenn man Angst hatte. Mit Vernunft und Logik konnte man da nichts erreichen. Der tiefe Kern war irrational und widersetzte sich allen Erklärungen. Auch die Gewissheit, dass der Eiffelturm schon mehr als 100 Jahre sicher stand, würde nicht die Schweißausbrüche verhindern, wenn er von oben herabschaute. Wenn er überhaupt hinaufstieg.

Paris! Im Durcheinander der letzten Tage hatte er die Buchung völlig vergessen. Es war höchste Zeit, sich zu überlegen, wie er Luise damit überraschen konnte. Vor allem musste er sicherstellen, dass sie an besagtem Wochenende nichts anderes plante. Spätestens in dieser Woche musste er das klären.

Kaltenbach stand auf und schlenderte an den Mammutbäumen vorbei hinüber zu dem kleinen Teich. Zwischen den Blättern hatten noch einige wenige Seerosen ihre Blüten geöffnet. Das Schilf an den Rändern stand dagegen üppig. Auf den flachen Steinen hinter der Einfassung saßen drei Schildkröten und wärmten sich in der Sonne.

Bisher hatte er nur über Walter nachgedacht. Kaltenbach fragte sich, wie die übrigen ehemaligen Mitglieder der »Roten Korsaren« reagierten. Vielleicht war das ein Ansatzpunkt. Zwei von ihnen waren am Donnerstag mit Walter in Bickensohl gewesen. Und die anderen? Wie ernst nahmen sie die Drohung? Hatte überhaupt jeder von ihnen das Zeichen bekommen?

Auf jeden Fall musste er mehr über Jürgen Wanka erfahren. Am ehesten konnte ihm wohl Grafmüller mit seinen Kontakten und Recherchemöglichkeiten helfen.

Auf dem Rückweg in den Laden schaute er in der Redaktion vorbei. Grafmüller brütete konzentriert über der Tastatur an einem Artikel.

Als er Kaltenbach sah, hellte sich sein Gesicht auf. »Trifft sich hervorragend, dass du kommst«, meinte er, noch ehe Kaltenbach sein Anliegen vorgebracht hatte. »Hast du Lust, mitzukommen? Ich will heute noch einmal zum Kaiserstuhl. Ich brauche unbedingt ein paar aktuelle Fotos. Vielleicht sind die Leute heute etwas gesprächiger. Außerdem wird dich interessieren, was ich herausgefunden habe! Ich erzähle es dir während der Fahrt.«

Es war früher Abend, als Kaltenbach und Grafmüller zum zweiten Mal in kurzer Zeit zum Kaiserstuhl fuhren.

»Ich glaube, ich weiß jetzt, warum die Bickensohler so zurückhaltend sind«, sagte der Redakteur, als sie hinter Ihringen in Richtung Norden abbogen. Normalerweise kam man auf dieser Straße rasch voran. Doch heute herrschte Hochbetrieb. Überall waren Traktoren mit riesigen Anhängern unterwegs. Neben der Obsternte hatten viele der Winzer bereits mit dem Einbringen der Trauben begonnen.

»Ich habe mal unser Archiv durchforstet. Das war ein Riesengeschäft, und ich bin immer noch nicht fertig. Aber zu deinem Onkel Josef habe ich etwas, was dich interessieren wird.«

»Machs nicht so spannend. Hat er etwas ausgefressen?«

Grafmüller lachte. »Das gerade nicht. Aber er hat etwas verschwiegen.« Er gab Gas und zog an einem Gespann vorbei. »Es war nicht der erste Tote in der Höhle.«

Kaltenbach sah überrascht auf. »Wie bitte?«

»Vor Jahren hat man schon einmal einen Toten dort gefunden.«

»Noch ein Mord?«

Grafmüller schüttelte den Kopf. »Kein Mord. Ein junger Mann Anfang 20. Hat sich damals die Pulsadern aufgeschnitten.«

»Aber das ist ja schrecklich! Und wer war der Tote? Einer aus dem Dorf?«

»Muss ich erst noch herausfinden. Ich sage dir, das ist eine Riesenarbeit. Nichts mit Suchfunktion und Mausklick. Da musst du jede Zeitung einzeln durchblättern.« Grafmüller seufzte. »Außerdem bekommt ein Selbstmord nun einmal keine Titelschlagzeile. War schon Glück genug, das überhaupt zu entdecken. Ein älterer Kollege aus Endingen hat mich darauf aufmerksam gemacht.«

Kaltenbach nickte. »Jetzt ist mir klar, warum Onkel Josef so hektisch reagiert hat. Es ging ihm nicht nur um den Weinberg. Da steht sein guter Ruf auf dem Spiel.«

»Guter Ruf? Was meinst du damit?«

»Auf dem Dorf will man nicht ins Gerede kommen.« Kaltenbach trommelte mit den Fingern auf das Handschuhfach. »Du brauchst übrigens nicht so zu rasen. Wie ich ihn kenne, wirst du gar nichts erreichen. Kein Wort wirst du aus ihm herausbekommen. Weder zu dem Mord noch zu dem Toten von damals.«

Kaltenbach hatte recht. Als sie den Alten auf seinem Hof antrafen, weigerte er sich, überhaupt mit Grafmüller zu sprechen. »Ich will nichts davon hören«, brummte er. »Es bringt Unglück, die alten Geschichten wieder auszugraben.«

»Aber Josef, es ist wichtig. Du könntest helfen, den Mord aufzuklären«, versuchte Kaltenbach, ihn zu überreden.

»Das sollen andere tun. Die Polizei von mir aus. Ich will meine Ruhe haben! Und den da bringst du mir nicht mehr auf den Hof!« Er nickte zu Grafmüller hinüber, der etwas unschlüssig danebenstand. »Sonst kannst du grade auch fortbleiben!«

Wütend stapfte er davon und zog die Tür der Scheune hinter sich zu.

Kaltenbach hob die Schultern. »Ich habe es dir gesagt. Keine Chance. Stur wie ein Bock.« Sie verließen den Hof und gingen zurück auf die Straße. »Aber ich habe eine Idee. Vielleicht haben wir doch eine Chance. Komm mit.«

Martina wohnte mit ihrer Familie ein Stück weiter im Dorf. Es war eines der typischen Häuser der Gegend mit einem hübsch renovierten alten Teil und einem modernen Anbau nach hinten. Kaltenbachs Cousine arbeitete im Garten. Ein etwa zweijähriger Junge spielte im Sandkasten.

»Mein erster Enkel«, sagte sie lächelnd. »Timo ist seit heute Mittag bei mir, die Tochter musste nach Freiburg.«

Sie wischte die Hand an der Schürze ab und begrüßte die beiden Männer. Dann fuhr sie fort, Johannisbeeren in einen Plastikeimer zu pflücken.

»Der Tote von damals? Wie habt ihr denn das herausgefunden? Ich weiß auch nicht viel darüber.« Sie zuckte mit den Schultern. »Das Ganze ist damals totgeschwiegen worden. Ein Selbstmord ist eine schlimme Sache. Und eine heikle dazu.« Sie nickte Grafmüller vielsagend zu.

»Weißt du, wer das war?«

»Uns Kindern hat man damals überhaupt nichts gesagt. Und später erfuhr ich nur zufällig davon. Es hat mich aber auch nicht interessiert.«

»War der Tote aus dem Dorf?«

»Ich glaube nicht. Sonst wäre noch mehr darüber gesprochen worden.« Martina bot ihnen eine Handvoll der leuchtend roten Beeren an. »Probiert mal. Die werden heute Abend noch verarbeitet. Zehn, 15 Gläser werden es mindestens.« Sie verzog nachdenklich das Gesicht. »Aber komisch ist es schon. Im Dorf sterben die Leute nie – auf solche Weise, meine ich. Ich kann mich nicht erinnern, dass es hier jemals so etwas gegeben hat. Und dann ausgerechnet beide bei Onkel Josef oben. Kein Wunder, dass er so abweisend ist.«

»Was ist denn jetzt mit der Höhle?«, fragte Grafmüller, der eifrig die roten Beeren von den Stängeln abzupfte.

»Die Polizei hat gesagt, man könne wieder rein. Onkel Josef wollte sie gleich absperren. Ich weiß nicht, ob er es schon gemacht hat.«

»Wir möchten sie mal anschauen«, meinte Kaltenbach. »Georg will noch ein paar Bilder machen.«

»Fotos? Bloß nicht. Wenn das der Josef erfährt, ist der Teufel los.«

Grafmüller wiegte den Kopf. »Gegen ein paar Aufnahmen vom Gelände wird er schon nichts haben. Schließlich kann dort jeder hin. Ich nehme das auf meine Kappe. Von euch beiden sage ich nichts.«

Die Dorfgasse war so schmal, dass keine zwei Autos aneinander vorbeikamen. Die Häuser links und rechts ähnelten dem von Martina. Einige der braun gestrichenen Fachwerkbalken wurden von Wildem Wein und üppiger Clematis überrankt. Eine alte Frau mit Kittelschürze und Kopftuch kehrte vor einer Hofeinfahrt. Sonst war kein Mensch zu sehen.

Unmittelbar hinter dem letzten Haus breiteten sich entlang der Hänge die großflächigen Weinberge aus. Von Weitem sahen sie aus wie balinesische Reisterrassen. Kaltenbach leitete Grafmüller durch den Wirrwarr der Wirtschaftswege den Berg hinauf. »Komplett durchgestaltete Kulturlandschaft. Jedenfalls ganz praktisch. Heute kann der Bauer auf asphaltierten Wegen direkt anfahren. Und nach all den Jahren sieht es aus, als sei es schon immer so gewesen.«

Unvermittelt endete die schmale Straße vor einer steil aufragenden Lösswand. Oben am Berg wuchsen Büsche und ein paar Bäume.

»Da vorne kannst du halten.«

Grafmüller parkte den Wagen in einer grasbewachsenen Nische, an deren Ende eine Ruhebank für Spaziergänger stand. Der Ausblick über die Reblandschaft war herrlich. Der Redakteur holte seine Kamera vom Rücksitz und begann sofort einige Aufnahmen zu machen. »Tolles Licht! Das wird gut!«

Kaltenbach ging ein Stück voraus. In den Feldern von Josef Kaltenbachs Spitzenlage waren kaum mehr Spuren des

Polizeieinsatzes zu sehen. Lediglich ein abgerissener Fetzen rot-weißen Absperrbandes war noch um einen der Pfosten für die Rebdrähte gewickelt.

Bis zum Höhleneingang waren es nur wenige Meter zu laufen. Der Täter hatte anscheinend ohne große Mühe sein Opfer hierher schaffen können.

Die große Holztür vor dem Eingang war verschlossen. Grafmüller sah enttäuscht auf das gewichtige Vorhängeschloss. »Da hat dein Onkel schon dichtgemacht. Und den Schlüssel wird er wohl nicht herausrücken.«

Kaltenbach lachte. »Ganz sicher nicht! Mir nicht und dir sowieso nicht. Aber wart's mal ab!«

Er winkte Grafmüller mitzukommen, und lief hinter den letzten Rebzeilen den Hang entlang. Etwa 30 Meter weiter bog sich der Acker ein Stück um die Böschung herum, die an dieser Stelle einen kleinen Einschnitt ließ. Nach hinten zu wurde das Feld immer schmaler. Jeder Meter wurde ausgenutzt, bis nur noch zwei Rebstöcke nebeneinander Platz fanden. Den Abschluss bildete ein stattlicher Holunderbusch.

Kaltenbach deutete auf einen Bretterverschlag, der offenbar sämtliche Flurbereinigungen überdauert hatte. »Vielleicht haben wir Glück!« Er löste den verwitterten Holzriegel und zog die Tür auf. Im schummrigen Licht standen Hacken, Schaufeln und eine alte Schubkarre. An der Seite lagen zwei Stapel dünnmaschige Plastiknetze.

»Gegen die Vögel«, erklärte Kaltenbach. »Die Stare können eine Plage sein. Aber Onkel Josef wirft nichts weg. Obwohl er längst neue hat. Hilf mir mal!« Nach einigem Ziehen und Zerren hatten sie einen schmalen Durchgang freigelegt. Dahinter öffnete sich eine in den Berg gehauene Nische, die mit allem möglichen Gerümpel vollgestellt war. Von halb zerbrochenen Holzkisten wirbelte Staub auf.

Kaltenbach zog ein paar Balken zur Seite. »Hier ist es!«, rief er triumphierend.

Vor ihnen in der Wand öffnete sich ein etwa meterhohes dunkles Loch.

»Ein Eingang!«, rief Grafmüller aufgeregt. »Heißt das …?«

»Ja, das heißt es«, freute sich Kaltenbach. »Und wenn wir Glück haben, ist der Durchgang noch frei!«

Grafmüller bückte sich und versuchte, etwas zu erkennen. »Vor allem brauchen wir Licht! Ich habe noch eine Taschenlampe im Kofferraum.«

Kurz darauf kam er mit einer riesigen Stablampe zurück. »Die Batterien sind schwach«, meinte er. »Aber es müsste reichen.« Er leuchtete in die Öffnung. »Da hinten ist eine Wand! Da geht es nicht weiter.« Seine Stimme klang enttäuscht.

»Abwarten!«, meinte Kaltenbach und nahm ihm die Lampe aus der Hand. Gebückt tastete er sich voran, Grafmüller folgte ihm dicht hinterher.

»Siehst du!«, sagte Kaltenbach und deutete nach vorn. An der Wand war der Weg nicht zu Ende, sondern gabelte sich. Der Raum, der sich nach links öffnete, ähnelte dem ersten hinter der Tür. Doch dieser war leer bis auf ein paar Papierfetzen und altes Stroh. Nach rechts führte der Gang weiter.

»Ich bin gespannt, ob der alte Weg noch offen ist«, meinte Kaltenbach. »Ab hier geht es richtig los.«

»Ich weiß nicht, ob das etwas bringt.« Grafmüllers Stimme klang plötzlich etwas zaghaft.

»Komm nur, da kann nichts passieren.« Kaltenbach duckte sich und wandte sich nach rechts.

»Wenn du meinst«, brummte Grafmüller kleinlaut. »Ganz wohl ist mir nicht bei der Sache.«

Ganz unrecht hatte der Redakteur nicht. Sie kamen nur mühsam voran. An manchen Stellen waren große Brocken aus der Wand herausgebrochen und erschwerten das Vorwärtskommen. Hinter einer Biegung wurden sie von knöcheltiefem Wasser überrascht, das sich in einer quer verlaufenden Rinne angesammelt hatte. Die ganze Zeit über begleitete sie ein dumpfer Geruch nach Lehm und Feuchtigkeit.

Nach ein paar Minuten tat sich plötzlich ein Hindernis auf. Der Gang vor ihnen war eingebrochen. Ein Erdhaufen versperrte den Weg bis unter die Höhlendecke.

»Mist!« Kaltenbach stieß einen Fluch aus. »Dabei müssten wir fast da sein!«

»Woher weißt du das eigentlich alles?«, fragte Grafmüller. Er kauerte dicht hinter ihm und hielt seine Kameratasche fest umklammert.

»Was glaubst du, wie oft wir früher hier gespielt haben! Am liebsten Tom Sawyer und Huckleberry Finn. Wir kannten die Höhlen in- und auswendig.« Seit sie von dem Schuppen aus losgegangen waren, fühlte sich Kaltenbach zurück in seine Kindheit versetzt. Die Gänge und Höhlen waren ein perfektes Spielgelände für ihre Abenteuer gewesen.

»Das nützt uns jetzt trotzdem nichts«, knurrte Grafmüller, dem bei der ganzen Aktion nicht sonderlich wohl zumute war. »Gehen wir wieder zurück! Vielleicht gibt uns dein Onkel doch noch den Schlüssel.«

»So schnell gebe ich nicht auf.« Kaltenbach ließ den Lichtkegel der Lampe über den Lehmkegel wandern. »Sieh mal hier!« Er fuhr mit dem Arm in den Spalt unter der Decke. »Vielleicht ist es doch nicht so aussichtslos!«

»Du meinst, wir sollen graben? Das ist doch viel zu gefährlich! Wenn noch mehr einstürzt!«

»Wir müssen es zumindest versuchen. Vorne im Schuppen liegen ein paar Werkzeuge!« Er betrachtete mit Sorge die Lampe. Die Kraft des Lichtstrahls hatte bereits merklich nachgelassen. »Los, wir müssen uns beeilen!«

Tatsächlich gelang es ihnen, mit Schaufel und Hacke einen schmalen Durchgang so weit freizulegen, dass sie sich hindurchzwängen konnten.

Auf der anderen Seite wurde es heller. Schon wenige Meter nach der Einsturzstelle weitete sich der Gang zu einer großen Kammer, in der sie aufrecht stehen konnten. Direkt gegenüber sahen sie die Innenseite der Holztür, vor der sie vor Kurzem gestanden hatten. Durch die Bretterritzen fielen Lichtstrahlen herein.

Kaltenbach schaltete die Stablampe aus. »Wir müssen sparen«, sagte er.

Grafmüller drückte sein Auge auf einen Spalt und sah hinaus. »Die Sonne geht unter. Wir sollten uns beeilen.«

Der Redakteur hielt sich nicht lange auf. Er zog seine Nikon aus der Umhängetasche, die er die ganze Zeit ängstlich gehütet hatte, und begann zu fotografieren.

»Nichts davon darf in die Zeitung, denk daran! Sonst kannst du dich bei Onkel Josef nicht mehr blicken lassen. Und ich auch nicht!«

Kaltenbachs Augen hatten sich nach kurzer Zeit an das diffuse Licht gewöhnt. Jetzt sah er, dass dieser Raum sich deutlich von den anderen unterschied und offenbar oft benutzt wurde. Der Boden war eben und sauber, alles wirkte aufgeräumt und an seinem Platz. Auch hier gab es Werkzeuge, die Hacken, Spaten und Schaufeln waren frisch gereinigt. In einer Kiste lagen Rebscheren, in einer anderen Packungen mit Pheronomkapseln. Mehrere Rollen Draht stapelten sich neben etlichen Kanistern, deren Aufkleber sie als Behälter für Spritz- und Düngemittel auswiesen. An der Wand lehnte eine Handspritze, darüber hingen ein paar Jacken und Schürzen und zwei Petroleumlampen. In der Ecke stand ein einfach gezimmerter Tisch mit zwei Campingstühlen.

»Der Tote lag mitten im Raum auf dem Rücken«, sagte Grafmüller, der versuchte, mit seiner Kamera, so gut es ging, die Details des Raumes einzufangen. »So stand es in der Presseerklärung.« Der Redakteur war wieder ganz in seinem Element. »Es bleibt immer noch die Frage, warum das Opfer extra hierher geschafft wurde. Bisher hat die Polizei das noch nicht geklärt.«

»Meinst du, es hat etwas mit dem Selbstmord von damals zu tun?« Kaltenbachs Blick streifte durch den Raum. Die Stätte des Todes, ein banaler Schuppen. Ein dumpfes Gefühl beschlich ihn. Was war das Besondere an diesem Ort? Warum waren Walter und die anderen hierher bestellt worden?

»Glaube ich nicht«, erwiderte Grafmüller, der mithilfe seines Weitwinkelobjektivs und allen möglichen Verrenkungen versuchte, eine Gesamtansicht hinzubekommen. »Wie es aussieht, wusste doch kaum jemand etwas davon. Außerdem sehe ich keinerlei Sinn darin.«

»Komm doch mal hier herüber«, unterbrach ihn Kaltenbach, der jetzt die Öffnung des Gangs betrachtete, durch den sie gerade gekommen waren. »Hier in der Wand sind jede Menge Einritzungen. Mist! Die gibt nicht mehr viel her!«, fluchte er gleichzeitig. Der Strahl der Stablampe war nur noch ein müdes Funzeln. »Ausgerechnet jetzt! Ein bisschen Licht brauchen wir noch für den Rückweg.«

Grafmüller sprang von dem Stuhl herunter und zückte sein Smartphone.

»Handyleuchte!«

Auf Knopfdruck leuchtete ein kleines kaltes Licht von seinem Mobiltelefon auf. Die beiden Männer beugten sich nach vorn, um besser sehen zu können.

Die nackte Lösswand war an dieser Stelle mit unzähligen Rissen und kleinen Löchern übersät. Dazwischen liefen feine Schlieren von oben nach unten wie von tropfendem Kerzenwachs.

Grafmüller kratzte mit dem Fingernagel. »Ganz weich. Hier haben sich schone etliche verewigt.«

Bei genauem Hinsehen erkannten sie Sterne, Kreise und Kreuze. Ein paar Zeichen sahen aus wie Buchstaben. Kaltenbachs Gesicht hellte sich plötzlich auf. »Hier, sieh mal!« Er deutete auf eine schon ziemlich verwitterte Stelle. »L und K! Lothar Kaltenbach. Nach all den Jahren!« Er klang ganz aufgeregt. »Leuchte doch mal hierher, da müsste doch auch noch ...«

»Still!«

Grafmüller unterbrach ihn und ließ gleichzeitig die Handyleuchte erlöschen. »Hörst du?«

Kaltenbach hielt erschrocken inne. Von außen klangen Stimmen.

»Da kommt jemand!«, flüsterte er. Er huschte zur Tür und linste hinaus. »Ein paar Männer in Arbeitsklamotten. Sie kommen direkt hierher. Wir sollten schleunigst verschwinden!«

Eine gute Stunde später warf Kaltenbach seine verdreckten Sachen zu Hause in die Waschmaschine. Dann ließ er Wasser in die Wanne einlaufen, warf ein paar Badeperlen dazu und ließ sich langsam hineingleiten.

Langsam löste sich die Spannung. Sie waren gerade noch rechtzeitig zurück in den Gang gekrochen. Zum Glück hatte niemand Verdacht geschöpft.

Nüchtern betrachtet sah es allerdings nicht so aus, als sei er mit seiner Hilfe für Walter einen Schritt weitergekommen. Ihr Höhlenabenteuer hatte keinen Hinweis ergeben, was bei der Aufklärung des Verbrechens geholfen hätte. Schon gar nicht irgendeinen Zusammenhang mit Jürgen Wanka. Er fragte sich, was er erwartet hatte. Falls doch, würden es die Polizei und ihre Spurenexperten bestimmt vor ihnen gefunden haben.

Kaltenbach streckte sich genüsslich aus und senkte seinen Kopf ins schaumige Wasser. Je mehr er darüber nachdachte, desto unsinniger schien ihm Walters Anschuldigung. Woher nahm Wanka die Gewissheit, verraten worden zu sein? Konnte es sein, dass der Hass des ehemaligen RAF-Mitglieds so stark war, dass er sein künftiges Leben als freier Mann aufs Spiel setzte, nur um die Genugtuung zu bekommen, am Ende recht behalten zu haben?

Kaltenbach wusch sich die Haare, spülte sich ab und stieg aus der Wanne. Das Beste würde sein, morgen noch einmal zu Locke nach Simonswald zu fahren. Er hatte das Gefühl, dass Walter ihm einiges verschwieg. Um ihm wirklich helfen zu können, musste sein Freund mehr über die damalige Zeit erzählen. Und am besten gleich sein Versteckspiel aufgeben und mit nach Hause kommen.

Nachdem er sich angezogen hatte, ging Kaltenbach in sein Arbeitszimmer und fuhr den Rechner hoch. Grafmüller hatte einige wenige Fotos von der Höhlenwand machen können und Kaltenbach versprochen, sich zu melden, wenn er etwas Auffälliges entdeckt hatte.

Tatsächlich lag eine Mail in seinem Postfach, dazu drei Fotos im Anhang. Kaltenbach wartete ungeduldig. Mit seinem betagten Rechner dauerte es fast zwei Minuten, ehe er die Bilddateien öffnen konnte.

»Wand mit Einritzungen«, hatte Grafmüller auf seine knappe Art dazugeschrieben. Ein bisschen bearbeitet, damit die Kontraste besser herauskommen.

Auf den ersten Blick sah es nicht so aus, als hätte der Redakteur viel erreicht. Zwei der Aufnahmen waren durch den Blitz heillos überbelichtet, die dritte fast schwarz. Zum Glück hatte Kaltenbach in letzter Zeit ein wenig dazugelernt. Er veränderte die Einstellungen so lange, bis er endlich auf einem der Bilder sein »L.K.« wiedererkannte. In derselben Einstellung konnte er nun sehen, was ihm schon in der Höhle aufgefallen war – Buchstaben und Zeichen, die meisten verwittert und kaum zu erkennen. Vieles war ausgewaschen oder mit Flechten überwachsen. Trotzdem sah man deutlich, dass schon frühere Generationen die Wand als willkommene Gelegenheit gesehen hatten, sich zu verewigen.

Ein Lächeln glitt über sein Gesicht, als er zwei gespiegelte F wiedererkannte. Friedrich Fischer, einer seiner ehemaligen Spielkameraden. Seit damals hatte er ihn nicht mehr gesehen.

Am unteren Bildrand fiel ihm etwas auf. Eine helle Stelle hob sich etwas von der übrigen Wand ab, so, als habe jemand ursprünglich eine ganze Fläche freigekratzt. Kaltenbach vergrößerte den Ausschnitt und justierte Kontrast und Helligkeit, bis in der Mitte deutlich eine Form hervortrat.

Kaltenbach rieb sich die Augen und starrte gebannt auf das Bild. Es war kein Zufall, dass der Ermordete an dieser Stelle gefunden wurde. Er sprang auf und holte die Zeitung vom Freitag mit den beiden Fotos. Das Zeichen war eindeutig. Drei Kreise mit einem nach oben zeigenden Pfeil.

Das Zeichen der »Roten Korsaren«!

KAPITEL 7

Nach einer unruhigen Nacht saß Kaltenbach ziemlich zerknautscht bei seinem zweiten Kaffee, als das Telefon klingelte. Reginas Stimme klang, als hätte sie eben von einem unverhofften Lottogewinn erfahren.
»Er ist zurück! Ich bin ja so froh!«
Kaltenbachs Müdigkeit war mit einem Schlag verflogen.
»Walter?«
»Vor einer halben Stunde stand er in der Tür. Ich dachte, ich muss dir sofort Bescheid geben!«
»Natürlich. Alles in Ordnung? Wie geht es ihm?«
»Übernächtigt, unrasiert, müffelig. Er duscht seit einer Viertelstunde. Aber er ist wieder da! Lothar, ich kann dir gar nicht sagen, wie erleichtert ich bin. Komm doch später bei uns vorbei! Ich glaube, das wäre gut.«
»Mach ich.«
Kaltenbach freute sich. Doch die Nachricht überraschte ihn nur wenig. So war er. Wenn sein Freund Walter von etwas überzeugt war, handelte er entsprechend. Und das möglichst ohne Umwege und sofort. Für seine Mitmenschen war das nicht immer nachzuvollziehen. Oder auszuhalten. Er war gespannt, was Walter zu erzählen hatte. Und auf seine Reaktion zu der Entdeckung des Korsaren-Zeichens auf der Höhlenwand.

Am späten Vormittag kam Grafmüller im »Weinkeller« vorbei. Die journalistische Begeisterung war ihm schon von Weitem anzusehen.

»Ist das nicht sensationell?«, rief er, kaum, dass er den Verkaufsraum betreten hatte. Eine Frau mit Einkaufstasche, die gerade einen Dekanter aus dem Regal mit dem Weinzubehör geholt hatte, sah überrascht auf und schüttelte unwillig den Kopf. Kaltenbach warf Grafmüller einen strafenden Blick zu und ermunterte die Frau, sich nicht stören zu lassen. Dann zog er den Redakteur zu den beiden Stühlen in der Probierecke.

»Das selbe Zeichen bei dem Mordopfer und in einer alten Höhlenwand!« Schlagartig wurde Kaltenbach bewusst, dass es ein Fehler war, dass er gestern noch am späten Abend seinen Fund an Grafmüller gemailt hatte. Der Redakteur triumphierte. »Wenn das keine Story ist!«

»Untersteh dich!«, zischte Kaltenbach. »Das wirst du nicht veröffentlichen! Onkel Josef reißt mir den Kopf ab. Außerdem stehst du im Wort Martina gegenüber.«

»Aber der Artikel liegt fix und fertig auf der Festplatte. Der Hauptaufmacher für die morgige Ausgabe!«

»Ich habe es dir gesagt, bevor wir nach Bickensohl gefahren sind. Nur Bilder von außen, wo jeder rankommt!« Kaltenbach wurde energisch. Er hatte nicht die geringste Lust, wegen einer Schlagzeile einen dauerhaften Familienkrach zu riskieren.

»Aber in diesem Fall …!«

»Kein Wort weiter! Wenn du das bringst, sind wir geschiedene Leute!«

Grafmüllers Miene verdüsterte sich. Er merkte, dass es Kaltenbach ernst war. Mit einer so heftigen Reaktion hatte er nicht gerechnet.

Ihr Disput wurde durch das Läuten der Ladenglocke unterbrochen. Zum Glück fand der Kunde rasch, was er wollte, und zog schon nach wenigen Minuten mit einem

Karton Grauburgunder wieder ab. Die Frau mit der Einkaufstasche hatte sich inzwischen verabschiedet, ohne etwas zu kaufen.

Die Pause genügte, die Gemüter der beiden wieder etwas herunterzufahren.

»Vielleicht hast du recht«, meinte Grafmüller, der sich in der Zwischenzeit das Regal mit den Franzosen angesehen hatte. »Es wäre ein Vertrauensbruch. Trotzdem ist die Entdeckung sensationell. Wir sollten die Polizei verständigen. Ob die das ebenfalls herausgefunden hat?«

»Gute Frage.« Kaltenbach überlegte. »Eigentlich müsste deren Spurensicherung die Wand untersucht haben.«

»Im Pressebericht stand bisher nichts davon. Es ist aber auch leicht zu übersehen.«

»Man sieht das, was man erwartet.« Kaltenbach wiegte den Kopf. »Gut möglich, dass ihnen da etwas entgangen ist.« Er sah den Redakteur an. »Ich denke, fürs Erste sollten wir das für uns behalten. Was sollen wir auch antworten, wenn sie wissen wollen, woher die Fotos stammen? Und wer weiß, vielleicht interpretieren wir das Ganze falsch, und das eine hat mit dem anderen nichts zu tun.« Kaltenbach konnte nur hoffen, dass der Redakteur nicht merkte, was für einen Unsinn er gerade zusammenredete. Natürlich war das alles kein Zufall. Von dem Zusammenhang mit Wanka sagte er auch jetzt nichts. Die ganze Sache war zu heikel. Es war höchste Zeit, mit Walter zu sprechen.

»Na schön«, meinte Grafmüller. »Aber ich bleibe dran! Vielleicht finde ich noch mehr heraus. Und spätestens, wenn die Polizei die Informationen öffentlich macht, werde ich den Artikel bringen. Onkel Josef hin oder her.« Er stand auf und ging zur Tür. »Du hörst von mir!«

»Du hattest recht«, sagte Walter und häufte sich den zweiten Teller auf. Regina hatte Pasta Arrabiata mit einer raffinierten Sauce gemacht. Dazu einen Berg frischen Salat.

»So ganz sicher habe ich mich selbst bei Locke nicht gefühlt. Und nachts konnte ich sowieso nicht schlafen. Außerdem«, bekräftigte er kauend, »ist es besser, wenn ich bei Regina bin, falls tatsächlich etwas passieren sollte.« Sein Gesicht strahlte rosig und frisch gewaschen. »Deshalb musst du nicht gleich heulen vor Freude!«

Die Schärfe der Chilis trieb Kaltenbach Tränen in die Augen. Gleichzeitig spürte er, wie eine leise Enttäuschung in ihm aufstieg. Walter verhielt sich wieder genauso, wie er es von ihm gewohnt war. Seine plötzliche Rückkehr kommentierte er als ebenso selbstverständlich wie die panikartige Flucht zuvor.

»Ich werde nicht mehr davonlaufen!«

Regina lächelte ihrem Gatten zu. Sie war sichtlich froh, ihn wohlbehalten wiederzuhaben.

»Aber du bist immer noch überzeugt davon, dass Wanka gefährlich ist?«, fragte Kaltenbach und wischte sich die Tränen aus den Augenwinkeln. Sein Mund brannte wie Feuer. Normalerweise mochte er gerne scharfes Essen, aber heute hatte Regina in ihrem Überschwang wohl etwas zu tief in die Gewürzkiste gegriffen.

»Natürlich«, antwortete Walter. »Aber ich werde nicht warten, bis etwas passiert. Ich werde den Stier bei den Hörnern packen!«

Kaltenbach sah, wie die Kampfeslust seines Freundes zurückkehrte. »Was willst du tun?«

Walter trank sein Bierglas mit einem langen Schluck leer und schenkte sich sofort nach. »Ich werde ein Treffen organisieren. Die ganze Truppe von damals werde ich zusammentrommeln. Und dann werden wir im Kollektiv beratschlagen, was zu tun ist. Gemeinsam sind wir stark!«

»Ein paar haben wir sogar schon erreicht«, bekräftigte Regina. »Walter hat aber noch nicht alle Adressen. Seid ihr bereit für einen Nachtisch?« Sie stand auf. »Quarkspeise mit frischen Heidelbeeren vom Wochenmarkt. Lothar, hilfst du mir tragen?«

In der Diele läutete das Telefon. Walter sprang auf. »Ich gehe schon. Wahrscheinlich noch einer, der sich meldet!«

Kaltenbach stellte das Geschirr zusammen und trug es auf einem Tablett in die Küche. Regina holte zwei große Schüsseln aus dem Kühlschrank. »Mit Sahne!«, lächelte sie. »Nimmst du Schälchen und Löffel? Ich mache uns noch rasch einen Kaffee!«

Kaltenbach stellte alles zusammen und balancierte den Nachtisch aus der Küche ins Wohnzimmer. Walter stand regungslos an den Tisch gelehnt.

»Du kannst ruhig helfen!«, forderte Kaltenbach ihn auf. »Schließlich hast du vier Tage lang …«

Der Blick auf seinen Freund ließ ihn stocken. Aus Walters Gesicht war alle Farbe gewichen.

»Was ist? Ist dir nicht gut?« Kaltenbach stellte rasch das Tablett ab. Walter ließ sich auf den Stuhl sinken. Sein Blick war starr. Seine Hände zitterten.

Regina kam mit Tassen und Tellern aus der Küche. »Oh Gott, was ist passiert?« Sie stürzte zu ihrem Mann und nahm sein Gesicht in die Hände. »Walter! Was ist los? Sag doch etwas!«

Walter atmete schwer. Endlich gab er sich einen Ruck und hob den Kopf.

»Der Anruf. Gerade eben.« Seine Stimme klang mit einem Mal völlig klar.

»Er hat es wieder getan!«

Der alte Westwallbunker lag am Ende der Burkheimer Rheinauen am Rande eines riesigen Kieswerks. Obwohl es in der Nacht deutlich abgekühlt hatte, tummelten sich einige Unentwegte im türkisfarbenen Wasser des Baggersees. Auf dem Naturparkplatz am Ende des Stichwegs durch den Rheinwald lagen bereits überall gelbgrüne Pappelblätter und kleine Zweige. Die Vorboten des Herbstes waren unübersehbar.

Walter hatte die ganze Fahrt über schweigend auf dem Beifahrersitz gesessen. Alle Versuche Kaltenbachs, ihn zum Sprechen zu bringen, hatte er allenfalls mit stummem Kopfschütteln beantwortet. Er wirkte hoch angespannt.

»Da vorne, unter dem Deich«, meinte er knapp, nachdem sie angekommen und ausgestiegen waren. Der fein geschotterte Pfad entlang des Rheins war ein beliebter Wander- und Radfahrweg. Zwei Polizeiwagen mit Blaulicht standen in der Zufahrt. Ein paar Beamte waren dabei, Bänder auszurollen und ein paar Neugierige zurückzuhalten, die sich vor der Absperrung drängten.

Die beiden Männer stiegen über den steilen grasbewachsenen Hang nach oben. Direkt hinter dem Damm breitete sich das breite Band des Rheinkanals aus. In Richtung Breisach tuckerte ein Frachtkahn mit zwei Möwen im Schlepptau. Es roch nach Schlick und Algen.

Beim Näherkommen hörte Kaltenbach aufgeregte Stimmen.

»Was ist eigentlich passiert?«
»Ein Hund war es! Ein Hund hat eine Leiche gefunden!«
»Lassen sie uns durch, wir wollen hier nur spazieren gehen!«

»Ein toter Hund? Und warum dann die Polizei?«

Abseits davon stand ein hochgewachsener Mann mit einer Lederkappe und rauchte. Kaltenbach wunderte sich, dass er trotz der spätsommerlichen Wärme einen Mantel trug.

Als Walter ihn bemerkte, steuerte er direkt auf ihn zu. Mit knappen Worten machte er sie bekannt.

»Fritz Hafner, Kumpel von früher«, stellte er den Mann vor, »Lothar Kaltenbach, Kumpel von heute.«

Hafner ließ einen taxierenden Blick über ihn gleiten, ehe er Kaltenbach zögernd die Hand gab.

»Lothar weiß Bescheid«, erklärte Walter. »Er hat mich hergefahren.«

»Wenn du meinst«, knurrte Hafner. »Leo und Silvie werden jeden Moment hier sein.«

»Und die anderen?«, fragte Walter, der mit dem Großen völlig vertraut schien.

»Keine Ahnung.« Hafner zuckte die Schultern und warf die Zigarette weg. »Wann hat er dich angerufen?«

Walter berichtete mit knappen Worten von dem Telefonat. Kaltenbach sah aus den Augenwinkeln, wie in die Gruppe vor der Absperrung Bewegung kam. Einer der Polizisten hatte seinen Block gezückt und notierte der Reihe nach die Personalien.

»Was machen wir jetzt? Verschwinden?« Walter sah abwechselnd von dem Polizisten zu dem kleinen Waldstück, an dessen Rande der Bunker lag.

»Besser nicht«, meinte Hafner. »Das würde uns nur verdächtig machen. Es ist besser, wenn das Ganze unter uns bleibt.« Wieder bedachte er Kaltenbach mit einem abschätzenden Blick.

Kurz darauf stand der Beamte vor ihnen. »Was ist passiert? Wir sind eben erst gekommen«, versuchte es Kaltenbach auf die ahnungslose Tour.

»Es wurde ein Toter gefunden. Mehr darf ich Ihnen leider nicht sagen. Darf ich Sie um Name und Anschrift bitten?« Kaltenbach und Walter holten ihre Ausweise heraus, Hafner diktierte dem Polizisten seine Adresse.

»Ist Ihnen etwas Besonderes aufgefallen? Ein Auto vielleicht, das zu schnell gefahren ist? Jemand, der sich ungewöhnlich verhalten hat?«

Kaltenbach schüttelte den Kopf. »Am Baggersee sind ein paar Badegäste, das ist alles.« Hafner und Walter zuckten die Schultern und schwiegen.

Der Polizist, der den Eindruck machte, als sei er gerade vom Mittagsschläfchen geweckt worden, nickte. »Vielen Dank, das war's fürs Erste. Wir werden uns gegebenenfalls wieder bei Ihnen melden.« Er verabschiedete sich und wandte sich einer Gruppe Rennradfahrer zu, die ein paar Schritte entfernt abgestiegen waren und unschlüssig zu ihnen herschauten. Im selben Moment kam mit hohem Tempo ein Krankenwagen herangefahren. Der Fahrer lenkte den Wagen von der Straße an den beiden Streifenwagen vorbei auf den breiten Grasstreifen zwischen Dammkrone und dem Altrheinarm und fuhr, bis er fast vor dem Bunker zum Stehen kam. Die Türen flogen auf, und drei Sanitäter sprangen heraus.

»Es sieht so aus, als sei das Ganze erst vor Kurzem passiert«, meinte Walter.

»Ob die Polizei auch einen Tipp bekommen hat?«

Hafner sah Kaltenbach überrascht an. »Was heißt hier ›auch‹?«

»Na ja«, meinte Kaltenbach, »in Bickensohl haben Kinder ihre Eltern alarmiert. Und wenn der Hund nicht in dem Bunker herumgeschnüffelt hätte …«

»… wären wir die Ersten gewesen. Dieses Schwein!« Walter ballte die Fäuste. »Er will uns fertigmachen. Einen nach dem anderen. Aber ich werde mich wehren!«

Hafner zündete sich eine weitere Zigarette an. »Im Moment können wir gar nichts tun«, meinte er ruhig. »Wir sollten zuerst herausbekommen, wen es erwischt hat. Sieh mal, da kommen die anderen.«

Er deutete auf eine Frau und einen Mann, die die Treppe zum Damm emporstiegen. »Die beiden kommen aus Freiburg. Von dort dauert es etwas länger«, erklärte Walter.

Die Frau umarmte Walter und Hafner zur Begrüßung. Dann schüttelte sie Kaltenbach die Hand. »Silvia Wagner. Kannst Silvie zu mir sagen.«

»Leo Gerwig«, sagte ihr Begleiter und nickte Kaltenbach zu.

»Wer ist es?«, fragte Silvie gleich darauf.

»Wir wissen es nicht«, sagte Hafner.

»Und jetzt sollen wir hier herumstehen und warten und Schiss kriegen, oder was?« Gerwig trug einen respektablen Bauch vor sich her und schnaufte vor Zorn und Anstrengung.

»Leo hat recht, wir müssen dringend etwas unternehmen. Jeder von uns kann der Nächste sein!« Walter zeigte auf die Sanitäter, die eben zum Auto zurückkamen. Auf der Bahre lag eine reglose Gestalt, in eine Decke gehüllt.

»Keine Infusionsbeutel. Keine Eile. Der ist tot«, meinte Hafner nüchtern. (Ein Toter wird doch mit einem Leichenwagen abtransportiert)

Silvie hob die Hand vor den Mund und begann leise zu schluchzen.

In Leiselheim fanden sie eine Straußwirtschaft, in der sie ungestört sitzen konnten. Um die Tageszeit war normalerweise noch geschlossen, doch die Wirtin, eine resolute Dame, die Kaltenbach an Frau Kölblin erinnerte, ließ sich überreden.

»Die Küche ist noch kalt. Aber etwas zu trinken könnt ihr gerne haben.«

Kaltenbach und Gerwig bestellten Apfelsaft, die übrigen Weißweinschorle.

»Was macht dich eigentlich so sicher, dass Jürgen Wanka hinter dem Ganzen steckt?«, begann Gerwig, der sichtlich froh war, sitzen zu können.

Walter hob den Kopf und schaute in die Runde. »Für mich ist das völlig klar. Jürgen wird entlassen, und kurz darauf wird einer von uns umgelegt. Noch dazu mit einer alten Wehrmachtspistole. Die hatten doch bestimmt eine Menge von dem Zeug.«

»Du meinst die, bei denen er später mitgemacht hat – wie hießen die noch mal?«

»Ich weiß nicht, ob die überhaupt einen Namen hatten. Zweite Generation der RAF nannte sie die Presse. Nicht so öffentlichkeitswirksam wie Baader und die anderen. Aber eines ist klar: Die gingen nicht wild drauf los, die hatten schon dazugelernt. Zuerst mal ein Netzwerk aufbauen, dann Waffen und Sprengstoff besorgen. Und Geld natürlich.«

»Die Überfälle habe ich noch gut in Erinnerung«, meinte Silvie. »Ganz schön brutal. Ich hätte nicht gedacht, dass Jürgen sich da reinziehen lässt!«

»Du hättest ihn eben damals strenger an der Leine führen sollen.« Hafner grinste. »Aber du fandest ja alles gut, was er macht.«

Auf Silvies Wangen schimmerte ein Anflug von Röte. »Ich habe doch nicht gedacht, dass er so einen Mist baut«, empörte sie sich.

»Jedenfalls hat er spätestens bei dem Überfall mit dem toten Wachmann eine Grenze überschritten. Und wer einmal einen umbringt, tut es wieder.« Walters Stimme klang entschieden. Seine Nervosität vom Vormittag war wie weggeblasen.

»Es ist bis heute nicht erwiesen, dass er es war«, warf Silvie ein.

»Jetzt hört auf!«, sagte Gerwig. »Es geht um heute. Es geht um uns.« Er holte umständlich ein Tuch aus seiner Hosentasche und begann, sich Stirn und Hals abzutupfen. »Also der Stimme nach könnte er es gewesen sein«, fuhr er fort. »Aber beschwören kann ich es nicht. Schließlich habe ich ihn ewig nicht gesehen. Außerdem klang es, als habe er etwas über das Telefon gehalten. Hier, ein Taschentuch zum Beispiel! Haben wir doch damals manchmal auch so gemacht. Einfach, aber wirksam.«

Die Straußenwirtin trat mit einem Tablett an ihren Tisch und stellte die Gläser ab. »Zum Wohl zusammen!«

Sie hoben die Gläser und prosteten sich zu.

»Könnte sein, könnte nicht sein. Das bringt nichts«, meinte Silvie, nachdem sie den ersten Schluck getrunken hatten. »Aber glaubt ihr wirklich, dass jemand von uns den Jürgen verpfiffen hat? Dann könnte ich seinen Hass wenigstens verstehen.«

»Nach Jürgens Denkweise konnte es nur so sein«, griff Walter seine Theorie wieder auf. »Wer sonst hätte so gut über ihn Bescheid gewusst? Vielleicht gab es sogar noch Kontakt zu jemandem aus der Gruppe. Außerdem hätte Jürgen nie einen eigenen Fehler zugegeben. An seiner Festnahme musste jemand anders schuld sein.«

»Hätte es denn für jemanden einen Grund gegeben, Wanka aus dem Verkehr zu ziehen?«, warf Kaltenbach ein.

»Konnte er der Gruppe schaden, wenn er so plötzlich wieder aufgetaucht wäre?«

Walter sah ihn überrascht an. Gerwig und Silvie blickten nachdenklich in ihre Gläser. Hafner warf ihm einen stechenden Blick zu. »Ich glaube nicht, dass du hier solche Spekulationen bringen kannst! Was weißt du schon!«

Eine gespannte Pause entstand.

Walter versuchte, die Situation zu glätten. »Ich finde, wir können heute noch stolz sein auf das, was wir erreicht haben. Nai hämmer gsait!« Walter hob sein Glas über die Tischmitte. Die anderen stießen mit an. »Nai hämmer gsait!«

Der gemeinsame Kampfruf hellte die Mienen deutlich auf. »Baugelände!« »Bullentruppe!« »Wasserwerfer!« »Haus des Volkes!« »Kapitalisten!« Für eine Weile flogen ehemalige Erinnerungen am Tisch hin und her.

Für Kaltenbach klang es wie der Austausch von Kriegserlebnissen. Immerhin verschwand der düstere Schatten für den Moment in den Hintergrund. Eine neue Runde Getränke wurde geordert.

»Da war natürlich die Sache mit dem Geld und den Waffen.« Silvie handelte sich sofort böse Blicke ein, als sie nach einer Weile Kaltenbachs Frage wieder aufgriff. Sie schien von den einfachen Erklärungen der Männer nicht überzeugt zu sein.

»Damit hatte niemand von uns etwas zu tun!«, warf Hafner rasch ein. Etwas zu schnell, wie Kaltenbach fand.

»Was war da?«, fragte er.

Hafner wollte erneut protestieren, doch Silvie unterbrach ihn. »Das hat damals jeder gewusst.« Sie wandte sich an Kaltenbach. »Ende der 70er sind fast alle kleinen Terrorgruppen aufgeflogen. Jürgen hatte sich dann nach drüben in die DDR abgesetzt. Das Meiste wurde aufgeklärt.

Aber nicht alles. Es ist bis heute unklar, ob die Polizei alle Waffen gefunden hat. Und eben die Sache mit dem Bankraub. Bis heute weiß keiner, was mit dem Geld geschehen ist. Offiziell.«

»Ausgegeben haben sie es, was sonst?« warf Gerwig ein. »Ihr Eintrittsgeld für das Stasi-Asyl! Für mich ganz klar!«

»Oder eben nicht«, fuhr Silvie fort. »Vielleicht liegt es noch irgendwo versteckt. Vielleicht hat jemand von den Korsaren davon gewusst. Vielleicht kam es deshalb zum Streit, und Jürgen fühlte sich verraten.«

»Ich dachte, der Kontakt zu eurer Gruppe sei damals abgebrochen?«, fragte Kaltenbach.

»Nicht ganz.« Hafner hatte das Gespräch aufmerksam verfolgt. Alle sahen zu ihm.

»Wie meinst du das?«, fragte Walter. »Hast du etwa …?«

»Nicht ich. Aber von Gegge weiß ich es. Der hat mit Jürgen anfangs sogar mitgemacht, ehe es ihm zu heiß wurde. Und auch Anni wusste immer Bescheid, wo Jürgen gerade steckte.«

»Korsaren?«, fragte Kaltenbach.

»Anneliese Schmohl und Gregor Süßlin«, nickte Silvie. »Anni und Jürgen waren eine Zeit lang zusammen.«

»Das sind ja schöne Neuigkeiten«, brummte Gerwig. »Fehlt nur noch, dass wir ein geheimes Geld- und Waffenlager haben und gar nichts davon wissen.«

»Merkt ihr eigentlich, dass alles, was hier gesprochen wird, meinen Verdacht bestätigt?«, mischte sich Walter ein. »Für den Jürgen ging der Kampf einfach weiter. Der hat keinen Unterschied gemacht zwischen uns und seinen späteren Kumpels. Ich bin sicher, das Geld und die Waffen sind noch irgendwo. Und jemand wollte verhindern, dass Jürgen sich seinen Anteil holt. Also gab er dem

BND einen Tipp, und Jürgen war weg vom Fenster. Problem erledigt.«

Kaltenbach versuchte, den vielen Fäden aus der Vergangenheit zu folgen. Was Walter eben gesagt hatte, klang plausibel. Und wenn es tatsächlich so war, hätte Wanka allen Grund, seine ehemaligen Mitstreiter zu hassen.

Silvie sprach aus, was Kaltenbach dachte. »Es spricht vieles dafür, dass Walter recht hat. Dann würde es mich nicht wundern, dass Jürgen Rachepläne schmiedet.«

»Wir sollten endlich aufhören, über früher zu spekulieren, und uns stattdessen den Fakten stellen.« Hafner klang ernst. »Die traurige Tatsache ist, dass zwei Rote Korsaren umgebracht worden sind.«

Die übrigen nickten. Obwohl es noch nicht bestätigt war, nahmen sie es offenbar als gegeben hin, dass der Tote im Bunker einer der Ihren war.

»Zweitens«, fuhr Hafner fort, »hat jeder von uns einen Hinweis bekommen, was drittens beweist, dass der Mörder ein Zeichen geben will.«

Und zusätzlich Angst einjagen, dachte Kaltenbach, als er in die Gesichter der am Tisch Sitzenden sah.

»Viertens, und das ist das Wichtigste«, sagte Hafner, »beweist das Zeichen, das bei Enzo gefunden wurde, dass dieser Jemand aus der Gruppe stammt. Oder zumindest bestens darüber Bescheid weiß.«

Die nüchternen Worte hingen über dem Tisch wie eine Drohung. Silvie biss sich auf die Lippen, Gerwig begann erneut, mit dem Taschentuch nervös an Kopf und Hals herumzufahren.

»Und fünftens zeigen die ganzen Umstände, dass dieser Jemand Jürgen Wanka heißt und wieder zuschlagen wird, wenn wir nicht endlich etwas unternehmen!«, fuhr Walter dazwischen. »Wir müssen herausfinden, was er als Nächstes vorhat! Wir müssen ihn beobachten! Wir müssen uns wehren!« Zur Bekräftigung schlug er bei jedem seiner Sätze mit der Faust auf den Tisch.

»Polizei?«, fragte Gerwig.

»Die Bullen? Spinnst du?« Hafner schüttelte energisch den Kopf. »Was willst du denen sagen? Die nehmen doch dann sofort uns in die Mangel. Darauf habe ich nicht die geringste Lust.«

»Keine Polizei«, pflichtete ihm Walter bei. »Wir müssen das selber regeln.«

»Aha. Sind wir also wieder mal so weit?« Silvies Nasenflügel bebten. »Die großen starken Männer! So wie damals! Aber wir sind keine 20 mehr. Und ich bin ehrlich genug zuzugeben, dass ich eine Scheißangst habe!«

»Du hast recht, Silvie«, versuchte Hafner, sie zu beschwichtigen. »Aber es macht schlicht keinen Sinn. Die würden uns nicht glauben und deshalb auch nichts unternehmen. Zumindest nichts, was uns helfen könnte.«

»Wir könnten auch Rollo fragen«, meinte Silvie.

»Also doch den großen starken Mann?« Hafner konnte sich den Sarkasmus nicht verkneifen. »Also doch wie damals? Jeder hat doch gesehen, dass …«

»Du mieser Schuft!« Silvie sprang auf und drohte mit der Faust. »Du hast dich überhaupt nicht verändert. Einmal Macho, immer Macho! Wenn ich nur an Anni denke …!«

»Jetzt hört auf! Sofort!« Walter stand auf und legte den Arm um Silvie. »Das ist es doch genau, was Jürgen will. Uns Angst machen! Uns streiten lassen! Und in der Zwischenzeit plant er schon seinen nächsten Anschlag. Lasst uns in Ruhe überlegen, was zu tun ist!«

»Aber zuerst entschuldigt sich dieser Typ da!«, zischte Silvie und ließ sich zurück auf den Stuhl fallen.

Hafners Gesicht blieb ausdruckslos. »Da kannst du lange warten.«

»Vorschlag zur Güte.« Walter ging nicht weiter auf die beiden Streithähne ein. »Wir sollten Kontakt mit allen aufnehmen. Alle, die bei den Korsaren dabei waren. Vielleicht erfahren wir Genaueres. Wir sollten Jürgen beobachten, so gut es geht. Nachbarn befragen. Herausfinden, was er derzeit macht. Dann werden wir rasch sehen, ob wir weiter kommen.«

Ein paar Argumente und bissige Bemerkungen flogen noch über den Tisch, dann wurde der Vorschlag angenommen. Walter ließ sich von der Wirtin Papier bringen, und gemeinsam begannen sie, eine Liste mit Namen und Adressen aufzustellen.

Eine weitere halbe Stunde und eine weitere Schorle-Runde später blies Hafner zum Aufbruch. »Ich denke, wir haben es jetzt. Die Aufgaben sind verteilt, wir bleiben in Kontakt.« Auf dem Weg zum Parkplatz nahm Hafner Walter zur Seite. Von Weitem sah Kaltenbach, wie er auf ihn einsprach. Walter nickte und kam auf Kaltenbach zu.

»Ich fahre mit Hafner zurück«, sagte er. »Er will ein paar Sachen mit mir besprechen. Nichts gegen dich!«, fügte er rasch hinzu.

Kaltenbach nickte. »Okay, wir telefonieren.« Er hatte so etwas erwartet. Trotz aller Gegensätze und dem Abstand vieler Jahre merkte man der Gruppe heute noch an, dass sie eine verschworene Gemeinschaft waren. Dass Hafner jetzt mit Walter alleine sein wollte, war ein Indiz dafür, dass Kaltenbach lediglich geduldet war, weil er als Walters Freund galt. Aber nicht mehr.

Mit den Namen, die gegen Ende ausgetauscht wurden, konnte Kaltenbach nicht viel anfangen. Allerdings war ihm aufgefallen, dass der zuvor von Silvie vorgeschlagene »Rollo« wohl eine besondere Stellung gehabt haben musste. Er würde Walter fragen.

Inzwischen war es spät geworden. Kaltenbach überlegte, ob er noch einmal in den Laden fahren sollte. Doch heute würde es sich nicht mehr lohnen, mit den Planungen für das Wintergeschäft weiter zu machen. Seufzend stieg er in sein Auto. Es würde ihm nichts anderes übrig bleiben, als nach Feierabend oder am Wochenende ranzugehen. Wenigstens hatte er dank Martinas Hilfe den Laden heute Nachmittag geöffnet lassen können.

Viel mehr zog es ihn noch einmal zum Rhein zurück. Bei der Abzweigung nach Burkheim setzte Kaltenbach den Blinker und bog rechts ab. Am Ende des Auenwegs stellte er wie am Nachmittag den Wagen ab und lief am Kieswerk vorbei zum Rheindamm.

Polizei und Rettungsfahrzeug waren verschwunden, die Absperrung weggeräumt. Nichts deutete mehr darauf hin, dass hier vor wenigen Stunden ein Toter gefunden worden war.

Kaltenbach stieg ein paar Treppenstufen hoch auf den Dammweg. Über ihm spannte sich das große Verladeförderband des Kieswerks mit seinen Rollen über den Weg wie eine gekrümmte Raupe. Das Wasser des Rheinseitenkanals floss träge vorbei, ein leichter Wind warf kleine Wellen an die steinerne Uferbefestigung.

Auf der anderen Seite des Damms zum Kieswerk hin floss ein schmaler Wasserlauf, eines der vielen Überbleibsel des Altrheins, der in den 50er Jahren nach der Kanalisierung durch die Franzosen übrig geblieben war. Hinter dem

Verladeband weitete sich der Bach zu einem See, in dem ein Schwanenpaar ruhig seine Bahn zog.

Neben der Verladeanlage führte ein schmaler Metallsteg über das Wasser. Auf halber Höhe war eine mit einem Riegel verschlossene Tür angebracht. Kaltenbach kletterte den Damm hinunter und betrat die kleine Brücke. Weit und breit war kein Mensch zu sehen. Kurz entschlossen schwang er ein Bein über das Steggeländer, stieg hoch und hangelte sich um die Tür herum auf die andere Seite. Von hier aus waren es nur noch wenige Schritte.

Der Bunker lag direkt dahinter. Die massigen Betonteile waren ineinander verkeilt, so wie sie die Sprengung nach dem Krieg zurückgelassen hatte. Der größte Teil der früheren Anlage war mit Sand und Erde zugeschüttet, darüber breitete sich ein dichtes Gestrüpp aus Buschwerk, Efeu und anderen Kletterpflanzen aus. Über dem Ganzen wölbte sich die Krone einer mehrstämmigen Schwarzerle.

Die Erde vor dem Eingang war festgetreten, die Öffnung versperrte ein provisorisches Metallgitter. An der Seite klebte ein Schild, das auf »polizeiliche Untersuchungen« hinwies.

Kaltenbach spähte in die dunkle Öffnung, doch er konnte nicht weit sehen. Der Geruch nach Moder und Fäkalien schlug ihm entgegen. An der Außenwand gab es ein paar Schmierereien und eingekratzte Hakenkreuze. Das war alles.

Sollte ihn seine Ahnung getrogen haben? Kaltenbach war sich sicher, dass genau wie die Höhle in Bickensohl dieser Ort nicht zufällig gewählt worden war. Er rüttelte versuchsweise an dem Absperrgitter, doch einen Einbruch wollte er nicht riskieren.

Stattdessen kletterte er durch das Gestrüpp auf den kleinen Hügel, unter dem der Bunker eingegraben lag. Am mittleren der drei Bäume fand er, was er suchte. Auch wenn der Stamm in den letzten Jahrzehnten erheblich an Umfang zugenommen hatte, war das Zeichen deutlich zu erkennen. Die Kreise mit dem Pfeil nach oben waren im Laufe der Jahre etwas breiter und unförmiger geworden.

Wie die Gruppe, deren Mitglieder es damals eingeschnitzt hatten, dachte Kaltenbach.

Am Abend meldete sich ein aufgeregter Georg Grafmüller am Telefon in Maleck.

»Jetzt habe ich sie!« Seine Stimme klang überschwänglich. »Das ist die Story des Jahres!«

Kaltenbach schwante Unheil. »Georg! Du wirst doch nicht etwa doch …?«

»Ach was«, unterbrach ihn der Redakteur. »Vergiss die Höhle und unser nettes Abenteuer. Es gibt Aufregenderes. Vor einer Stunde kam die Pressemitteilung der Polizei. Am Rhein hat man einen Toten gefunden. In Burkheim, hinter dem Kieswerk. Und dreimal darfst du raten, was er in seiner Tasche hatte!«

»Keine Ahnung«, sagte Kaltenbach. Es kostete ihn einige Überwindung, ruhig zu antworten. »Du wirst es mir sicher gleich erzählen.«

»Das Zeichen, Lothar! Dasselbe Zeichen wie bei dem Toten in Bickensohl. Wieder auf einem Blatt Papier in der Hosentasche.«

Kaltenbach schluckte. Damit waren die letzten Zweifel ausgeräumt. Die Korsaren hatten sich nicht geirrt.

»Und – war es wieder Mord?«

»Pistolenschüsse. Wahrscheinlich gleiches Kaliber. Da sind sie noch dran. Fundort ist nicht gleich Tatort. Genau dasselbe Muster. Das ist ein Serienkiller! Ist das nicht toll?«

Grafmüller hatte naturgemäß eine völlig andere Sicht der

Dinge. Er dachte offenbar nur an seine journalistische Aufgabe.

»Weiß man denn schon Näheres über den Toten?«, fragte Kaltenbach.

»Leider nicht. Wie in den Reben. Keine Papiere, kein Ausweis, kein Handy.« Grafmüller klang ein wenig enttäuscht. Doch dann wurde er wieder lebhaft. »Aber wir werden morgen das Foto bringen. Das dauert bestimmt nicht so lange. Die Identität des anderen haben wir inzwischen, wird auch morgen in der Zeitung stehen. Sein Sohn hat sich gemeldet. Er war über das verlängerte Wochenende in Hamburg und kam erst heute Morgen zurück. Als er das Bild sah, hat er sofort angerufen. Später hat es dann noch eine ehemalige Arbeitskollegin des Toten bestätigt. Der Mann heißt Werner Grässler. Witwer. Frührentner. Hat in einem Mehrfamilienhaus in Offenburg gewohnt.«

»Enzo«, dachte Kaltenbach. Der Junge, der die schnellen Autos liebte.

»Morgen steht alles in der Zeitung. Und das mit dem Zeichen kriege ich auch noch raus! Es kann übrigens gut sein, dass die Polizei ihre eigenen Tatortfotos von der Höhle publik macht. Dann werde ich wohl nicht mehr drum herumkommen, es auch zu tun.«

»Darüber reden wir noch«, sagte Kaltenbach. Doch seine Stimme klang müde. Er fühlte sich überrumpelt. Die Dinge kamen ins Rollen, und er würde sie nicht aufhalten können.

Grafmüller ging nicht darauf ein. »Noch etwas«, sagte er. »Ich habe von einem der Anrufer einen Tipp bekommen. Es soll einen Film geben, so eine Art selbst gebastelte Doku über Wyhl und das Atomkraftwerk. ›Wespenstich‹ oder so ähnlich heißt er. Ich will sehen, dass ich den irgendwie auftreibe. Ich hätte dich gerne dabei, wenn ich ihn mir anschaue.«

»Hast du eigentlich Fotos von Burkheim?«, fragte Kaltenbach dazwischen.

»Ein paar. Die Polizei war dieses Mal sehr schnell. Bis die Kollegin aus der Breisacher Redaktion ankam, war das meiste schon gelaufen. Sie hat dann noch ein paar Bilder von außen gemacht. Nichts Spektakuläres. Den Eingang hat die Polizei leider verschlossen.« Grafmüller verabschiedete sich. »Ich muss noch mal an den Schreibtisch. Bin gespannt, was du zu meinem Artikel sagst!«

KAPITEL 8

Bis zur Mittagspause hatte Kaltenbach den Bericht in der »Badischen« nur einmal kurz überfliegen können. Er hatte wieder einmal verschlafen, war mit frugalem Joghurt-Brezel-Frühstück verspätet im Laden aufgetaucht und hatte kurz darauf erfolgreich den Ansturm von Frau Kölblins Neugier abgewehrt. Die Kunden gaben sich die Klinke in die Hand, und zu allem Überfluss kam sein Lieferant aus dem Elsass früher, als verabredet. An die Planung des Weihnachtsgeschäftes war nicht zu denken. Noch weniger an Zeitunglesen.

Über Mittag holte sich Kaltenbach in der Imbissbude eine Portion Falafel. Das angenehme Wetter zog ihn erneut in den Stadtpark. Auf dem Gras lagen Decken ausgebreitet, die überdimensionalen Holzliegen, die die Stadt aufgestellt hatte, waren besetzt mit Sonnenhungrigen. Während er die gut gewürzten Bällchen aß, schlug er die Zeitung auf.

Wie beim ersten Mal waren auf zwei Fotos nebeneinander ein Bild von dem Toten und das Zeichen zu sehen. Erneut wurde dringend um Mithilfe der Bevölkerung gebeten.

Kaltenbach betrachtete das Gesicht des Mannes, den der Hund im Bunker gefunden hatte. Er musste etwa in Walters Alter sein. Er hatte kurzes welliges Haar mit akkuratem Scheitel, dazu trug er einen Schnurrbart, der Kaltenbach an die Fernsehstars aus den 70ern erinnerte. Der Mann sah aus, als habe er bis vor Kurzem am Schreibtisch in einem Büro gesessen.

Auf dem zweiten Bild das Zeichen. Drei Kreise, darüber ein nach oben weisender Pfeil, beides mit Kuli aufgemalt.

Wie zu erwarten, gab es noch keine anderen Details als die, von denen Grafmüller gestern Abend am Telefon berichtet hatte. Trotzdem hatte der Redakteur die Gelegenheit zu einem ausführlichen Artikel über einen möglichen Zusammenhang der beiden Verbrechen benutzt. Die nahezu identische Vorgehensweise des Täters ließ Grafmüller eifrig über die möglichen Motive spekulieren. Es war von Rache betrogener gemeinsamen Geliebten die Rede, von Verbindungen in Freiburger, Basler und Straßburger Rotlichtmilieus bis hin zu dem Verdacht auf die Verstrickung in illegale Geschäfte mit Mafiabanden aus Süd- und Osteuropa. Das ominöse Zeichen deute darauf hin, dass hier jemand seine Macht und Urheberschaft demonstrieren wolle. Der Hinweis auf einen möglichen Zusammenhang mit der linken Szene in den 70er Jahren erwähnte Grafmüller dagegen nur am Rande.

Kaltenbach las beide Artikel ein zweites Mal und faltete dann die Zeitung zusammen. Der reißerische Stil des zweiten Artikels war eine Seite des Redakteurs, die er bisher noch nicht kennengelernt hatte. Allmählich bekam er eine Ahnung, dass die zeitweise Versetzung Grafmüllers nach Lörrach schwer wiegendere Gründe gehabt haben musste, als der ihm erzählt hatte.

Doch das war ihm egal. Kaltenbach kannte Grafmüllers andere feinfühligere Art zur Genüge, um ihn jetzt nicht zu verurteilen. Nach dem begeisterten Anruf gestern Abend war klar, dass der Redakteur heute auftrumpfen würde. Immerhin blieb er bei seinen Vermutungen unpersönlich. Und dass der Fokus nicht auf Walters früherem Umfeld lag, konnte Kaltenbach für den Moment nur recht sein.

Der Nachmittag verlief etwas ruhiger, so dass Kaltenbach zwischendurch Zeit fand, die ersten Bestellungen fertigzumachen. Gegen halb vier rief Walter an. Er klang zerknirscht.

»Ich habe dich ganz schön strapaziert in den letzten Tagen«, begann er etwas zögerlich.

»Kein Thema«, gab Kaltenbach zurück. »Wie geht es dir heute?«

»Geht so. Ich habe den halben Tag herumtelefoniert. Die Sache läuft. Hast du Lust auf ein Bier heute Abend?«

Kaltenbach spürte, dass seinem Freund einiges auf dem Herzen lag, über das er am Telefon nicht sprechen wollte.

»Um halb acht beim Griechen?«

Kaltenbach stimmte zu. Auch wenn er hundemüde war.

Walter gehörte nicht zu der Sorte Menschen, die sich lange mit Vorreden aufhielt. Gleich, nachdem der Kellner mit der Bestellung Richtung Tresen verschwunden war, kam er zum Thema.

»Die Sache mit Locke, dann Burkheim – du hattest ganz schön Geduld mit mir. Ich denke, ich muss mich bei dir bedanken.«

Dass Walter sich in dieser Art öffnete, war ungewöhnlich. Kaltenbach spürte, wie er verlegen wurde. »Darüber müssen wir nicht reden«, entgegnete er. »Du hättest das Gleiche für mich gemacht.«

»Doch, doch«, bekräftigte Walter. »Das rechne ich dir hoch an. Außerdem bin ich dir noch ein paar Erklärungen schuldig.«

Der Kellner brachte die Getränke, dazu für jeden eine Speisekarte.

»Empfehlung vom Koch heute: Putengeschnetzeltes in Metaxa-Sauce.«

»Das ist ein Wort«, sagte Kaltenbach, der jetzt merkte, dass er den ganzen Tag noch nichts Ordentliches gegessen hatte.

»Zweimal?«

Walter schüttelte den Kopf. »Für mich einen Teller Pommes. Das reicht.«

Evangelos wiederholte die Bestellung und nahm die Karten wieder mit. Kaltenbach und Walter stießen an.

»Auf uns!«

»Auf uns.«

Kaltenbach liebte den harzigen Geschmack des gut gekühlten Retsina. Er erinnerte ihn bis heute an die Fähre nach Kreta, als er zum ersten Mal den typischen griechischen Weißwein getrunken hatte. Beim ersten Schluck hatte er geglaubt, der Wein sei verdorben.

Walter trank wie immer Bier. Nach dem ersten Schluck nahm er die Unterhaltung wieder auf.

»Ich sage dir eines: Ich habe immer noch Angst. Noch mehr als zuvor. Auch wenn es nicht so aussieht. Angst um mich, um Regina, um Andrea.«

Kaltenbach nickte. »Seit gestern weiß ich, dass du nicht der Einzige bist.«

»Jeder geht anders damit um.« Walter atmete tief durch. »Silvie zeigt es ganz offen, Fritz und Leo machen eher auf cool. Aber ich bin sicher, dass sie genauso unter Druck stehen.«

»Habt ihr denn noch etwas beschlossen?«

»Du meinst, als ich mit Fritz zurückgefahren bin? Er wollte unbedingt mit mir unter vier Augen sprechen. Auf der Heimfahrt wurde deutlich, dass auch er ratlos ist. Er wollte aber nicht, dass die anderen das so mitbekommen.«

»Und ich schon gar nicht.«

»Du musst das verstehen, Lothar. Fritz kennt dich nicht. Und das Ganze geht ihm sehr nah.«

Evangelos trat an den Tisch mit zwei Tellern.

»Einmal Putengeschnetzeltes mit Metaxa-Sauce, einmal Pommes. Ketchup oder Mayo?«

Walter schüttelte den Kopf. »Aber noch ein Bier bitte!«

»Habt ihr denn etwas erreicht?«, fragte Kaltenbach nach den ersten Bissen.

»Ich bin mit Fritz einig, dass wir mehrgleisig vorgehen müssen. Also müssen wir Kontakt mit allen anderen aufnehmen.«

»Du meinst, mit allen früheren Mitgliedern der Gruppe?«

»Genau. Ein paar haben wir schon erreicht. Es ist nicht so einfach, die Adressen herauszufinden. Manche sind weggezogen.«

»Haben denn alle die Briefe mit dem Zeichen bekommen? Und wie haben sie reagiert?«

»Unterschiedlich. Aber zwei von ihnen sind sich wie wir sicher, dass Jürgen Wanka hinter dem Ganzen steckt.«

»Und warum sind sie nicht nach Burkheim gekommen?«

»Sie konnten nicht weg. Einer ist Lehrer und war im Unterricht, der andere arbeitet auf dem Rathaus in Endingen.«

»Und die anderen?«

»Wollten nichts davon wissen.« Walter ballte die Fäuste. »Spinnerei. Zufall. Lass mich in Ruhe mit den alten Geschichten. Das waren die Kommentare.«

Kaltenbach schöpfte sich eine zweite Portion auf den Teller. Evangelos hatte eine gute Empfehlung gegeben. Die Kombination mit dem griechischen Weinbrand schmeckte vorzüglich. Dagegen hatte Walter seine Pommes Frites bisher kaum angerührt.

»Und das zweite?«, fragte Kaltenbach.

»Welches zweite?«

»Du hast gesagt, dass ihr mehrgleisig vorgehen wollt.«

»Fritz und ich sind gestern Abend noch spontan nach Merzhausen gefahren, um etwas über Jürgen zu erfahren. Aber so einfach ist das nicht.«

Kaltenbach staunte. »Ihr wisst, wo Wanka wohnt?«

»Das war nicht schwer herauszufinden. Nach seiner Entlassung stand in den Zeitungen genug davon.«

»Wart ihr bei ihm?«

»Natürlich nicht. Nur in der Straße. Das Haus sieht aus wie alle anderen.«

»Das heißt, ihr wisst nur das, was in der Zeitung steht?«

Walter schüttelte den Kopf. »Nein, wir hatten Glück. In der Dorfkneipe kamen wir ins Gespräch mit ein paar Stammtischlern. Die dachten, wir seien irgendwelche Pressefuzzis, und haben gleich angefangen zu erzählen.« Walter trank einen Schluck, ehe er fortfuhr. »Jürgen wohnt bei seiner Schwester, das Haus gehört anscheinend beiden. Die Eltern sind vor ein paar Jahren kurz nacheinander gestorben. Seit dem Presserummel vor ein paar Wochen verhält sich Jürgen nicht besonders auffällig. Ab und zu ist er im Garten, manchmal sieht man ihn beim Einkaufen. Das ist alles.«

»Das heißt, das Ganze hat euch nicht viel gebracht.«

»Stimmt. Deshalb haben wir ausgemacht, dass wir möglichst viel über Jürgens Pläne herausbekommen müssen.«

»Seine Pläne? Wie soll das gehen? Er wird sie euch wohl kaum verraten.« Kaltenbach schob Walter den Rest seiner Sauce hin. »Probier doch mal, schmeckt toll!«

»Beobachten. Mit den Nachbarn sprechen. Herausfinden, was er den ganzen Tag treibt. Welches Auto er fährt. Einfach alles. Wir wollen uns abwechseln, so gut es geht, wer eben Zeit hat. Zu fünft können wir einiges erreichen.«

»Zu fünft?«

»Silvie macht nicht mit. Es sei ihr zu gefährlich, sagt sie.«

Kaltenbach begleitete die restlichen Bissen mit dem letzten Schluck Retsina. Dann schob er den Teller von sich und lehnte sich zufrieden zurück.

»Warum geht ihr denn nicht direkt zu ihm? Sagt ihm auf den Kopf zu, was ihr denkt! Dann bekommt ihr wenigstens Gewissheit.«

Walter drehte sein Bierglas zwischen den Händen. »Das geht nicht«, meinte er zögernd. »Es ist ...«

»Ouzo? Zum Wohl!«

Evangelos stellte zwei Gläser Anisschnaps vor die beiden Männer und räumte das Geschirr ab.

Walter kippte sein Glas in einem Zug. »Bringst du uns die Rechnung?«, rief er dem Kellner hinterher.

»Komm, lass stecken, du bist eingeladen«, sagte er zu Kaltenbach. »Nimm es mir nicht übel. Aber ich will nicht weiter darüber sprechen.«

Als Kaltenbach gegen halb elf nach Hause kam, fühlte er sich hundemüde und aufgekratzt gleichzeitig. Er stellte die Schuhe in die Ecke und wusch sich im Bad das Gesicht. Dann griff er nach seiner Gitarre. Er suchte, bis er eine passende Akkordfolge gefunden hatte, die er wieder und wieder spielte. Die beste Methode, zur Ruhe zu finden.

Als er bereits im Bett lag, kehrten die Gedanken noch einmal zurück. Das Gespräch im Poseidon hatte bestätigt, was Kaltenbach vermutet hatte. Es war nicht nur die Angst, die Walter im Griff hielt. Die beiden Morde hatten etwas aufgewühlt, das in der Vergangenheit der »Roten Korsaren« verborgen liegen musste. Und es war deutlich, dass Walter längst nicht alles erzählt hatte, was er wusste.

KAPITEL 9

Im »Weinkeller« war am Morgen nicht viel los. Die Menge der Kundschaft war überschaubar, so dass Kaltenbach ausführlich die Artikel in der Zeitung lesen konnte. Der zweifache Mord war inzwischen aus dem Lokalteil zu den überregionalen Meldungen aufgestiegen. Im Gegensatz zu gestern hatte sich Grafmüller dieses Mal auf seine journalistische Qualität besonnen und war ganz zur sachlichen Darstellung zurückgekehrt.

Die Identität des zweiten Opfers war inzwischen geklärt. Der Mann mit dem Schnauzbart hieß Gregor Süßlin. Kaltenbach erinnerte sich sofort an das Gespräch in Leiselheim. »Gegge«!, dachte er, als er den Namen las. Einer der Korsaren, die später noch Kontakt zu Wanka hatten. Auch wenn sie es bereits geahnt hatten, würde es ein weiterer Schlag für Walter und die anderen sein.

Die Polizei hatte inzwischen bestätigt, dass beide Opfer mit einer Waffe desselben Typs, einer Walther P38, erschossen wurden. Drei Kugeln aus nächster Nähe in die Brust. Ebenso als gesichert galt, dass in beiden Fällen der Fundort nicht der Tatort gewesen war.

Zu dem unbekannten Zeichen waren bei der Redaktion in der Zwischenzeit überraschend viele Hinweise eingegangen. Es waren meist ältere Anrufer, die sich an den dreifachen Kreis erinnerten. Das Symbol war in den 70ern bei Demos und Aktionen gegen die Umweltzerstörung zum ersten Mal aufgetaucht. Später sah man es auch im Zusammenhang mit den Protesten gegen das geplante AKW in Wyhl.

Ein Problem war der Pfeil. Nur ein einziger Anrufer meinte, diese Kombination schon einmal gesehen zu haben. Doch selbst er war sich nicht sicher.

Vielleicht sollte er Grafmüller einen Hinweis auf Jürgen Wanka geben. Natürlich würde der das sofort groß herausbringen. Und vielleicht wäre die öffentliche Aufmerksamkeit ein wirkungsvoller Schutz gegen die tödliche Bedrohung, die Walter empfand.

Doch Kaltenbach verwarf den Gedanken sofort wieder. Walter würde dies mit Sicherheit als Vertrauensbruch auslegen. Hinzu kam, dass er immer mehr im Zweifel war, ob Walter mit seinem Verdacht tatsächlich recht hatte. Nach dem, was er bisher von Walters ehemaliger Aktionsgruppe mitbekommen hatte, konnte er sich durchaus vorstellen, dass es außer Wanka auch andere gab, die glaubten, noch offene Rechnungen zu haben.

Kaltenbach erinnerte sich, mit welch hohen Idealen von Freiheit, Toleranz und sozialer Gerechtigkeit er damals selbst von der Schule ins Erwachsenenleben getreten war. Auf der Universität war dann bald anderes wichtiger geworden. Walter und die Korsaren waren einen anderen Weg gegangen und waren damals durch ihre Ideale stark miteinander verbunden. Ihre persönlichen Wünsche hatten sie dafür zurückgestellt. Aber es gab sie trotzdem. Und sie wirkten damals wie heute, wie Kaltenbach an dem Disput zwischen Hafner und Silvie erlebt hatte. Die Frage war, ob es Motive gab, die so stark waren, dass einer von ihnen noch Jahre später bereit war, über die Grenze der Menschlichkeit zu gehen.

Zum Mittagessen ging Kaltenbach in das Thai-Restaurant in der Karl-Friedrich-Straße und aß ein mit Zitronengras und Ingwer pikant gewürztes Reisgericht. Gleich danach ging er zurück in den Laden. An diesem Nachmittag war zwar geschlossen, doch wollte er einen Teil der Zeit nutzen, um in der überfälligen Büroarbeit vorwärtszukommen. Je früher er fertig wurde, desto mehr Zeit würde er später mit Luise in Freiburg haben.

Er schloss die Ladentür hinter sich ab und nahm einen Stapel Ordner aus dem Hinterzimmer nach vorn. Die Bilanzen von »Kaltenbachs Weinkeller« sahen erfreulich aus. Sein qualitativ hochwertiges Angebot kam gut an. Die Kombination Badischer Weine mit dem Schwerpunkt aus dem Weingut von Onkel Josef, dazu einige ausgewählte Italiener und Franzosen harmonierte bestens und hatten ihm mittlerweile einen ansehnlichen Kundenstamm beschert. Hinzu kamen immer mehr Laufkundschaft, sowie etliche Tagestouristen, die ihren Ausflug nach Emmendingen mit einem typischen Souvenir abrunden wollten. Die Schattenseite des Erfolges war der immer größere Arbeits- und Zeitaufwand, vor allem für die Verwaltung.

Kaltenbach seufzte. Er konnte sich Besseres vorstellen, als die Hälfte seines freien Nachmittags mit Buchhaltung, Bilanzen und Planungen zu verbringen. Seit Martina einmal in der Woche aushalf, war es zwar etwas besser geworden, doch es reichte nicht. Er musste sich dringend Gedanken machen, wie es weitergehen sollte.

Kurz nach fünf räumte er zusammen, schloss den Laden ab und fuhr nach Freiburg. Luise erwartete ihn mit einer Überraschung.

»Selbst gebackener Zwetschgenkuchen! Mit Streusel! Sahne ist auch schon geschlagen.«

Kaltenbach folgte ihr hinaus auf die Terrasse. Nach ihrer Rückkehr aus Kanada hatte Luise im Garten ihres Hauses in St. Georgen vieles geändert. Überall gab es jetzt kleine Blumeninseln. Dahlien, Astern und Hortensien blühten, und die letzten Rosen verbreiteten ihren Duft. Unter dem alten Apfelbaum lagen ein paar Früchte im Gras.

»Der Kuchen schmeckt ausgezeichnet!«, lobte Kaltenbach und rekelte sich in seinem Korbsessel.

»Das musst du der alten Frau Bührer sagen«, meinte Luise. »Das ist ein Rezept meiner Mutter. Mit Liebe gebacken!«, fügte sie hinzu und warf Kaltenbach eine Kusshand über den Tisch zu. »Erzähl doch mal, was war los in den letzten Tagen? Was ist mit Walter?«

Kaltenbach schenkte sich Kaffee nach und häufte einen Löffel Sahne obenauf. Er zögerte mit der Antwort. Eigentlich hatte er sich vorgenommen, wenigstens für ein paar Stunden das Ganze zu vergessen. Das Paris-Wochenende rückte immer näher, und er hätte viel lieber die Gelegenheit genutzt, Luise von der Überraschung zu erzählen, die er für sie beide geplant hatte.

Er beschloss, es kurz zu machen. »Walter ist wieder zu Hause. Es geht ihm gut.«

»Und?«

»Was und?«

»Lothar! Das kann doch nicht alles sein. Jetzt machst du mich erst recht neugierig.«

Kaltenbach seufzte und beugte sich seinem Schicksal. Paris musste warten. Am Abend würde genug Zeit bleiben. Er begann zu erzählen.

Luise hatte trotz ihrer Spontaneität die Eigenschaft, konzentriert zuhören zu können. Sie unterbrach ihn lediglich, als er von dem Treffen in Leiselheim berichtete und sie mehr über die Korsaren wissen wollte.

»Was wollen wir jetzt unternehmen?«, fragte sie, als er geendet hatte. »Hast du schon eine Idee?«

»*Wir*? Wir werden jetzt den Tisch abräumen, irgendwo hinfahren und uns miteinander langweilen«, spottete er.

»Lothar!« Luise setzte sich auf seinen Schoß, schlang die Arme um seinen Hals und küsste ihn. »Kleiner Vorgeschmack auf den langweiligen Abend!«

»Sag ich doch«, brummte Kaltenbach und verdrehte die Augen.

»Du Schuft!« Sie stieß ihn von sich. »Zur Strafe musst du noch ein Stück Kuchen essen!«

»Du willst doch nur, dass ich fett und unattraktiv für andere Frauen werde! Na schön, der Hungrige gibt nach. Auf deine Verantwortung.«

»Jetzt aber im Ernst«, begann sie. »Es ist doch klar, dass du Walter in dieser Situation nicht alleine lassen kannst. Und ebenso klar ist, dass ich dir dabei helfen werde. Es kann ja sein, dass du Zweifel an Walters Theorie hast. Für mich klingt das auch ein wenig abenteuerlich. Aber es könnte so sein. Und Walter geht es nicht gut. Zwei Gründe, ihm zu helfen.«

Kaltenbach merkte, dass es keinen Sinn hatte, Luise umzustimmen. Dabei hatte er genau das vermeiden wollen.

»Und wenn es wieder gefährlich wird?«, wagte er einen letzten Versuch. »Wir haben so etwas schon einmal erlebt!«

»Aber wir waren zusammen. Ich könnte dich nie alleine lassen!«

Kaltenbach kratzte die letzten Krümel vom Teller und ließ sich mit einem zufriedenen Seufzer zurück in den Sessel fallen.

»Na schön«, meinte er. »Wo dein Wille ist, ist mein Weg!«

Luise lächelte. »Ich habe auch bereits eine Idee. Wo, hast du gesagt, wohnt dieser Wanka – in Merzhausen?«

Einen Anruf später waren die beiden unterwegs. Luises langjährige Freundin Ella wohnte mit ihrem Mann und ihren drei

Jungs in einem kleinen Einfamilienhaus an der Straße, die den Berg hoch zum Jesuitenschloss führte. Kaltenbach stellte die Vespa in die Einfahrt hinter einem knallroten Hybrid-Toyota ab.

Ella empfing sie bereits in der Tür.

»Ihr seid nicht zu überhören«, sagte sie zur Begrüßung. »Motorräder gibt es hier zum Glück nicht so häufig.«

Noch ehe Kaltenbach überlegte, ob er wegen des seiner Meinung nach völlig unpassenden Vergleichs etwas darauf antworten sollte, hakte ihn Ella unter und führte ihn ins Haus.

»Du bist also Lothar! Schön, dich endlich einmal kennzulernen. Luise hat ja schon Einiges über dich erzählt.« Ella geleitete die beiden zu einem Garten auf der Rückseite. An der Grenze zum Nachbargrundstück war eine Mauer aus Natursteinen aufgetürmt, über die ein moosbewachsener Quell sprudelte. Davor gab es einen kleinen Teich mit Schilf und Brunnenkresse. Der größte Teil des Gartens mit Schaukel, Klettergerüst und Hüpfburg gehörte den Kindern.

Ella stellte drei Gläser, eine Flasche Mineralwasser und einen Krug auf den Tisch.

»Apfelsaft. Selbst geerntet, selbst pressen lassen«, lachte sie.

»Ella hat einen tollen Schrebergarten oben beim Schloss«, erklärte Luise. »Dass du einmal alleine zu Hause bist?«, fragte sie ihre Freundin.

»Martin ist bei einem Auswärtstermin, der kommt erst spät am Abend. Die Kinder sind irgendwo.«

»Unterwegs?«, fragte Kaltenbach.

»Irgendwo im Ort. Bei Nachbarskindern, auf dem Spielplatz, im Garten, was weiß ich. Am liebsten gehen sie in den Wald auf dem Schönberg.«

Kaltenbach war erstaunt, dass es in Zeiten elterlichen Kontrollwahns hier anscheinend noch so zuging wie in seiner eigenen Kindheit.

»Aber ihr seid wegen etwas anderem hier.« Ella schenkte allen die Gläser voll. »Luise hat mir ja schon am Telefon das Wichtigste berichtet.«

»Die Wankas wohnen tatsächlich hier um die Ecke?«

»Wie man's nimmt. In diesem großen Dorf ist alles irgendwie um die Ecke. Gerlinde Wanka wohnt seit ein paar Jahren ein paar Straßen weiter. Ich habe gehört, dass sie eine Trennung hinter sich hat und von dem Geld das kleine Reihenhaus gekauft hat. Vielleicht hat sie auch geerbt. Man erzählt alles Mögliche.«

»Kennst du sie persönlich?«, fragte Luise.

»Kaum der Rede wert. Man trifft sich beim Einkauf, im Bus, auf der Straße. Aber sie lebt eher zurückgezogen. Man erzählt, sie schreibt Bücher.«

»Und ihr Bruder?«

»Das war natürlich ein ziemlicher Auflauf vor ein paar Wochen. Im Ort wusste bis dahin niemand, dass Gerlinde Wanka einen Bruder von, sagen wir mal, zweifelhafter Vergangenheit hat. Als er herkam und eingezogen ist, war tagelang die Hölle los. Presse, Radio, Fernsehen, das ganze Theater.«

»Und wie haben die Nachbarn reagiert?«

»Ein paar war es gar nicht recht. Da wurde von ›Gefahr für unsere Kinder‹ und ›Wohnwertminderung‹ getönt. Aber das hat sich gelegt. Zumal man von Wanka kaum etwas mitbekommt.«

»Hat er sich irgendwie auffällig verhalten?«

Ella schüttelte den Kopf. »Nicht, dass ich wüsste. Wie gesagt, man sieht ihn so gut wie nie. Einmal habe ich ihn zufällig bei Edeka getroffen. Zuerst habe ich ihn kaum erkannt. Das Bild in der Zeitung war nicht sehr ähnlich. Aber ihr könnt ja mal Ulf fragen, der wohnt schräg gegenüber von denen.«

»Wer ist Ulf?«

»Wir kennen uns aus der Zeit, als unsere Jungs noch im Kindergarten waren. Seit seiner Trennung vor zwei Jahren wohnt er in einer Männer-WG und hofft, dass seine Petra zu ihm zurückkommt. Ich habe ihn übrigens schon vorgewarnt. Ihr könnt jederzeit vorbeikommen.«

In diesem Moment läutete es Sturm an der Haustür. »Das werden die Jungs sein«, sagte Ella und stand auf. »Sie haben zwar einen Schlüssel, aber sie wollen immer, dass ich ihnen aufmache.«

»Sie sehen aus, als ob sie Hunger hätten«, lachte Luise, als drei rotbackige und verstrubbelte Räuber an ihnen vorbeistürmten. »Es ist besser, wir gehen dann.«

»Danke für den Besuch«, rief Ella hinter ihnen her. »Viel Erfolg!«

»Deine Ella ist ja von der ganz schnellen Truppe«, staunte Kaltenbach. Sie ließen die Vespa stehen und gingen zu Fuß in Richtung Dorfmitte.

»Eine tolle Frau«, bestätigte Luise. »Hat gute Ideen und ein großes Herz. Und macht gleich Nägel mit Köpfen. Du wirst sehen.«

KAPITEL 10

Ulf reagierte auf ihre Fragen erstaunlich gleichmütig. Im Wesentlichen bestätigte er das, was Ella bereits gesagt hatte. Wanka und seine Schwester verhielten sich völlig unauffällig.

»Ehrlich gesagt bin ich da nicht so neugierig. Ein ehemaliger RAFler – na und? Hier wohnen alle möglichen komischen Käuze. Er wird schon nicht das Münster in die Luft jagen«, grinste er. »Ihr wollt für ein paar Tage das Zimmer?«, fragte er.

Luise erklärte es ihm. Sie bot ihre ganze Überzeugungskraft auf, ihre Absichten plausibel darzustellen.

Kaltenbach war inzwischen zum Fenster getreten und sah hinaus. Die Eingangstür zum Haus der Wankas lag schräg gegenüber auf der anderen Straßenseite. Lediglich ein Haus lag dazwischen. Die oberen Fenster hatten Vorhänge, die im Erdgeschoss waren von Büschen halb verdeckt. Es war ein idealer Platz, um zu sehen, wer aus dem Haus ging. Oder wer zu Besuch kam.

»Von mir aus«, brummte Ulf. Er schien nicht überzeugt, doch schließlich stimmte er zu. »Ihr seid Ellas Freunde, das genügt mir.« Offenbar gefiel ihm, das Kaltenbach und Luise mit offenen Karten spielten. Noch mehr gefiel ihm die Aussicht auf eine vorübergehende Zusatzmiete.

»Und wie lange? Ein paar Tage sollten es schon sein«, fragte Luise.

»Ich schätze, Terry kommt Ende nächster Woche zurück. Er ruft meist kurzfristig an.«

»Wer?«

»Terry Lacroix. Medizinstudent aus Mulhouse. Das ist sein Zimmer. Er fährt in den Semesterferien immer zu seiner Freundin ins Elsass.«

»Und wir können rein, wann wir wollen?«

Ulf zuckte die Schultern. »Kein Problem.«

Luise sah Kaltenbach an. »Dann passt das doch! Am besten, du rufst gleich bei Walter an!«

»Braucht ihr mich noch?«, fragte Ulf dazwischen. »Ich muss nämlich gleich noch weg. Fitnessstudio!«, lächelte er etwas gequält. Er drückte Kaltenbach einen Schlüssel in die Hand und wandte sich zur Tür. »Für die Haustür. Die Zimmer sind alle offen.« Kurz darauf sahen sie, wie er mit der Sporttasche auf einem Rennrad davonfuhr.

Am Telefon war Walter begeistert. »Endlich einmal eine gute Nachricht. Ich fange gleich heute Abend damit an. Könnt ihr noch so lange bleiben, bis ich komme? Kamera und Stativ bringe ich mit.«

»Wozu denn eine Kamera?«

»Man kann nie wissen!«

Kaltenbach schüttelte den Kopf, als er das Gespräch beendet hatte. »Ich weiß nicht, ob das gut geht. Irgendwie kommt mir das alles eine Nummer zu groß vor. Eine Beschattung. Mit Kamera. Wenn das an die Öffentlichkeit kommt, gibt es einen Riesenärger.«

Luise strich ihm über die Stirn. »Sei nicht immer so skeptisch«, sagte sie. »Es ist wichtig für Walter. Und es ist wichtig für ihn, dass er dich an seiner Seite weiß.«

Kaltenbach zog sich einen Stuhl ans Fenster und sah hinaus auf die Straße. Luise lehnte sich an seinen Rücken. »Wenn du meinst«, sagte er. »Ich bin mir nicht sicher, ob es richtig ist, was wir hier machen. Wenn er sich nur nicht verrennt.«

»Dann kann es ja losgehen mit unserer SoKo. Ist doch kein schlechter Job, oder?«, raunte sie und lehnte ihre Wange an sein Haar.

»Bei der Ablenkung nur mit Erschwerniszulage«, brummte er zurück und küsste sie auf den Hals. »Wer soll denn da konzentriert bei der Sache bleiben?«

»In den Fernsehkrimis nehmen sie dafür immer irgendeinen obskuren Privatermittler. Oder zwei knorrige Beamte, die die ganze Nacht Zeitung lesen und Döner mampfen. Schau mal, die erste Verdächtige!«

Ein anthrazitgrauer SUV hielt eben vor Wankas Haus auf dem Gehweg. Eine sportlich gekleidete Frau mit buntem Kopftuch und Sonnenbrille stieg aus.

»Es geht los. Eine Terrorverdächtige.« Kaltenbach gab sich Mühe, ernst zu bleiben.

Luise beugte sich nach vorn. »Wankas Schwester vielleicht? Zu dumm, dass wir nicht einmal wissen, wie sie aussieht.«

Die Frau lief um den Wagen herum und öffnete die Seitentür. Ein kleines Mädchen sprang heraus und hüpfte den Gehweg entlang. Die Frau belud sich mit gut gefüllten Einkaufstüten, schob die Tür zu und stieg die Treppe zum Nachbarhaus hinauf. Das Mädchen folgte ihr.

»Das war wohl nichts«, meinte Luise.

»Außer, dass sie mit ihrer Riesenkiste die Sicht versperrt. Worauf sollen wir eigentlich aufpassen?«

Kaltenbach zuckte mit den Schultern. »Ich glaube, Walter weiß das selber nicht so genau. Irgendwelche Bekannten. Besucher. Zulieferer. Keine Ahnung.« Er sah auf die Uhr. »Wird Zeit, dass er kommt. Wir wollten schließlich noch etwas unternehmen heute Abend.«

In der nächsten Viertelstunde spielte sich unter ihren Augen das vorabendliche Merzhausener Feierabendleben ab. Die Meisten kamen aus Richtung der Bushaltestelle und verschwanden zu beiden Seiten in die Häuser. Ein paar Kinder mit Sportbeutel, wenige Autos, ein Rentner, der sich auf einem wohl ebenso alten Fahrrad die leicht ansteigende Straße hoch mühte.

Endlich kam Walter. »Perfekt!« freute er sich. Nach einem ausgiebigen Blick aus dem Fenster begann er, seine beiden glänzenden Alukoffer auszupacken. Kaltenbach und Luise sahen staunend zu, wie nach und nach eine halbe Profiausrüstung zum Vorschein kam. Walter baute direkt hinter dem Vorhang ein stabiles Stativ auf und montierte eine Art Camcorder.

»Hier geht keiner mehr ungesehen ein und aus. Kamera mit Bewegungsmelder«, erklärte er stolz. »So ähnlich wie die Überwachungsvideos in Banken oder Tiefgaragen. Nur besser!« Auf ein zweites Stativ schraubte er eine Spiegelreflexkamera und montierte ein riesiges Objektiv. Kaltenbach kannte diese Rohre, wie er sie nannte, von Sportreportern, die auf dem Sportplatz von einem Tor zum anderen Bilder machen konnten.

»Ein 400-Millimeter-Tele. Damit hole ich mir Aufnahmen, die kannst du als Passfotos verwenden.«

Zuletzt stellte Walter ein Notebook auf. »Zur schnellen Recherche«, sagte er.

Kaltenbach staunte nur noch. Es war ein Riesenaufwand, den sein Freund hier betrieb. Dennoch entschied er sich, das Ganze nicht zu kommentieren. Luise hatte recht. Er musste seine Zweifel für sich behalten. Der Eifer, mit dem Walter die Sache anging, half mehr als alle beruhigenden Worte. Walter brauchte eine Aufgabe, in die er sich verbeißen konnte.

»Wir lassen dich dann mal alleine«, meinte Kaltenbach schließlich. »Du meldest dich, wenn etwas ist.«

Walter war völlig mit der Einrichtung und Feinjustierung seiner Geräte beschäftigt. »Jaja, geht nur«, sagte er, während er das Riesenteleobjektiv genau auf Wankas Haustür ausrichtete.

»Ich mache natürlich auch mit«, fügte Kaltenbach hinzu. »Du kannst mich gerne einplanen.« Auch Luise nickt zustimmend.

»Das ist prima«, antwortete Walter. »Sobald ich hier fertig bin, gebe ich den anderen Bescheid. Ich denke, wir machen einen Einsatzplan, wer wann kann.«

»Viel Erfolg. Ruf mich an.«

Der laue Spätsommertag war wie geschaffen für einen romantischen Abend zu zweit. Kaltenbach schlug einen Spaziergang an der Dreisam vor. »Oder wir fahren im Seepark eine Runde Boot. Wie wär's?«

Luise überraschte ihn mit einer ganz anderen Idee. »Wollen wir ins Kino gehen?«, fragte sie. »Heute läuft zum letzten Mal dieser französische Liebesfilm, von dem Ella so geschwärmt hat.« Kaltenbach sah etwas verdutzt drein. »Schadet dir gar nichts«, lachte Luise und küsste ihn auf die Nase. »Ein bisschen Romantik tut uns beiden gut«, fügte sie mit einem vielsagenden Lächeln hinzu.

Kaltenbach war einverstanden, obwohl er keine Lust hatte, irgendwo drinnen im Dunkeln zu sitzen. Immerhin. Wenn er es geschickt anstellte, konnte es eine ideale Überleitung für das geplante Paris-Wochenende sein.

Der Vorführraum im Friedrichsbau war weniger ein Kinosaal als ein überdimensionales Wohnzimmer. In den acht Stuhlreihen saßen außer ihnen noch zwei kichernde Teenager, die sich anscheinend im Film geirrt hatten und dauernd auf ihren Handys herumspielten. Dazu ein älteres Ehepaar, das während der ganzen Vorführung Händchen hielt.

»Sind sie nicht süß, die beiden?«, raunte Luise Kaltenbach ins Ohr und schmiegte sich an ihn.

Kaltenbach nickte und schwieg. Es war ergreifend, was sich auf der Leinwand abspielte. Romantische Liebe, Abschiedsschmerz, Sehnsucht, Wiedersehen. Große Gefühle, perfekt aufbereitet. Trotzdem schweiften seine Gedanken vom Geschehen auf der Leinwand ab. Walters Angst, die Rätsel um die »Roten Korsaren«, zwei Tote. Das wirkliche Leben spielte sich woanders ab. Und es war nicht perfekt auf ein 90-Minuten-Format zurechtgeschnitten.

Nach der Vorstellung fanden sie ein kleines Bistro in der Fischerau. Sie saßen eng beieinander und sprachen nicht viel.

»Fährst du mich noch nach Hause?«, fragte Luise, als die Bedienung sie gegen zwölf freundlich darauf aufmerksam machte, dass sie nun schließen wollten.

»Ich nehme einmal an, das ist eine rhetorische Frage«, lächelte Kaltenbach. Die französische Romanze und der italienische Rotwein hatten sich auf eine wohlig-sinnliche Weise in ihnen breitgemacht. »Du weißt aber, dass ich morgen ziemlich früh raus muss!«

»Dann musst du im Gästezimmer schlafen«, gab Luise zurück und ließ sich auf den Beifahrersitz fallen.

Es war kaum etwas los auf den Straßen. Die meisten Ampeln waren bereits abgeschaltet.

»Wie es wohl Walter ergangen ist?« Luise hatte das Fenster geöffnet und hielt ihren rechten Arm weit ausgestreckt in die milde Nachtluft. »Du kennst ihn ja besser als ich. Aber ich meine, er war wieder fast der Alte.«

»Das stimmt schon. So richtig zufrieden ist Walter erst,

wenn er etwas tun kann. Auch wenn er manchmal ein bisschen übertreibt«, fügte er hinzu.

»Du meinst, diese Beschattung? Glaubst du nicht, dass er sich einen Erfolg davon verspricht? Meinst du, er braucht das, um sich selbst zu beruhigen?«

»Beides.« Kaltenbach fuhr über die Dreisambrücke und bog ab in Richtung St. Georgen. »Ich bin sicher, dass es ihm gut tut. Dieses Gefühl, endlich wieder aus der passiven Rolle herauszukommen. Mist! Jetzt habe ich etwas vergessen!« Bei der nächsten Kreuzung schlug er das Lenkrad ein und fuhr zurück in die Gegenrichtung.

»Nachts um halb eins?«, fragte Luise überrascht.

»Mein Handy. Ich habe es bei Ulf liegen lassen.«

»Das kannst du doch auch noch morgen holen? Du hast es doch sonst nicht so mit der Elektronik!«

»Schon. Aber morgen muss ich ganz früh ein paar wichtige Anrufe machen. Und die Adressen stehen nun mal da drin. Nervig.«

Luise lachte. »Und wie oft hat der Herr schon sein Adressbuch irgendwo liegen lassen?«

Kaltenbach hielt es für besser, auf die Antwort zu verzichten. Zum Glück waren sie schon kurz darauf in Merzhausen.

Die meisten Häuser in der Straße waren schon dunkel. Von irgendwoher flackerte das bläuliche Licht eines Fernsehapparates.

Luise deutete auf Wankas Haus. »Er ist noch wach.« Hinter den Vorhängen im Erdgeschoss brannte Licht. »Ich wüsste schon gerne, was er jetzt gerade macht. Sollen wir einmal reinschauen?«

»Untersteh dich«, sagte Kaltenbach. »Wartest du kurz? Ich bin in einer Minute wieder da.«

Doch Luise hatte bereits die Tür geöffnet. »Ich gehe mit. Was denkst du denn? Ich bin neugierig, was Walter inzwischen aufgebaut hat.«

Der Hausschlüssel lag an der verabredeten Stelle im Zeitungskasten. Im Haus war alles still. Sie gingen leise die Treppe nach oben. Wie versprochen war das Zimmer offen. Durch das Fenster fiel das Licht der Straßenlaternen herein. Im Halbdunkel sah der Raum aus wie ein Übertragungsstudio. Walter hatte noch ein paar mehr Geräte aufgestellt, deren Funktion Kaltenbach nicht erkannte. An der Rückseite der Überwachungskamera leuchtete ein rotes Lämpchen.

»Wie in einem Agentenfilm«, meinte Luise. Sie flüsterte, obwohl es keinen Grund dafür gab, so leise zu sein.

»Oder bei den Tierfilmern«, gab Kaltenbach ebenso leise zurück, während er das Bett nach dem Handy abtastete. »›Auf den Spuren des Merzhausener Erdmännchens.‹ Kommt nur einmal alle drei Jahre an die Oberfläche. Da ist es ja!« Er steckte das Mobiltelefon ein. »Jetzt aber los!«

»Schau mal!«, unterbrach ihn Luise. Sie deutete auf die Filmkamera. Das rote Lämpchen hatte zu blinken begonnen. Gleichzeitig ertönte ein kaum hörbares Surren. »Die Kamera läuft. Hast du etwas angefasst?«

»Der Bewegungsmelder«, stieß Kaltenbach hervor. »Es tut sich etwas!« Vorsichtig tastete er sich durch das Gewirr der Stecker und Kabel zum Fenster und schaute hinaus. Er erkannte das ehemalige RAF-Mitglied sofort. »Wanka ist herausgekommen.«

Luise zwängte sich neben ihn. »Tatsächlich. Was macht er um diese Zeit auf der Straße?« Beide hielten den Atem an. Die Kamera zwischen ihnen brummte leise.

»Ich glaube, der fährt weg!« Luise deutet aufgeregt nach unten. Wanka öffnete eben das Garagentor.

»Los!« Kaltenbach stürzte zur Tür. »Vielleicht erwischen wir ihn noch!«

»Und wenn er uns sieht?«

»Egal. Schnell!« Sie hasteten die Treppe hinunter. Wanka stieß eben mit seinem Auto rückwärts heraus auf die Straße. Kaltenbach lief geduckt hinter den parkenden Autos zu seinem Wagen.

Luise riss die Tür auf und stieg ein. »Da vorne ist er, er biegt nach links ab. Richtung Stadt.«

Noch ehe sie die Kreuzung erreichten, wurden sie von einem Auto überholt, das sich knapp an ihnen vorbeiquetschte.

»Spinnt der?« Kaltenbach riss das Lenkrad herum und fluchte. Wanka war inzwischen ein gutes Stück voraus.

»Kannst du ihn noch sehen?«, fragte Luise.

Kaltenbach nickte. Der Überholer fuhr jetzt in dieselbe Richtung weiter und behielt in etwa den gleichen Abstand. Nachdem sie ein weiteres Mal abgebogen waren, meinte Luise: »Sag mal, gehören die etwa zusammen? Das ist doch kein Zufall mehr!«

»Du könntest recht haben.« Kaltenbach überlegte fieberhaft. »Keine Ahnung, was das bedeutet.«

Hinter der Schnewlinbrücke fuhren kurz nacheinander einige Autos vom Zubringer herauf. Am Bahnhof entließ die Tiefgarage die letzten Nachtschwärmer.

»Verflucht! Siehst du Wanka noch?« Kaltenbach wechselte jetzt auf die linke Spur, doch inzwischen hatten sich etliche Autos dazwischengeschoben. Kaltenbachs Blick glitt über die Rücklichter. Er zwängte sich in eine Lücke auf der rechten Seite. Kurz darauf musste er an der Kreuzung abbremsen. Hinter ihm ertönte wildes Hupen. Aus einem Gewummere von tiefen Bässen streckten sich ihm drei erhobene Mittelfinger entgegen.

»Ich sehe ihn nicht mehr! Was jetzt? Rechts? Links? Geradeaus?«

»Da vorne ist der andere«, rief Luise und deutete nach rechts. »Fahr ihm nach! Wir müssen es darauf ankommen lassen.«

Kaltenbach riss das Lenkrad herum und bog auf den Friedrichring ein. Etwa 200 Meter weiter sahen sie Wanka in Richtung Stadtpark fahren. Auch der zweite Wagen war noch dahinter.

Unter dem Karlssteg bremste Wanka ab und fuhr nach links.

»Herdern!«, rief Luise aufgeregt. »Er fährt nach Herdern.«

Kaltenbach bog ebenfalls ab. Hier gab es kaum mehr Verkehr, so dass er sich etwas zurückfallen lassen musste, um nicht aufzufallen.

»Ich wüsste zu gerne, was das Ganze soll«, sagte Kaltenbach. »Vor allem würde mich interessieren, was Wanka um diese Zeit hier will. Ob die beiden verabredet sind?«

Kaltenbach schoss es siedend heiß durch den Kopf. Was war, wenn Walter recht hatte? Wenn Wanka erneut unterwegs war und es wieder auf einen der Korsaren abgesehen hatte?

Der Wagen vor ihnen fuhr nun ebenfalls deutlich langsamer.

»Aufpassen, er biegt ab«, sagte Luise.

Kaltenbach fuhr so weit vor, dass er in die schmale Straße sehen konnte. Das zweite Fahrzeug hielt am Straßenrand unter den Bäumen. Die Rücklichter erloschen. »Er hat angehalten. Wir müssen aussteigen.« Zum Glück fand er sofort eine Parklücke.

»Siehst du Wanka?«, fragte Luise.

»Nein, aber den anderen.« Sie hielten sich zwischen den

Alleebäumen und hinter den parkenden Autos in Deckung so gut es ging. Jetzt sah Kaltenbach den Fahrer zum ersten Mal aus der Nähe. Es war ein Mann, untersetzt, etwas stämmig. Das Gesicht konnte er nicht erkennen. Er schlug ein zügiges Tempo ein.

Luise hielt sich dicht neben Kaltenbach. »Ich weiß immer noch nicht ...«

»Schau!« Kaltenbach deutete mit dem Kopf nach vorn. Hinter der nächsten Kreuzung ragte eine etwa zwei Meter hohe dunkle Mauer auf. In einer Parkbucht davor stand ein Auto. »Der Alte Friedhof! Und das ist Wankas Wagen!«

Der Stämmige war bereits im Dunkel des Friedhofeingangs verschwunden. Kaltenbach und Luise eilten hinterher. »Jetzt müssen wir sehr gut aufpassen. Ich bin gespannt, was Wanka vorhat.«

Der ehemalige Freiburger Friedhof mit seinen großen Bäumen war seit Jahrzehnten zu einem verwunschenen Park geworden. Die düstern Grabmäler und die großen Büsche boten zum Glück ausreichend Gelegenheit, sich zu verbergen und in Ruhe beobachten zu können. Wanka war nirgends zu sehen. Doch den Mann vor ihnen konnten sie gut im Blick behalten. Er bewegte sich jetzt deutlich langsamer und vorsichtiger. Alle paar Schritte blieb er stehen, sah sich um und duckte sich hinter eines der Gräber. Es war offensichtlich, dass er von niemandem gesehen werden wollte.

»Es sieht nicht so aus, als ob die beiden zusammengehörten«, flüsterte Luise.

»Allerdings. Es kommt mir so vor, als ob wir nicht die Einzigen sind, die es auf Wanka abgesehen haben.«

»Aber warum? Was könnte das sein?«

»Ich habe keine Ahnung«, raunte Kaltenbach. »Wir können nur abwarten.«

»Ich finde es unheimlich hier!«

Auch Kaltenbach wurde allmählich bewusst, wo sie sich befanden. Der alte Freiburger Friedhof war bereits Ende des 19. Jahrhunderts aufgegeben worden und hatte wie durch ein Wunder die Zeiten überdauert. Tagsüber war er trotz der Gräber einer der schönsten Parks der Stadt. Doch um diese Uhrzeit war es selbst Kaltenbach nicht ganz geheuer.

Er legte den Arm um Luise. »Wir wissen nicht, was passiert. Wir müssen vorsichtig sein. Leise jetzt!«

Der Mann vor ihnen war stehen geblieben. Etwa 50 Meter weiter war auf einem kleinen freien Platz die Friedhofskapelle zu erkennen, davor ein steinernes Kruzifix auf einem Podest.

»Dort ist Wanka!«, flüsterte Kaltenbach.

Das ehemalige RAF-Mitglied hielt neben dem Kreuz inne und sah sich nach allen Seiten um. Dann huschte er unter die Säulen der Kapelle ins Dunkel, so dass Kaltenbach ihn nicht mehr sehen konnte.

Der Unbekannte vor ihnen rührte sich nicht. Auch er beobachtete. Es war jetzt völlig still. Nicht einmal die Grillen zirpten.

Kaltenbach spürte, wie sein Herz klopfte. Jetzt, da sich seine Augen an die Dunkelheit gewöhnt hatten, kam ihm der Ort noch bedrohlicher vor. Die alten Bäume warfen dunkle Schatten auf die hochstehenden Grabplatten und Kreuze. Steinerne Engel und Marienfiguren bewachten seit Generationen die Ruhe längst Vergessener. Irgendwo dazwischen war das Grab der unbekannten jungen Schönen, das seit über 100 Jahren täglich mit frischen Blumen geschmückt wurde …

»Schau!«

Kaltenbach wurde aus seinen Gedanken gerissen. Wanka war wieder aufgetaucht. Er trug jetzt eine Sporttasche in der

Hand. Rasch stellte er sie auf eine der Steinbänke und zog den Reißverschluss auf.

Im selben Moment trat der Unbekannte aus seinem Versteck heraus. Er rief etwas, das Kaltenbach nicht verstehen konnte. Wanka fuhr herum und sprang auf. In der Hand des anderen blitzte es auf.

»Eine Pistole!« Luise zitterte.

Der Mann ging zwei Schritte nach vorn. In diesem Moment griff Wanka mit einer raschen Bewegung nach der Tasche und schleuderte sie gegen den Angreifer. Gleichzeitig duckte er sich, sprang nach vorn und stürzte sich auf ihn. Durch den heftigen Aufprall fielen beide zu Boden.

Ein heftiges Ringen begann. Beide verkeilten sich ineinander und wälzten sich über die Erde. Das Keuchen der Männer war bis zu Kaltenbach zu hören. Plötzlich zerriss ein trockener Knall die Nacht. Luise fuhr zusammen und krallte ihre Finger in Kaltenbachs Arm.

Für einen Moment hielten die Kontrahenten in ihrer Bewegung inne, ehe einer der beiden aufstand.

»Wanka! Wanka hat ihn erschossen!« Kaltenbach wagte kaum zu atmen.

Das ehemalige RAF-Mitglied stand schwer atmend über der regungslosen Gestalt auf dem Boden. Dann sah er sich rasch nach allen Seiten um und griff nach der Tasche, die ein paar Schritte entfernt auf der Erde lag. Kaltenbach sah, wie er sich in schneller Folge bückte und etwas hineinstopfte. Nur wenige Augenblicke später machte er die Tasche zu, klemmte sie sich unter den Arm und eilte mit raschen Schritten durch die Nacht davon.

Kaltenbach war wie gelähmt. Der Knall der Pistole hallte in ihm wider wie ein Donnerschlag. Es war, als sei er innerhalb von Sekundenbruchteilen aus einem Film in die Realität katapultiert worden. Er stand mitten in der Nacht auf dem alten Friedhof. Vor seinen Augen war ein Verbrechen geschehen!

Luise zitterte immer noch. Trotzdem fand sie als Erste ihre Stimme wieder. »Was machen wir jetzt? Das ist ja schrecklich!«

Kaltenbach versuchte, sich zu konzentrieren. Vielleicht war die Gefahr noch nicht vorüber. Vorsichtig trat er einen Schritt aus ihrem Versteck hervor. Von Wanka war nichts zu sehen. Um sie herum war wieder alles still.

»Wir müssen nach dem Mann sehen«, sagte er. »Ich will wissen, was mit ihm los ist.«

»Aber das ist gefährlich!« Luise hielt Kaltenbach immer noch am Arm fest. »Was ist, wenn Wanka noch einmal zurückkommt?«

»Das glaube ich nicht«, versuchte er, sie zu beruhigen. »Aber wir können nicht einfach verschwinden. Vielleicht ist der Mann verletzt und braucht Hilfe.«

Der Unbekannte lag zusammengekrümmt auf der Seite. Über sein Gesicht fiel der Schatten des Steinkreuzes. Als sie näherkamen, hörten sie ein leises Stöhnen.

»Er lebt noch!«, sagte Luise. Das Metall der Pistole schimmerte kalt. »Pass auf! Wenn er schießt!«

Doch die Hand, die die Waffe hielt, hing schlaff zur Seite, die Finger halb geöffnet.

Kaltenbach kniete auf den Boden. Erst jetzt sah er, dass sich unter dem Körper des Verletzten ein dunkler Fleck ausbreitete.

»Er verblutet! Wir müssen den Rettungsdienst rufen!«, sagte Luise.

»Ich will versuchen, ihn zu drehen, damit er besser Luft bekommt …«

Kaltenbach hielt mitten im Satz inne, als er das Gesicht des Mannes sah. Seine Überraschung hätte nicht größer sein können. Vor ihm lag Leo Gerwig.

»Was ist?«, fragte Luise. »Kennst du ihn?«

Kaltenbach nickte langsam. »Das ist Leo, einer aus Walters früherer Gruppe.«

Luise sah ihn erstaunt an. »Ein Bekannter von Walter? Wie kommt denn der hierher?«

»Das frage ich mich auch.« Kaltenbach schossen die Gedanken wild durch den Kopf. Die Geschichte um die »Roten Korsaren« wurde immer verworrener.

»Jetzt hilf mir erst einmal.« Kaltenbach zog seine Jacke aus und formte sie zu einem Kopfkissen. Er schob es unter Gerwigs Kopf. Sofort wurde das Stöhnen lauter, dann schlug er die Augen auf. Als er Kaltenbach sah, schien er völlig verblüfft. Doch dann begann er leise zu sprechen.

»Ich habe … ich wollte …«

Seine Stimme klang abgehackt und erschöpft.

»Nicht sprechen jetzt«, sagte Luise und legte die Hand auf seine Stirn. »Wir holen Hilfe. Gleich kommt ein Krankenwagen. Und ein Arzt.«

»Nein, keinen Arzt!« Gerwig bäumte sich auf und sank sofort schmerzverzerrt wieder zusammen. »Es geht schon. Bringt mich nach Hause, ich …«

Seine Stimme brach ab. Sein Kopf fiel in den Nacken.

»Er blutet stark. Er braucht einen Arzt. Unbedingt!« Luise strich über die Wange des Verletzten.

»Und was sollen wir sagen? Wie sollen wir erklären, wie wir ihn gefunden haben? Jeder Arzt sieht sofort, dass dies eine Schussverletzung ist. Am Ende sind wir beide noch verdächtig.«

Gerwig begann erneut zu stöhnen.

Kaltenbach war hin- und hergerissen. Jede Minute konnte über Leben und Tod entscheiden.

»Also gut«, sagte er. »Ich rufe an. Und wir sagen einfach, wie es war.« Er holte sein Mobiltelefon heraus und wählte die Notrufnummer.

»In ein paar Minuten sind sie da. Mehr können wir nicht tun.« Er stand auf und sah sich um. Zu gerne hätte er bei der Kapelle nachgeschaut, wo Wanka die Tasche geholt hatte. Sie musste irgendwo dort versteckt gewesen sein. Doch woher wusste Leo davon?

Von Weitem hörte Kaltenbach die Sirene eines Martinshorns, die rasch näherkam. Einer plötzlichen Eingebung folgend nahm er sein Handy und machte ein paar Fotos von Luise und dem Verletzten. Unter der Bank sah er etwas liegen. Er bückte sich und hob es auf. Es war ein Stück bedrucktes Papier, glatt und eckig.

Kaltenbach traute seinen Augen nicht. So etwas hatte er seit Jahren nicht mehr gesehen. »Ein Hundertmarkschein!«, rief er überrascht.

Vom Friedhofseingang her hörte er Schritte auf dem Kiesweg. »Komm rasch, wir verschwinden!«, sagte er plötzlich und steckte den Geldschein in die Tasche. »Es ist wahrscheinlich doch besser, wenn uns hier keiner sieht.«

Luise sah ihn verblüfft an. »Aber Gerwig …«

»Leo bekommt Hilfe. Wir müssen uns jetzt um uns kümmern.«

Er fasst Luise an der Hand und zog sie hoch. Sekunden später waren sie im Dunkel zwischen den Grabsteinen verschwunden.

KAPITEL 11

In dieser Nacht war an Schlaf nicht zu denken.

Kaltenbach bemühte sich, die völlig aufgebrachte Luise zu beruhigen. Doch er hatte mit sich selbst genug zu tun. Das Bild des blutenden Mannes ließ sich nicht abschütteln. Unzählige Gedanken schwirrten durch seinen Kopf. Es dämmerte bereits, als beide völlig erschöpft nebeneinander in den Schlaf sanken.

Bereits eine Stunde später klingelte der Wecker. Nach einer schnellen Tasse Kaffee fuhr Kaltenbach zurück nach Emmendingen. Luise wollte unbedingt mitkommen, doch er konnte sie überzeugen, dass es das Beste sei, sich ordentlich auszuschlafen.

Vom Laden aus erledigte Kaltenbach die dringendsten Anrufe bei Kunden und Lieferanten. Kurz nach acht streckte er sich erschöpft in seinem Ohrensessel aus und trank einen zweiten Kaffee.

War es richtig, dass sie gestern Nacht nicht doch auf die Rettungssanitäter gewartet hatten? Es war völlig ungewiss, was Gerwig erzählen würde. In jedem Fall würde das Krankenhaus die Polizei verständigen, und wer weiß, was dann geschah. Falls er gleich heute Morgen in Emmendingen auf das Präsidium ging, würden die Beamten ihm vielleicht nachsehen, dass er und Luise gestern so überstürzt verschwunden waren.

Doch was sollte er ihnen sagen? Wie konnte er erklären, was er selbst um diese Zeit auf dem Friedhof gesucht hatte? Andererseits wäre dies die Gelegenheit, endlich die ganze Geschichte zu erzählen. Nicht nur das Erlebnis in Herdern.

Kaltenbach lehnte sich zurück und schloss die Augen. Es war unmöglich. Im besten Fall würde die Polizei ihm nicht glauben. Wenn er Pech hatte, würde er auf der Stelle verhaftet werden.

Nein, es ging nicht. Stattdessen musste er unbedingt mit Walter sprechen. Er stemmte sich aus dem Sessel hoch und wählte Walters Nummer.

»Er ist nicht da«, sagte Regina. »Gestern ist er spät nach Hause gekommen und heute Morgen schon früh wieder weg. Er wollte unbedingt noch nach Merzhausen, um zu sehen, ob sich in der Nacht etwas getan hat.«

»Und – hat er sich schon gemeldet?«

»Bisher nicht. Soll ich etwas ausrichten, wenn er anruft?«

»Schon gut.«

Wenn Walter heute Früh die Aufzeichnungen durchsah, wusste er natürlich, dass Wanka in der Nacht aus dem Haus gegangen war. Wahrscheinlich war auch zu sehen, wann er wieder zurückgekommen war. Und ob er eine Tasche dabei hatte.

Kaltenbach zog den Hunderter aus der Tasche und strich ihn glatt. Das Papier fühlte sich seltsam steif an, so als ob der Schein direkt aus der Notenpresse gekommen wäre. Wanka hatte Geld in der Tasche. Viel Geld. Und das Geld war auf dem Friedhof versteckt gewesen.

Wie kam Wanka an so viel Geld? Seit der Einführung des Euro waren bereits etliche Jahre verstrichen. Zum damaligen Zeitpunkt saß Wanka im Gefängnis. Walter hatte erzählt, dass Wanka Ende der 70er Jahre abgetaucht und direkt nach der Wende verhaftet worden war. Ob er das Geld seit damals versteckt hatte? Das würde auch erklären, warum

Leo Gerwig davon gewusst hatte. Bei ihrem Gespräch in Leiselheim hatte er zwar abgestritten, mit Wanka nach ihrer gemeinsamen Korsarenzeit Kontakt gehabt zu haben. Doch das musste nicht stimmen. Vielleicht war Gerwig sogar an Aktionen beteiligt, von denen die Übrigen bis heute nichts wussten.

Das Telefon riss Kaltenbach aus seinen Gedanken.

»Es hat geklappt!« Walter klang bestens gelaunt.

Kaltenbach wusste nach dem Gespräch mit Regina sofort, was er meinte. »Das freut mich«, gab er zurück.

»Die Kamera ist ein paar Mal in der Nacht angegangen.« Walter war nicht zu bremsen. »Wanka ist drauf, sogar zwei Mal! Und dann ...«

»Ich weiß, wo Wanka heute Nacht war!« Kaltenbach unterbrach ihn. In ein paar knappen Sätzen erzählte er von ihrem Abenteuer auf dem Friedhof. »Wir sind verschwunden, bevor der Krankenwagen kam«, schloss er.

Für einen Moment blieb es still am anderen Ende der Leitung. Dann brach es aus Walter heraus: »Was ist mit Leo? Lebt er noch?«

»Keine Ahnung. Ich denke, er wird jetzt in irgendeinem Krankenhaus in Freiburg liegen.«

»Wir müssen uns besprechen. Am besten gleich«, stieß Walter hervor. »Ich komme zu dir. Gehen wir doch ins Mahlwerkk, das hat früh auf.«

»Geht nicht«, entgegnete Kaltenbach. »Ich kann hier nicht weg.«

»Na schön. In einer halben Stunde bin ich im Laden.«

Kaltenbach sah auf die Uhr. Es war kurz nach halb neun. Er würde trotzdem den Laden aufschließen müssen. Es gab Kunden, die bereits am Morgen vor der Tür warteten. Er fragte sich, wie Walter mit Gerwigs Alleingang umgehen würde. In seinen Augen musste es wie Verrat aussehen. Wie konnte er jetzt den anderen noch trauen – Hafner? Silvie? Und all denen, von denen Kaltenbach bisher noch nichts wusste?

Natürlich wäre es das Beste, selbst mit Gerwig zu sprechen. Doch das war gar nicht so einfach. Sie hatten keine Ahnung, wo der Verletzte in der Nacht hingebracht worden war. Und ob er überhaupt noch lebte.

Vielleicht konnte Grafmüller helfen. Kaltenbach griff erneut zum Telefon.

»Klar, mache ich«, sagte der Redakteur. »Moment, ich schau mal die Polizeimeldungen durch. Gestern Nacht, sagst du?«

Kaltenbach hörte, wie Grafmüller in die Tasten seines Rechners hämmerte.

»Warum willst du das überhaupt wissen?«, fragte er unvermittelt. »Woher kennst du den?«

Kaltenbach murmelte etwas von einer Schlägerei und einer besorgten Freundin. Zu seiner Erleichterung ging Grafmüller nicht weiter darauf ein.

»Hier habe ich etwas. Uniklinik, 01.40 Uhr. Älterer Mann mit Schussverletzung. Anonymer Anrufer.« Jetzt wurde Grafmüller doch neugierig. »Sag mal, da ist doch etwas faul? Hat das vielleicht etwas mit Bickensohl und Burkheim zu tun?«

Kaltenbach zögerte. »Vielleicht«, sagte er gedehnt.

»Vielleicht? Dir ist schon klar, dass das eine Riesenstory ist. Also?«

»Tut mir leid. Es geht nicht. Zumindest jetzt noch nicht. Und Halbwahrheiten nützen uns beiden nichts. Sobald ich mehr weiß, erfährst du es.«

»Das hoffe ich doch. Aber ich hab etwas gut bei dir.«

»Hast du.«

Direkt danach rief Kaltenbach ein weiteres Mal bei Walter an.

»In der Uniklinik, sagst du? Das ging aber schnell! Wie hast du denn das geschafft?« Er wartete Kaltenbachs Antwort nicht ab. »Wir planen um. Ich fahre direkt dort hin und rede mit ihm. Über Mittag bin ich dann bei dir.«

»Na dann viel Glück!« Kaltenbach war nicht so optimistisch, dass sein Freund ohne weiteres Zutritt zu Gerwig bekommen würde. Aber er sollte es versuchen. Immerhin war Walter um eine passende Erklärung nie verlegen.

Kurz bevor Kaltenbach den Laden aufschloss, versuchte er, Luise zu erreichen, doch sie meldete sich nicht. Für einen Moment war er irritiert, doch dann beruhigte er sich rasch. Bestimmt lag sie noch im Bett und schlief. Das wünschte er ihr zumindest.

Auch bei ihm machte sich jetzt die Müdigkeit breit. Am liebsten wäre er auf der Stelle nach Hause gegangen. Doch schon hörte er an der Ladentür ein energisches Klopfen. Einer seiner Stammkunden, ein stets gut gelaunter Rentner aus der Unterstadt, drückte von außen die Nase an die Scheibe und winkte.

Mit einem Seufzer stand Kaltenbach auf. »Ich komme ja schon!«

Kurz vor der Mittagspause meldete sich Walter. Er klang angespannt. »Es hat sich etwas ergeben«, sagte er. »Wanka ist schon wieder weg.«

Kaltenbach verstand nicht gleich. »Was meinst du damit? Außerdem, ich denke, du bist bei Gerwig? Ist er nicht in der Uniklinik?«

»Schon. Aber die wollten mich nicht zu ihm lassen. Von wegen nur Verwandte auf der Intensivstation und solchen

Unsinn. Dann wollten sie meinen Namen wissen und haben angefangen, dumme Fragen zu stellen.«

»Und du bist wieder weg?«

»Was blieb mir anderes übrig? Wenigstens haben sie rausgelassen, dass er noch lebt und die Verletzung nicht lebensgefährlich ist. Dann bin ich noch einmal nach Merzhausen. Auf dem Video war zu sehen, dass Wanka schon wieder aus dem Haus ist.«

»Und die Tasche?«

»Er hatte keine Tasche dabei. Ich bin mir sicher, der plant schon wieder irgendetwas. Wir dürfen ihn nicht mehr aus den Augen lassen. Allerdings bleibt uns nichts anderes übrig, als abzuwarten. Ich werde, so oft es geht, hier sein.«

»Und was machen wir mit der Probe heute Abend?«, fiel Kaltenbach ein.

Walter stieß einen Fluch aus. »Mist, das habe ich glatt vergessen. Natürlich proben wir heute!«, sagte er entschieden. »Ich lasse mich von Wanka nicht mehr einschüchtern.«

»Und unser Treffen?«

»Klar. Unbedingt. Noch vor der Probe. Am besten auf dem alten Friedhof. Dann kannst du mir gleich zeigen, was los war.«

Während der Mittagspause konnte Kaltenbach endlich auch mit Luise sprechen. Es war beruhigend, ihre Stimme zu hören.

»Ich habe geschlafen wie ein Stein«, sagte sie. »Jetzt geht es mir besser. Bereit zu neuen Taten.«

Den Bericht über Gerwigs Zustand nahm sie mit Erleichterung auf. »Gott sei Dank!«, sagte sie. »Ich hatte kein gutes Gefühl, dass wir so einfach verschwunden sind.«

»Wir haben getan, was möglich war. Und uns letztlich eine Menge Ärger erspart.«

»Das viele Blut! Ich habe so etwas noch nie gesehen. Hoffentlich kommt er durch.«

Kaltenbach wünschte, er könnte sie in diesem Moment in den Arm nehmen. Doch es ging nicht. »Sehen wir uns heute?«, sagte er stattdessen.

»Das wäre schön. Aber gehe du mal zu deiner Probe am Abend. Das bringt dich auf andere Gedanken. Und mir wird es gut tun, beizeiten ins Bett zu gehen. Morgen. Morgen bestimmt. Ich freu mich auf dich.«

Als er aufgelegt hatte, fielen ihm die Fotos ein. Bilder des schwer verletzten Leo Gerwig. Er verband sein Handy mit dem Rechner und öffnete die Dateien.

Auf dem großen Bildschirm sahen die Bilder erstaunlich harmlos aus. Für einen flüchtigen Betrachter lag ein Mann auf dem Boden, fast so, als ob er schliefe. Erst beim genaueren Hinsehen wurde deutlich, dass Gerwig starke Schmerzen hatte. Sein Gesicht war verzerrt, der Mund halb geöffnet, die Zähne bissen auf die Unterlippe. Seine linke Hand krampfte sich um den Bauch. Direkt darunter der große dunkle Fleck.

Ob Leo geplant hatte, Wanka zu erschießen? Oder wollte er ihm nur drohen? Wollte er ihn zwingen, den Inhalt der Tasche herauszugeben? Kaltenbach vergrößerte den Ausschnitt mit der Waffe. Die Pistole ähnelte nur wenig denen, die er sonst in den Fernsehkrimis sah. Sie wirkte älter und deutlich größer als die heute üblichen.

Kaltenbach schärfte die Aufnahmen etwas nach. Dann ließ er sich über die Bilderfunktion der Suchmaschine verschiedene Pistolenmodelle anzeigen.

Es überraschte ihn, wie schnell er fündig wurde. Der kräftige Griff, der nach vorn gezogene Lauf, die markante Kimme. Er hatte dieses Modell schon einmal gesehen. Rasch tippte er den Namen ein, um sich weitere Bilder anzeigen zu lassen. Es gab keine Zweifel. Die Pistole war eine Walther. Dieselbe Waffe, mit der die beiden Toten am Kaiserstuhl und am Rhein erschossen worden waren.

Am Nachmittag herrschte im Laden der übliche Wochenendbetrieb. Das milde Spätsommerwetter lud geradezu ein, die langen Abende bei einem Gläschen auf der Terrasse oder auf dem Balkon zu verbringen. Kartonweise trugen die Kunden ihre Einkäufe zu den Autos. Zusätzlich füllte sich Kaltenbachs Lieferliste. Außerdem gab es jede Menge Vorbestellungen für den neuen Süßen. Onkel Josef würde sehr zufrieden sein.

Erst eine halbe Stunde nach Ladenschluss kam Kaltenbach los. Von unterwegs rief er Walter an, der ihn bereits ungeduldig erwartete. »Ich stehe schon in Herdern«, sagte er. »Beeil dich!«

Es war noch hell, als Kaltenbach in die Straße beim Friedhof einbog. Es war ein seltsames Gefühl, nur wenige Stunden nach den Aufregungen der vergangenen Nacht wieder am selben Ort zu sein. Dort, wo Wanka geparkt hatte, stand jetzt Walters Wagen. Die Sonne glitzerte durch Bäume und Sträucher. Vereinzelt leuchtete bereits rote, gelbe und hellbraune Herbstfärbung auf. Alles wirkte friedlich, selbst die Friedhofsmauer kam Kaltenbach weniger düster vor als in der Nacht zuvor.

Gespannt hörte Walter zu, als Kaltenbach von der Verfolgungsfahrt erzählte.

»Und ihr habt Leo wirklich nicht erkannt?« Walter klang, als sei er selbst gerne dabei gewesen.

»Es war dunkel. Außerdem mussten wir immer Abstand halten.«

»Und du bist sicher, dass die beiden nicht zusammen unterwegs waren?« Walter machte es ganz offensichtlich zu schaffen, dass Leo Gerwig auf eigene Faust gehandelt hatte. Die Fronten begannen zu verschwimmen.

»Spätestens hier zwischen den Gräbern gab es keinen Zweifel mehr. Leo beobachtete Wanka die ganze Zeit aus sicherer Entfernung. Er hat kein einziges Mal nach hinten geschaut!«

»Hier ist die Stelle.« In einer Nische neben dem Hauptweg stand eine Bank, dicht umwachsen mit Kirschlorbeer und Thuja. Darüber wölbte sich das dichte Blattwerk einer Blutbuche. »Weiter nach vorn haben wir uns nicht getraut.«

»Und Leo?«

»Da vorne hat er auf Wanka gewartet.« Kaltenbach deutete auf eine gut erhaltene steinerne Madonnenfigur, die über eines der Gräber am Weg ihre Arme ausbreitete. »Und hier haben wir Leo hingelegt.« Der Kiesboden vor der Sandsteinbank war immer noch dunkel gefärbt. »Der Hunderter lag dort drüben.«

Die beiden Männer sahen sich überall um, doch es waren keine weiteren Spuren zu entdecken.

»Schade«, meinte Kaltenbach. »Aber bestimmt hat die Polizei inzwischen alles abgesucht.«

»Wir müssen endlich wissen, was Leo denen erzählt hat«, überlegte Walter. »Die Wahrheit wird es wohl kaum gewesen sein. Sonst wäre die Polizei garantiert schon bei dir aufgetaucht.«

»Ich weiß nicht, ob er mich überhaupt erkannt hat.« Wieder tauchte vor Kaltenbach das schmerzverzerrte Gesicht Gerwigs auf. »Und Luise hat er sowieso noch nie zuvor gesehen.«

Kaltenbach setzte sich auf eine der beiden Bänke. »Angenommen, Gerwig hat das alles als Überfall dargestellt. Harmloser Spaziergänger wird auf dem Friedhof überfallen, es kommt zum Handgemenge, ein Schuss löst sich, der Angreifer verschwindet, zufällig kommen ein paar Nachtschwärmer vorbei, die nicht gesehen werden wollen … Klingt doch einigermaßen plausibel, oder?«

»Sehr einigermaßen.« Walter schüttelte den Kopf. »Mitten in der Nacht auf dem Friedhof! Mit einer Pistole! Wer macht denn so etwas?«

»Warum nicht? Es gibt genug Merkwürdigkeiten heutzutage.« Kaltenbach gefiel seine Theorie. »Also mal angenommen, so oder so ähnlich hat Gerwig es dargestellt. Das würde aber auch bedeuten, dass die Polizei von dem Geld und von der Tasche gar nichts mitbekommen hat. Und dann weiß sie natürlich auch nichts von …«

»… von dem Versteck, aus dem Wanka sie geholt hat! Mensch, Lothar, das ist unsere Chance! Wo war das? Wo ist Wanka hingegangen?«

»Genau gesehen habe ich es nicht. Er ist im Dunkel der Kapelle verschwunden, und als er wieder auftauchte, hatte er die Tasche in der Hand.«

»Na los, worauf warten wir?«

Über dem Eingang zur Kapelle wölbte sich eine kleine Vorhalle mit Säulen. Die Eingangstür war abgeschlossen. An der Tür hing ein Hinweisschild, dass Besichtigungen derzeit nicht möglich seien.

»Modernes Sicherheitsschloss«, bemerkte Walter. »Da müsste Wanka einen Schlüssel gehabt haben.«

»Durch die Fenster ist er auch nicht«, sagte Kaltenbach. Die beiden schmalen Öffnungen waren mit eisernen Gitterstäben versperrt. »Also weiter.«

Die beiden Männer gingen langsam um das Gebäude herum. An den meisten Stellen war das Gras hoch gewachsen, ein paar Wildblumen leuchteten rot und blau daraus hervor. An der Rückseite der Kapelle duckte sich ein kleiner Anbau, der fast vollständig mit einer riesigen Heckenrose zugewuchert war.

»Sieh mal hier!« Vor der etwa meterhohen Tür waren vereinzelte Ranken abgeknickt. Die Bruchstellen waren frisch. Die morsche Füllung der Holztür war aufgesplittert.

»Das Schloss ist herausgerissen! Wanka war hier!«

Walter drückte die Tür auf. Sie mussten sich bücken, um hineinzugelangen. In dem winzigen Raum hatten sie kaum Platz. Der Geruch von abgestandenem Staub war überall. Fenster gab es keine. In dem wenigen Abendlicht, das durch die Türöffnung fiel, konnten sie zuerst wenig erkennen. Walter zog sein Smartphone heraus und ließ das helle Licht des Displays aufleuchten. Jetzt erkannte Kaltenbach an der rechten Wand das ausgebleichte Bild eines Engels, der eine riesige altertümliche Waage in den Händen hielt. »Michael! Der Engel mit der Seelenwaage!«

Auf der der Kapelle zugewandten Seite waren in regelmäßigen Abständen rechteckige Platten eingelassen, die wie kleine blinde Fenster aussahen.

»Leuchte mal hierher«, sagte Kaltenbach. Er fuhr mit der Hand über die glatte Oberfläche der Platten. In jeder Einzelnen war in der Mitte ein kleines Kreuz eingraviert.

»Was ist das? Ein Friedhof im Friedhof?«

»Das könnte ein Beinhaus sein«, entgegnete Kaltenbach. »Manchmal wurden die menschlichen Überreste in Gemeinschaftsgräbern bestattet. Wir sollten sehen, ob sie sich öffnen lassen.«

Sie drückten und drehten, doch nichts rührte sich. Es sah so aus, als seien die Türen seit Generationen nicht mehr bewegt worden.

Kaltenbachs Rücken begann zu schmerzen, der Staub brannte in seinen Augen.

»Ich muss mal raus. Ich brauche dringend frische Luft«, sagte er.

»Ich habe keine Beschädigungen gesehen«, meinte Walter. »Es muss einen Mechanismus geben, mit dem sich die Türen öffnen lassen.«

»Vielleicht liegen wir doch falsch«, meinte Kaltenbach. »Die Ranken kann auch ein anderer abgeknickt haben.«

»Und die frisch aufgebrochene Tür? Nein. Wanka war hier. Du hast ihn doch selbst hinter der Kapelle hervorkommen sehen. Außerdem: Ein besseres Versteck gibt es gar nicht.«

Kaltenbach kam langsam wieder zu Atem und klopfte sich den Staub aus den Kleidern. »Und wenn das Versteck irgendwo weiter hinten ist?« Er deutete auf die riesige Buche, die sich zwischen Kapelle und Friedhofsmauer breitgemacht hatte. Die Zweige hingen fast bis zum Boden herunter, um den Stamm herum wuchsen neue Triebe, die fast schon wieder kleine Bäume geworden waren.

Kaltenbach bahnte sich den Weg durch das hohe Gras. Abgebrochene Zweige und das Laub des Vorjahres lagen überall verstreut, darunter umgestürzte zerbrochene Grabplatten und Reste schmiedeeiserner Kreuze. Dieser Teil des Friedhofs war offensichtlich seit Jahren sich selbst überlassen.

Es gab keine Anzeichen, dass hier gestern jemand gewesen war. »Hier ist nichts!«, rief Kaltenbach zu Walter hinüber. Mit einem Seufzer stapfte er wieder zurück. »Am besten, wir gehen wieder.«

»Nein warte. Ich will erst noch einmal hinein. Vielleicht haben wir doch etwas übersehen.« Er bückte sich und kroch durch die niedrige Türöffnung.

Kaltenbach streckte sich ein paar Mal ausgiebig. Früher waren die Menschen kleiner, dachte er. Sein Blick wanderte über die fensterlose Rückseite der Kapelle, den riesigen Wildrosenstrauch, den Anbau mit der niedrigen Tür, das mit Flechten überzogene Schindeldach, das nach hinten leicht abfiel.

»Ich hab's!«, rief er plötzlich. Das Dach war so hoch, das man eigentlich bequem darunter stehen können müsste. Doch dafür war der Innenraum viel zu niedrig. Kaltenbach zwängte sich durch den Eingang. »Wir haben die ganze Zeit falsch gedacht. Leuchte mal hoch unter die Decke!«

Der kleine Metallriegel war leicht zu sehen. Kaltenbach schob ihn zurück. Eine Klappe fiel nach unten.

»Na bitte!«, sagte er. »Jetzt bin ich gespannt!«

Vorsichtig steckte er seinen Kopf in die Öffnung. Vor ihm lag ein etwas 50 Zentimeter hoher Hohlraum. Mit Mühe zwängte Kaltenbach seinen Arm durch die Luke und leuchtete. Erstaunlicherweise war der kleine Raum völlig sauber. Kein Staub, keine Spinnweben.

»Siehst du etwas?«, fragte Walter.

»Scheint leer zu sein. Aber eine Tasche hätte hier hereingepasst.« Er ließ das schwache Licht langsam weiter wandern. »Moment mal. Ich glaube, da ist noch etwas.« Kaltenbach tastete mit dem Arm so weit nach hinten, wie es ging. Eine Schachtel. Beim Vorziehen merkte er, wie schwer sie war.

»Hier, nimm!«, sagte er und reichte sie Walter, der gespannt daneben stand. Mit einem weiteren Griff brachte er eine zweite Schachtel zutage. Noch einmal leuchtete er den kleinen Raum ab. »Das ist alles.« Vorsichtig zog er Arm und Kopf wieder heraus. »Jetzt will ich sehen, was das ist!«

Die beiden Männer krochen aus dem Anbau heraus ins Freie und betrachteten ihren Fund. Die beiden Schachteln sahen identisch aus, feste graue Pappe ohne Aufdruck.

»Vielleicht ist da noch mehr Geld drin?«, meinte Kaltenbach. »Münzen vielleicht. Oder Schmuck.«

Walter schüttelte den Kopf. »Ich glaube, ich weiß, was das ist.« Er öffnete einen der Deckel und hielt Kaltenbach die Schachtel hin. Jetzt sah er, warum sie so schwer war. Eng aneinandergereiht lagen Patronen.

»Munition!«, entfuhr es Kaltenbach.

Walter nickte. Er riss die zweite Schachtel auf. »Und hier auch.« Er zählte rasch durch. »Es müssen mindestens 100 Schuss sein. Wankas Waffenlager! Es würde mich nicht wundern, wenn sie zu einer Walther P38 gehörten.«

Zehn Minuten später saßen die beiden Männer in Walters Auto.

»Was machen wir jetzt damit?«, fragte Kaltenbach. »Sollen wir die Munition bei der Polizei abgeben?«

»Bist du verrückt? Wie willst du das erklären? Das würde nur Riesenärger geben. Nein, wir behalten sie erst einmal und überlegen später. Oder wir bringen sie wieder zurück.«

Kaltenbach schaute ihn ungläubig an. »Wie bitte? Wir können doch nicht ... Was ist, wenn Wanka zurückkommt?«

»Eben!«, sagte Walter. »Es ist sein Versteck. Er weiß, was darin ist. Und wenn die Patronen fehlen, weiß er, dass das Versteck entdeckt wurde.«

Daran hatte Kaltenbach nicht gedacht. Er stellte sich Wankas Verwirrung vor, wenn er sein Geheimnis aufgedeckt sah.

»Aber warum eigentlich nicht?«, sagte Walter plötzlich. »Wanka kommt ein zweites Mal, bemerkt, dass das Versteck aufgeflogen ist, erschrickt, gerät ins Grübeln. Und macht vielleicht Fehler! Und dann haben wir ihn! Lothar, du bist genial. Wir behalten die Schachteln und warten, wie Wanka reagiert. Und jetzt auf nach Merzhausen!«

»Ich denke, wir wollen zur Probe?«

»Das reicht schon noch. Dann wird es eben später. Aber du kannst schon einmal vorfahren. Ich komme nach, so schnell es geht.«

KAPITEL 12

Auf der Rückfahrt nach Emmendingen rief Kaltenbach bei Luise an.

»Das ist eine verworrene Geschichte«, meinte sie. »Vor allem das mit der Pistole. War außer der Munition sonst nichts in dem Versteck? Ich frage mich, warum Wanka sie nicht mitgenommen hat.«

»Vielleicht musste es schnell gehen. Vielleicht brauchte er sie nicht. Vielleicht hat er nicht mehr daran gedacht nach all den Jahren.«

Kaltenbach schaltete die Freisprechanlage ab. Er spürte, wie unzufrieden er war. Zu viele »vielleicht«. Noch war alles Spekulation. Woher sollten sie wissen, dass Wanka der Einzige war, der das Versteck in der Zwischendecke kannte? Möglicherweise war es einer der vielen toten Briefkästen, die die Terroristen in den 70ern angelegt hatten. Und wenn das so war, wussten vielleicht noch andere davon!

Schon von Weitem sah Kaltenbach, dass in Walters Wohnung alles dunkel war. In der Türspalte klemmte ein Zettel.

»Wir haben eine Stunde gewartet. Nur Flöte und Trommeln ist langweilig. Andrea hat sich abgemeldet. Gruß Michael und Markus. P.S.: Wir sind in der Waldschänke.«

Kaltenbach las die Nachricht und sah auf die Uhr. Jetzt erst fiel ihm auf, wie lange sie in Herdern gewesen waren.

Er läutete trotzdem, doch alles blieb still. Kaltenbach erinnerte sich, dass Regina die Probenabende gerne nutzte, um mit ihrer Freundin auszugehen. Wahrscheinlich waren sie im Kino. Es würde sicher noch eine ganze Weile dauern, ehe sie wiederkam.

Kaltenbach ging zurück zu seinem Wagen und rief Walter an. Den Hintergrundgeräuschen nach saß er bereits im Auto und war unterwegs. »Du brauchst dich nicht zu beeilen.«

»Na schön. Wir treffen uns trotzdem. Ich habe auf dem Kamerachip ein paar Bilder, die sollten wir uns ansehen.«

»Und Michael und Markus? Was willst du denen sagen?«

Walter zögerte. »Du hast recht. Vielleicht ist es besser, wir lassen das Thema bis später. Aber wir können die beiden nicht länger warten lassen.«

Die »Waldschänke« am Ortsrand von Windenreute war an diesem Abend gut besucht. Die meisten Gäste saßen auf der Terrasse. Über den Tischen waren Lampions aufgehängt. Vom Grill im Garten zogen verführerische Düfte durch die Nacht.

Die beiden Musikerkollegen saßen an einem Vierertisch.

»Jetzt bin ich mal auf eure Erklärung gespannt«, rief Markus zur Begrüßung. »Vor allem von dir, Walter!«

Kaltenbach konnte sich ein Grinsen nicht verkneifen. Normalerweise war es Walter, der von allen am strengsten auf die Termine und Zeiten achtete.

»Da wirst du um eine Runde nicht herumkommen«, fiel Michael ein.

Walter ergriff die Gelegenheit und erklärte sich zu Kaltenbachs Überraschung sofort einverstanden. Angesichts der spendierten Getränke gaben sich die beiden mit einer kurzen Entschuldigung zufrieden, zumal sie merkten, dass Walter nicht weiter darüber sprechen wollte.

»Dann war es eben nichts mit proben diese Woche«, meinte Markus. »Andrea war ja auch nicht da.«

»Warum nicht?«

»Sie hat bei Regina angerufen, heute Mittag schon. Du warst ja wieder einmal nicht erreichbar. Sie wollte kommen, aber schafft es einfach nicht, so kurz vor der Klausur.«

»Und wo ist sie?«

»Keine Ahnung. In Freiburg wahrscheinlich.«

Kaltenbach spürte, dass Walters äußere Beherrschtheit auf dünnem Eis gebaut war. Die Sorge um seine Familie ließ ihn nicht los. Wenn Regina oder seiner Tochter etwas passierte, würde er höchstwahrscheinlich Amok laufen. Oder zusammenbrechen.

»Was darf es sein, die Herren?«, unterbrach die Bedienung das Gespräch. Kaltenbach bestellte einen Gutedel, Walter wie üblich ein Pils. »Und für die beiden noch einmal dasselbe«, zeigte er auf die halb leeren Gläser auf dem Tisch. »Außerdem sollten wir das Spanferkel probieren, findet ihr nicht?«

An diesem Abend wollte die sonst übliche Stimmung nicht aufkommen. Kaltenbach und Walter hatten beide nicht den Nerv für entspanntes Plaudern. Ihre Gespräche plätscherten durch Belanglosigkeiten. Selbst die üblichen Frotzeleien untereinander blieben spärlich.

Um halb zwölf war Michael der Erste, der aufbrach. Markus folgte kurz danach.

»Blöde Situation«, meinte Kaltenbach. »Ich weiß nicht, was die beiden über uns gedacht haben.«

»Schon«, entgegnete Walter. »Aber ich will sie nicht auch noch mit hineinziehen. Wir können es ihnen ja später erklären, wenn alles vorbei ist.«

Was immer das auch heißt, dachte Kaltenbach. Ihm war nicht wohl bei der Sache. Erstaunt blickte er auf, als Walter ebenfalls aufstand. »Gehst du auch schon? Hast du nicht gesagt, du wolltest mir noch etwas zeigen?«

»Will ich ja. Ich muss nur kurz zum Auto.«

Als Walter zurückkam, räumte er die Gläser zur Seite und stellte sein Notebook auf den Tisch. Er steckte die Speicherkarte ein und öffnete die Dateien.

»Alles automatisch«, erklärte er. »Der Bewegungsmelder löst die Aufnahme aus. Gleichzeitig macht die Kamera Bilder über das Teleobjektiv. Alle zwölf Stunden wird die Empfindlichkeit umgestellt, so dass es auch bei Dunkelheit funktioniert.«

»Infrarot?« Kaltenbachs technisches Verständnis moderner Kameras hielt sich in Grenzen.

»So ungefähr. Ich kann dir gerne erklären …«

»Nein, nein, du bist der Fachmann, das reicht völlig. Lass mal sehen!«

Walter öffnete zuerst die Videosequenzen. Die erste Aufnahme kannte Kaltenbach bereits. Er erinnerte sich, als das Lämpchen an der Kamera plötzlich zu blinken begonnen hatte. Das Bild war grobkörnig, doch war deutlich zu erkennen, wie Wanka heraus kam und mit dem Auto davonfuhr. Kurz danach folgte sein eigener Wagen. Von Gerwig war nichts zu sehen. Er musste ein Stück weiter vorne gewartet haben.

»Toll!«, entfuhr es Kaltenbach. »Da hätte selbst ›Q‹ seine Freude daran gehabt.«

»Und Bond hätte es irgendwann wie üblich geschrottet«, erwiderte Walter. »Nein, das ist nicht vergleichbar. Lass mal sehen, was es noch gibt.«

Der Sensor hatte seither noch ein paar Mal ausgelöst.

»Schau hier! Wanka kommt zurück. Mit der Tasche!« Walter wies auf die Systemuhr. 01.52 Uhr. Das passt.«

Früh am Morgen kam Wanka erneut heraus. »Keine Tasche«, sagte Kaltenbach. »Also hat er das Geld noch im

Haus.« Um 08.47 Uhr kam eine Frau aus der Tür. Gegen halb zehn war sie wieder mit zwei gefüllten Plastiktüten zurück.

»Wankas Schwester vermutlich. Sie war einkaufen.«

Auf dem nächsten Clip war nichts zu sehen. »Das kommt vor«, meinte Walter. »Vielleicht ein Vogel. Oder eine Katze. Zwei haben wir noch.«

Dieses Mal hatte die Kamera anscheinend etwas zu spät ausgelöst. Ein Mann stand unter der Eingangstür. Den Kopf hatte er leicht nach vorne gebeugt, die Schulter merkwürdig zur Seite gedreht.

»Sieht so aus, als ob er die Sprechanlage benutzt.«

»Ein Vertreter?«

»Kann sein. Oder ein Nachbar? Warum macht sie nicht auf?«

»Vielleicht will sie niemanden sprechen. Oder Wanka hat es ihr untersagt. Scheint auf jeden Fall nicht so wichtig. Los, der Letzte. Jetzt müsste Wanka wieder darauf sein.«

Walter hatte recht. Gegen 14 Uhr kam Wanka zurück. Danach hatte sich in dem Haus nichts mehr gerührt.

Kaltenbach nippte an seinem Glas. »Das hat ja nun nicht allzu viel gebracht«, meinte er. »Jedenfalls nichts Auffälliges. Und was Wanka den Tag über gemacht hat, wissen wir sowieso nicht.«

»Immerhin hat es mit der Technik geklappt.« Walter versuchte, sich selbst aufzumuntern. »Ich will nur noch kurz die Fotos ansehen.«

Auf den Teleaufnahmen konnte man deutlich mehr Einzelheiten erkennen. Wanka wirkte sichtlich nervös, als er am Morgen das Haus verließ. Seine Schwester sah auf den Bildern dagegen ernst und müde aus.

Der unbekannte Besucher war nur schräg von der Seite zu sehen. »Mach doch mal größer.« Kaltenbach betrachtete den Mann eingehend. Er schien um die 30 zu sein und trug eine Hornbrille.

»Kennst du den?«, fragte Walter.

Kaltenbach antwortete nicht gleich. Das Bild des Mannes löste irgendetwas in ihm aus, doch er konnte es im Moment nicht zuordnen. Ein Kunde vielleicht? Jemand, den er vom Einkaufen her kannte?

»Nein, ich glaube nicht«, sagte er. Die Assoziation verflog. Wahrscheinlich war er angespannter, als er es sich selbst eingestehen wollte.

Walter schloss die Dateien. »Wir dürfen nicht locker lassen.«

»Du bist also immer noch überzeugt, dass Wanka hinter den beiden Morden steht?«

»Wie meinst du das?« Walter sah ihn überrascht an. »Ich dachte, wir seien uns einig? Es hat sich nichts geändert.«

»Aber die Pistole! Denk an die Pistole. Gerwig hat Wanka bedroht. Mit einer Walther! Dieselbe Waffe, mit der ...«

»Leo soll die beiden Morde begangen haben?«, unterbrach ihn Walter. »Niemals. Das traue ich ihm nicht zu.«

»Hast du ihm zugetraut, dass er Wanka nachschleicht und ihm das Geld abjagen will?«

Walter verzog seinen Mund. Kaltenbach spürte, dass er einen empfindlichen Punkt getroffen hatte.

»Das ist etwas anderes«, meinte er unwillig. »Und ich kriege auch noch heraus, warum er das getan hat.«

»Und die Waffe?«

»Zufall. Es gibt genug von den Dingern. Heute noch. Außerdem denk an die Munition. Sie war in Wankas Versteck. Nein, nein. Wanka ist unser Mann.« Er holte eine zweite Speicherkarte und steckte sie ein. »Ich mach dir noch rasch eine Kopie von den Aufnahmen. Vielleicht fällt dir ja zu Hause noch etwas ein. Trinken wir noch einen?«

Kaltenbach sah auf die Uhr. »Ich muss Schluss machen. Ich muss morgen Früh noch einmal auf Liefertour. Es ist einiges liegengeblieben in den letzten Tagen.«

»Keine Kondition, die heutige Jugend«, stichelte Walter. »Komm, ich lade dich ein. Er winkte. Bedienung, zahlen!«

KAPITEL 13

»Nein, auch das noch!«

Kaltenbach fluchte vor sich hin. Hinter der Kreuzung war die Straße auf ganzer Breite mit rot-weißen Plastikgittern abgesperrt. Das Umleitungsschild wies unmissverständlich in Richtung der schmalen Nebenstraße, die sich in engen Kurven nach rechts den Berg hochwand. Kaltenbach wusste aus leidvoller Erfahrung, dass dies in diesem Teil des Schwarzwalds zu mühsamen Umwegen führen würde.

Doch es blieb ihm nichts anderes übrig. Er schlug das Lenkrad ein und drückte aufs Gas.

Dabei war die Planung für seine heutige Lieferausfahrt schon eng genug. Martina hatte ihn eindringlich ermahnt, spätestens um 14 Uhr wieder zurück zu sein. »Sonst mache ich den Laden dicht. Samstag hin oder her!« Für Kaltenbach wäre das mehr als unangenehm. Am Wochenende machte er normalerweise die besten Umsätze.

Er riss sich zusammen und versuchte, sich auf die Straße zu konzentrieren. Kaltenbach hatte schlecht geschlafen und war müde. Es waren nicht nur die aufregenden Stunden in Merzhausen und in Herdern auf dem Friedhof. Eine Menge ungelöster Fragen schwirrten in seinem Kopf herum und ließen ihn nicht zur Ruhe kommen. Dazwischen drängte sich immer wieder der unbekannte Besucher, der gestern bei Wanka in der Tür gestanden war. Er war sich sicher, dass er ihn nicht kannte. Doch er war sich ebenso sicher, dass er ihn schon einmal gesehen hatte. Er hatte das schon öfter erlebt, zuletzt, als er vor ein paar Monaten im Zug einer Frau schräg gegenüber saß und ihm nicht einfallen wollte, woher er sie kannte. Tage später hatte er sie hinter der Kasse einer Tankstelle wieder gesehen, bei der er gelegentlich vorbeikam.

Heute Abend würde er sich die Fotos noch einmal vornehmen. Vielleicht kam ihm dann der zündende Gedanke.

Hinter einem Traktor hatte sich in den letzten Minuten eine lange Schlange gebildet. Kaltenbach schaltete das Radio ein. An Überholen war in den engen Kurven nicht zu denken. Im schlimmsten Fall würde er bis zum nächsten Ort warten müssen.

Doch er hatte Glück. Nach wenigen Hundert Metern lichtete sich der Wald, und der Traktor bog auf eines der Felder ein, die sich rings um auf der Hochfläche ausbreiteten. Nach dem dunklen Stück durch den Wald genoss Kaltenbach die herrliche Aussicht. Die Bergwiesen waren bereits abgemäht, unregelmäßig verstreut lagen große in helle Folie eingeschlagene Heuballen. Zu seiner Linken zeigte ein dunkler Saum Fichten und Tannen den Taleinschnitt, von dem er hochgekommen war. Direkt vor ihm war in einer Senke das Hochrheintal zu erahnen. Weit dahinter zeichnete sich in diesigem Blau die Bergkette des Schweizer Jura ab.

Jedes Mal, wenn Kaltenbach hierher kam, war dies eine der Antworten auf die Frage, ob sich diese weiten Ausfahrten überhaupt lohnten. Es waren Ausblicke wie dieser, die ihn zusammen mit einem stetig wachsenden Vertriebsnetz darin bestärkten, den Aufwand in Kauf zu nehmen. Und wie jedes Mal nahm er sich vor, sich bei künftigen Fahrten mehr Zeit dafür zu nehmen.

Beim nächsten Umleitungsschild hielt er an und holte die Karte aus dem Handschuhfach. Er entschied sich, von hier aus direkt hinunter ins Wiesental zu fahren und von dort die nötigen Abstecher nach Wehr und Bad Säckingen zu machen. Pratteln und Arlesheim würde er anhängen und von Basel aus auf der Autobahn zurückfahren.

Kurz vor Schopfheim läutete sein Mobiltelefon.

Walter klang aufgeregt. »Wo steckst du denn? Ist mit deinem Handy etwas nicht in Ordnung? Seit einer halben Stunde versuche ich, dich zu erreichen!«

Über Kaltenbachs Erklärung mit Netzschwierigkeiten im Südschwarzwald ging er sofort hinweg. »Leo ist verschwunden! Wir müssen dringend etwas unternehmen!«

»Verschwunden?« Kaltenbach war so überrascht, dass er fast auf das vor ihm bremsende Fahrzeug aufgefahren wäre. »Ich denke, er liegt im Krankenhaus?«

»Vor einer Stunde war ich in der Uniklinik. Dieses Mal wollte ich mich nicht abwimmeln lassen. Doch Leo war nicht mehr da.«

»Aber er war doch schwer verletzt?«

»Das dachte ich auch. Aber nach einem halben Tag auf der Intensivstation wurde er auf ein Zimmer verlegt. Kurz darauf mussten sie ihn entlassen. Auf eigene Verantwortung, wie es hieß. Die Ärzte waren entsetzt. Er hat sich ein Taxi bestellt und ist fort. Gestern Mittag schon.«

»Hast du inzwischen mit ihm gesprochen? Was hat er gesagt?« Kaltenbach versuchte, sich auf den langsamen Verkehr in der Schopfheimer Altstadt zu konzentrieren.

»Das wollte ich. Ich bin sofort zu seiner Wohnung nach Umkirch gefahren. Aber er war nicht da.«

»Nicht in der Wohnung? Mit der Verletzung? Aber wo soll er denn sonst sein?«

»Das ist es ja. Nicht einmal das weiß ich genau. Ich habe geläutet, aber es hat niemand reagiert.«

»Er wird im Bett liegen und schlafen. Oder sich bei Bekannten pflegen lassen. Bei Silvie zum Beispiel.«

»Vielleicht hast du recht. Vielleicht auch nicht. Ich wüsste zu gerne, was mit ihm los ist. Vor allem ist mir immer noch ein Rätsel, warum er den anderen nicht vorher gesagt hat, was er von Wanka wollte.«

Kaltenbach verstand plötzlich, warum Walter so aufgeregt war. Gerwig hatte sein eigenes Spiel gespielt, und jetzt wusste er nicht, ob er ihm noch trauen konnte.

»Bist du noch dran?«, fragte Walter.

»Klar.« Kaltenbach hatte inzwischen die Umgehungsstraße erreicht. »Was wirst du jetzt tun?«

»Ich werde Fritz anrufen, vielleicht hat er eine Idee. Und nachher fahre ich noch einmal nach Umkirch.«

»Vielleicht hat er ja nur geschlafen?«

»Hoffentlich.«

Zwei Minuten vor 14 Uhr stolperte Kaltenbach durch die Ladentür von »Kaltenbachs Weinkeller«. Martina hielt ihm den Kassenschlüssel vor die Nase. »Ich habe eben abgeschlossen«, sagte sie, ohne sein spätes Erscheinen zu kommentieren. Sie hatte ihren Teil der Verabredung erfüllt. Wenn Kaltenbach nicht rechtzeitig genug zurückkam, war es seine Sache.

Kaltenbach bedankte sich. Er war froh, nicht irgendwelche Erklärungen abgeben zu müssen.

Martina zog sich ihre Jacke über und verabschiedete sich. »Ein paar Kunden haben nach dir gefragt. Ich habe gesagt, du bist geschäftlich unterwegs.«

Kaltenbach nickte. Manche hatten sich auch nach einem Vierteljahr noch nicht daran gewöhnt, dass seine Cousine stundenweise bei ihm aushalf. Doch damit musste er leben.

Nachdem Martina gegangen war, hatte Kaltenbach wenig Zeit, sich mit solchen Gedanken aufzuhalten. Die Kunden gaben sich die Klinke in die Hand. Das Geschäft brummte.

Zu Kaltenbachs Erleichterung war das Interesse an seiner Verbindung zu dem Toten am Kaiserstuhl deutlich abgeklungen. Die Emmendinger wandten sich wieder ihren Alltagsgeschäften zu. Nur ein einziges Mal wurde er von einem Tagesausflügler aus Freiburg darauf angesprochen, dem der Name »Kaltenbachs Weinkeller« irgendwie bekannt vorkam.

Am späten Nachmittag rief Walter erneut an. Er klang ratlos. »Ich weiß nicht, was los ist«, sagte er. »Ich war noch einmal bei Leo, aber er macht nicht auf. Die Nachbarin aus der Wohnung darüber sagt, das sei öfter so bei ihm. Und ans Telefon geht er auch nicht.«

»Könnte es sein, dass es ihm schlecht geht? Oder, dass ihm etwas passiert ist?«

»Was sollte ihm denn passieren? Er ist verletzt und liegt im Bett. Das ist es, was ich inzwischen vermute.«

»Das meine ich. Vielleicht hat er sich überschätzt und braucht Hilfe. Oder er ist längst irgendwo anders in Behandlung. Du hast selbst gesagt, dass sie ihn im Krankenhaus nicht gehen lassen wollten.«

»Es macht mich einfach total fuchsig, dass ich nicht an ihn herankomme! Ich will endlich wissen, was er mit Wanka zu tun hat.«

»Und du glaubst, er würde dir so einfach alles erzählen? Nachdem er es schon vorher nicht getan hat?«

»Das wird er. Wanka ist unberechenbar. Leo muss einsehen, dass Alleingänge keinen Sinn machen und gefährlich sind. Sag mal«, fragte er unvermittelt, »treffen wir uns nachher zu einer kurzen Lagebesprechung?«

Kaltenbach zögerte. Er war bereits jetzt hundemüde. Er sehnte sich nach einer Dusche und frischen Klamotten. Außerdem wollte Luise mit dem Zug um halb acht kommen.

»Also gut«, sagte er schließlich. »Du kannst mir ja beim

Aufräumen helfen.« Er spürte, dass er Walter jetzt nicht alleine lassen konnte.

»Immer noch nichts Neues von Gerwig?«, fragte Kaltenbach, während er ein Tablett voller Probiergläser in die kleine Spülmaschine im Hinterzimmer einräumte.

»Ich habe alle halbe Stunde angerufen. Nichts.« Walter zerriss die Reste eines Flaschenkartons und stopfte sie in eine Bananenkiste.

»Wer weiß. Vielleicht ist er längst verschwunden.« Kaltenbach drückte den Startknopf. Im nächsten Moment hörte man ein leises Rauschen.

»Wie meinst du das?«

»Abgehauen. Versteckt. Längst nicht mehr in Freiburg. Wer weiß, wo.«

»Aber das wäre doch im höchsten Maße unvernünftig!«

»Und wer hat sich erst letzte Woche in den Schwarzwald geflüchtet und noch nicht einmal seine eigene Frau eingeweiht? Es könnte doch sein, dass Gerwig Angst hat.«

Walter presste die Lippen aufeinander. Es war ihm deutlich anzusehen, dass er die Unsicherheit nicht wieder hochkommen lassen wollte. »Vielleicht ging es ihm gar nicht um das Geld«, stieß er hervor. »Vielleicht wollte er Wanka zur Rede stellen!«

»Nachts um eins auf dem Friedhof? Aber es könnte immerhin erklären, warum er ihn mit der Pistole bedroht hat. Andererseits – warum hat Wanka dann nicht gleich die Gelegenheit genutzt, Gerwig aus dem Weg zu räumen?«

Kaltenbach holte einen Staubsauger aus dem Schrank und drückte ihn Walter in die Hand. »Du wolltest doch helfen, also bitte. Auch in den Ecken! Ich gehe so lange die Regale durch. Beides ist eine Aufgabe für Spezialisten.« Schon begann er damit, der Reihe nach Flaschen wieder richtig einzusortieren. Für ein paar Minuten wurde es laut.

Kaltenbach sah auf die Uhr. Er musste sich beeilen, wenn er noch nach Hause wollte, bevor er Luise abholte. Doch als er fertig war, winkte Walter ihn an den Tisch in der Probierecke.

»Komm, setz dich«, sagte er und breitete gleichzeitig einige Blatt Papier aus. »Ich will dir zeigen, was ich herausgefunden habe.«

Kaltenbach seufzte. Die Dusche musste warten.

Walter hatte auf zwei Seiten die beiden Fälle einander gegenübergestellt. »Die Gemeinsamkeiten sind offensichtlich«, begann er. »Beide, Enzo und Gegge, waren damals bei den Korsaren. Das ist der Ausgangspunkt. Beide wurden erschossen, beide mit einer alten Wehrmachtspistole.«

»Von der wir nicht wissen, ob es dieselbe ist«, gab Kaltenbach zu bedenken.

»Offiziell nicht. Aber für mich ist das klar«, erwiderte Walter.

»Immerhin besaß Gerwig auch eine Walther.«

Walter brauste auf. »Ich glaube einfach nicht, dass Leo … Aber gut. Offener Punkt. Trotzdem.« Er deutete wieder auf die Liste. »Die Schüsse gingen immer in die Brust. Nicht in den Kopf, nicht in Arme oder Beine. Und beide wurden erst nachträglich an den Fundort gebracht. Das bedeutet, über den Tatort wissen wir nichts.«

»Moment, nicht so schnell.« In Kaltenbachs Kopf begann es zu rumoren. »Die Schüsse waren in die Brust abgefeuert. Von vorne?«

»Von vorne. So stand es im Polizeibericht.«

»Dann hat der Täter ihnen also nicht von hinten aufgelauert. Das fällt schon einmal weg. Überhaupt, wie weit schießt denn so eine Pistole?«

»Keine Ahnung. 50, 100 Meter?«

»Ich glaube, der Mörder und seine Opfer waren verabredet.«

»Oder er hatte sie schon vorher in seiner Gewalt. Die Polizei hat keine weiteren Verletzungen gefunden. Sie haben sich also nicht gewehrt.«

Walter schlug mit der flachen Hand auf den Tisch. »Aber dann passt doch alles. Wanka hat sich die beiden gezielt ausgesucht, sie umgebracht und dann weggefahren. Dieser Schuft!«

»Beruhige dich! Zeige mir lieber, was du sonst noch hast. Klar, das Zeichen. Drei Kreise und ein Pfeil.«

»Eine Aktion der ›Roten Korsaren‹. Das ist nicht nur makaber, das ist geschmacklos. Auch diese Anrufe, um uns dorthin zu locken!«

»Für mich ist die Frage, warum der Täter sich die Mühe gemacht hat, seine Opfer woanders hinzuschaffen. Alles Plätze, die früher einmal mit euch zu tun hatten.«

Walter ballte die Fäuste. »Nicht einmal vor Andi hat er Respekt! Auch wenn damals …« Er brach ab. »Die Lehmhöhle war damals eines unserer Verstecke, wenn wir schnell aus den Rheinauen verschwinden mussten. Es gab da ein kleines Lager mit Matratzen und Lebensmitteln.«

»Hattet ihr Waffen damals?«

»Nie. Ein paar wollten, Franz zum Beispiel. Es gab auch irgendwo ein altes Gewehr und ein paar Messer. Aber benutzt haben wir sie nie.«

»Und in Burkheim?«

»Den Bunker haben wir ähnlich benutzt. Den und noch ein paar andere. Meist Höhlen oder unbewohnte Häuser und alte Fabriken.« Er zögerte. »Unser Hauptquartier …«

Ein kräftiges Klopfen unterbrach ihn. Vor der Ladentür

stand Luise und wedelte mit den Armen. Kaltenbach sprang auf und öffnete. Er hatte völlig vergessen, wie spät es war.

»Ich habe mir gedacht, dass du noch da bist. Ihr habt auf Männerabend umgeplant, wie ich sehe.« Sie lächelte. »Aber ich kann mich auch alleine ins Emmendinger Nachtleben stürzen.«

»Quatsch. Es tut mir leid, setz dich zu uns.« Kaltenbach war zerknirscht. Ihm fiel nichts Gescheiteres ein, was er hätte sagen können.

»Alle Schuld auf mich«, kam ihm Walter zu Hilfe. »Ich wollte sowieso gerade gehen.« Er nahm rasch die Blätter vom Tisch und stand auf. »Regina wartet auf mich.«

»Was hast du vor?«, fragte Kaltenbach mit Blick auf die Papiere.

»Morgen ist Sonntag. Ich habe ein Treffen der Korsaren geplant und ich hoffe, dass möglichst viele kommen. Nach dem Debakel mit Leo müssen wir uns neu beraten.«

»Soll ich mit dabei sein?«

»Lieber nicht. Nimm es mir nicht übel. Von mir aus gerne. Aber ich bin mir nicht sicher, ob das bei allen gut ankäme.«

Kaltenbach dachte an die Runde in Leiselheim und nickte. »Melde dich, wenn du mich brauchst«, sagte er.

»Ist es nicht ein bisschen spät zum Kochen?«, fragte Luise, als sie auf der Höhe über der Stadt die Straße aus dem Wald herausfuhren. Vor ihnen lag Maleck in der Abendsonne wie ein Dorf aus dem Auenland.

»Zum Kochen ist es nie zu spät.« Kaltenbach sehnte sich nach einem ruhigen Abend zu zweit. Zum Glück war Luise sofort einverstanden gewesen. Das Emmendinger Nachtleben musste warten. »So lange du kein Sternemenü erwartest.«

In seiner Wohnung warf er die Schuhe in die Ecke und ging direkt in die Küche. »Zucchini, Kohlrabi, Gelbe Rüben, Pilze. Wir können eine Gemüsepfanne machen. Wenn du willst, kannst du schon mal mit Schnippeln anfangen. Ein Putenschnitzel habe ich auch noch im Kühlschrank. Reis oder Hirse. Du kannst aussuchen. Ich springe noch kurz unter die Dusche und helfe dir dann.«

Nach dem langen Tag war es eine Wohltat, das warme Wasser auf der Haut zu spüren. Minutenlang stand Kaltenbach regungslos, ehe er begann, sich mit Duschgel einzuseifen. Das Gespräch mit Walter hätte er gerne weitergeführt. Er war nahe daran gewesen, seinem Freund mehr über seine Vergangenheit bei den Korsaren zu entlocken. Er wollte ihn nicht bedrängen. Aber er hatte immer mehr das beunruhigende Gefühl, dass vor Jahren Dinge passiert waren, die heute noch eine Rolle spielten. Was war mit dem Selbstmord damals in Bickensohl? Warum vermieden alle, auch Walter, darüber zu sprechen?

Kaltenbach trocknete sich ab und schlüpfte in seinen Bademantel. Aus der Küche drang bereits ein feiner verlockender Duft.

»Ich komme gleich«, sagte Kaltenbach und nahm Luise von hinten in die Arme.

Sie legte das Messer weg und schmiegte ihren Kopf an seine Schulter. »Ich freue mich darauf«, sagte sie.

»Eine Vorspeise wäre nicht schlecht!« Kaltenbach spürte, wie ein Prickeln durch seinen Körper zog.

Luise küsste ihn auf den Hals, dann machte sie sich los. »Das muss genügen«, lachte sie. »Sonst ist kein Platz mehr für den Nachtisch!«

Kaltenbach zog sich rasch an und kam zurück. »Den Rest mache ich«, sagte er. »Du kannst inzwischen den

Tisch decken. Und ein bisschen Musik wäre auch nicht schlecht!«

Kurz darauf hörte Kaltenbach Luise im Wohnzimmer mit Tellern und Besteck hantieren. Er goss ein wenig Öl in die Pfanne und rührte jeweils einen halben Teelöffel Kurkuma und Kreuzkümmel hinein. Neben den frischen Kräutern vom Balkon liebte Kaltenbach die indischen Gewürze über alles. Dabei durfte es gerne auch scharf sein. Er dachte daran, dass dies eine der ersten Gemeinsamkeiten gewesen war, die sie nach ihrem Kennenlernen entdeckt hatten. Er wartete, bis die Gewürze angeröstet waren, gab dann die Zwiebeln dazu, die Luise bereits klein geschnitten hatte. Das Putenfleisch schnitt er in schmale Streifen. Es zischte leise, als er es in die Pfanne gab.

Aus dem Nachbarzimmer drangen die Anfangsakkorde einer alten Genesis-Platte. Peter Gabriels markante Stimme setzte ein. »Play me Old King Cole, that I may join with you …« Die Musik der 60er und 70er Jahre. Noch eine Gemeinsamkeit, die sie teilten.

Kaltenbach wendete den Pfanneninhalt ein paar Mal, dann schaltete er die Herdplatte zurück. Ein Blick in die beiden anderen Töpfe zeigte, dass das Gemüse fast fertig war. Der Reis brauchte noch ein wenig.

»Ein paar Minuten noch!«, rief er. Ein kleiner Aperitif konnte nicht schaden. Er nahm zwei Gläser aus dem Schrank, goss Prosecco ein und ging ins Wohnzimmer. Der Tisch war gedeckt, eine Kerze brannte. Luise saß mit angezogenen Beinen auf dem Sofa und war in ein Buch vertieft.

Kaltenbach reichte ihr ein Glas und prostete ihr zu. Der Spumante prickelte auf der Zunge.

»Hast du etwas Interessantes entdeckt?«, fragte er mit Blick auf das Buch.

»Das kannst du laut sagen!« Luise lächelte. »Hör zu:
»Die Blaue Stunde des Tages
– kein Nachsinnen, das Herz weit offen …«
Kaltenbach traute seinen Ohren nicht. »He, gib das her!«, rief er und griff nach dem schmalen Bändchen. »Das ist …«
»Das ist spannend!« Luise drehte sich weg und las weiter.
»… dem, der hören mag.
Atem senkt sich
auf die Stille der Welt.«
Kaltenbach durchfuhr es siedend heiß. Wie kam Luise zu seinem Gedichtbüchlein? Er musste vergessen haben, es wieder wegzuräumen.
»Ich will nicht, dass du das … eigentlich …« Er wusste nicht, was er sagen sollte.
»Mir gefällt es«, sagte Luise. Ihre Augen leuchteten. »Ich wusste gar nicht, dass du Gedichte schreibst.«
»Schreibe ich auch nicht«, stammelte Kaltenbach. »Nicht mehr. Das heißt, ja, ich habe mal. Vor ein paar Jahren. Aber das ist nichts Besonderes.«
»Für mich schon. ›Reise um den Tag in 80 Welten‹. Es sieht so aus, als gäbe es noch viel mehr Lothar, als ich bisher dachte. Leihst du mir das einmal aus?«
Kaltenbach kam sich völlig entwaffnet vor. Warum sollte sie das nicht lesen dürfen? Schämte er sich dafür? Er atmete einmal tief durch.
»Frag mich nachher noch einmal«, sagte er. »Das Essen ist fertig.«

KAPITEL 14

Kaltenbach stellte die Kaffeetasse auf die Ablage neben dem Bett und streckte sich ausgiebig. »Herrlich, so ein Sonntagmorgen! Keine Arbeit im Laden. Keine Termine.« Er sah zum Fenster. »Kein Spaziergang.«

Das Wetter war über Nacht umgeschlagen. Der Himmel über Maleck war wolkenverhangen. Es regnete in Strömen.

»Faulpelz!« Luise kuschelte sich in seine Armbeuge und zwickte ihn sanft in den Bauch. »Nur keinen Schritt zu viel. Stimmt's?«

Kaltenbach brummte etwas Unverständliches. Er fühlte sich wohlig träge und wäre am liebsten die nächsten Stunden im Bett geblieben.

Luise ließ nicht locker. »Wie wäre es, wenn wir beide schön frühstücken und danach nach Merzhausen fahren? Immerhin haben wir Walter versprochen, uns an Wankas Beschattung zu beteiligen.«

Kaltenbach verzog den Mund. »Och nee. Nicht schon wieder. Nicht jetzt.« Er war sicher, dass Walter bestimmt längst alles arrangiert hatte. »Ich habe einen besseren Vorschlag. Wir beide frühstücken jetzt schön und machen uns einen richtig faulen Sonntag zu zweit. Ich bin sicher, die Korsaren kommen auch ohne uns zurecht. Außerdem wird Walters Super-Ausrüstung sowieso die besten Bilder …«

Kaltenbach hielt mitten im Satz inne. Dann warf er mit einem Ruck die Decke zur Seite und sprang aus dem Bett. »Natürlich!«, rief er laut und zog sich seinen Bademantel über. »Das ist es! Das muss es sein!«

Das Bild des Unbekannten vor Wankas Haus! Er hatte diesen Mann schon einmal gesehen. Und er hatte auch eine Ahnung, wo das gewesen sein könnte. Während der Rechner hochfuhr, blätterte Kaltenbach fieberhaft die Zeitungen der letzten Tage nach den Artikeln über Bickensohl und Burkheim durch. Doch was er fand, half ihm nicht weiter. Die Fotos von der Höhle waren zu klein, um die Gesichter der Umherstehenden unterscheiden zu können. Die Burkheimer Bilder zeigten lediglich den Bunker. Keine Personen.

Zum Glück gab es noch eine Online-Ausgabe der Badischen. Der Vorteil dieser Publikationsform war neben der Aktualität, dass die Redakteure nach Bedarf zusätzliche Informationen unterbringen konnten. Vor allem Fotos.

Leider waren die Bilder zu Burkheim auch hier spärlich. Doch zu dem Polizeieinsatz in Josef Kaltenbachs Weinberg hatte Grafmüller ein ganzes Album ins Netz gestellt. Höhleneingang, Polizei, Krankenwagen, der Tote auf der Trage, Neugierige, der Ortsvorsteher, Interviewpartner. Konzentriert ließ Kaltenbach seinen Blick der Reihe nach über die Aufnahmen gleiten.

»Wenn du dir das unter einem faulen Sonntagmorgen vorstellst …?« Luise war hinter ihn getreten und hatte ihre Arme um ihn geschlungen. Sie strömte noch die wohlige Wärme der Nacht aus und grub ihre Nase in seine Halsbeuge.

»Man hat mich ja gewarnt, dass Männer im gewissen Alter so ihre Marotten haben. Aber das …«

»Sieh doch mal!«, unterbrach sie Kaltenbach. »Da! Der Mann dort, direkt vor der Absperrung! Das ist er!«

»Das ist wer?« Luise knabberte an seinem Ohrläppchen. »Ich erwarte eine Erklärung für deine Flucht.«

»Pass auf.« Kaltenbach vergrößerte den Ausschnitt und öffnete parallel dazu die Bilddatei von Walters Stick. Dann stellte er beide Fenster nebeneinander auf den Bildschirm. »Nun?«

Luise ließ ihren Blick zwischen beiden Bildern hin und her wandern. »Die sehen sich ähnlich. Auch die Haltung stimmt, die Schulter leicht einwärts gedreht. Hast du noch mehr?«

»Ich fange eben damit an. Du kannst mir helfen.«

Er ging zurück auf das Online-Album und klickte es langsam durch. Grafmüller war ein guter Fotograf. Kaltenbach fühlte sich lebhaft an letzte Woche erinnert.

»Sieh mal, da ist Walter!«, sagte Luise und deutete auf eine Gruppe von Neugierigen, die heftig gestikulierten. Direkt daneben standen zwei ernst dreinschauende Männer.

»Walter und Hafner«, nickte Kaltenbach. »Und da hinten ist der andere noch einmal!« Er vergrößerte erneut einen Ausschnitt. Auf diesem Bild war das Gesicht des Mannes von vorne zu sehen. Es sah aus, als ob er zu Walter hinüberschaute.

»Eindeutig!«, meinte Luise. »Was gibt es noch? Was ist mit dem Bunker?«

Kaltenbach schüttelte den Kopf. »Habe ich schon geschaut. Keine Fotos. Aber ich bin mir sicher, dass ich ihn auch dort gesehen habe. Ich komme schon noch darauf.«

Eine halbe Stunde später saßen sie in Kaltenbachs kleiner Küche beim Frühstück. Draußen hatte es sich eingeregnet. Luise hatte eine Kerze angezündet.

»Dieser Unbekannte – hast du irgendeine Ahnung, wer das sein könnte?«, fragte sie.

»Da können wir nur spekulieren. Aber das ist kein Zufall, dass er beide Male aufgetaucht ist. Vielleicht ist es ein Freund von Wanka.«

»Das würde erklären, dass er ihn besuchen wollte. Und

dass er von den beiden Toten wusste. Wer weiß, vielleicht ist er sogar der Mörder.«

»Oder sie machen gemeinsame Sache.« Kaltenbach klopfte auf seinem Sechsminutenei herum und blätterte die Schale ab. »Wanka ist der Täter, und der andere beobachtet, was passiert. Das wäre völlig abgezockt.«

»Warum nicht?« Luise schenkte sich ein Glass mit Orangensaft ein. »Auf diese Weise verbreitet Wanka noch mehr Schrecken. Du hast ja gesehen, wie die Korsaren reagiert haben. Und Walter ganz besonders.«

»Vielleicht war er früher schon dabei und kennt sie daher besonders gut.«

»Sehr unwahrscheinlich. Dann müsste Walter ihn doch erkannt haben. Er oder Hafner. Haben sie aber beide nicht. Außerdem kommt er mir viel zu jung vor. Er sieht eher aus wie Mitte, Ende 30. Du solltest Walter auf jeden Fall davon erzählen. Wolltest du nicht ...«

Das Schrillen des Telefons tönte aus dem Flur herüber.

Kaltenbach sah auf die Uhr. »Halb elf. Sonntagmorgen. Das kann nichts Gutes sein. Ich hätte große Lust, es klingeln zu lassen. Wir sind spazieren.«

Luise grinste. »Bei dem Wetter? Außerdem wird es Walter sein.«

Es war Grafmüller.

»Du weißt schon, dass Sonntag ist«, knurrte Kaltenbach ihn an. »Es gibt Menschen, die haben so etwas wie Wochenende!«

Grafmüller überhörte die Spitze. »Und es gibt Redakteure, die schuften Tag und Nacht für das Recht der Mitbürger auf Information!«, lachte er. »Ich habe den Film!«

»Film?« Kaltenbach sah zu Luise hinüber und runzelte die Stirn. »Was denn für einen Film?

»Den Wyhl-Film! Die Doku! Ich hatte dir doch erzählt,

dass ich dahinter her bin. Ein Kollege aus Ettenheim hat ihn aufgetrieben.«

»Ja und?« Kaltenbach ging gerade alles etwas zu schnell.

»Jetzt reiß dich los und komm. Wir wollten ihn doch zusammen anschauen. Hallo! Die Kreise und der Pfeil! Schon vergessen?«

»Stimmt. Das wollten wir. Aber ausgerechnet jetzt?«

»Keine Ausreden. In einer halben Stunde bei mir in der Redaktion!«

Kaltenbach startete einen letzten Versuch: »Kannst du nicht nach Maleck hochkommen?«

»Wenn du ein Vorführgerät hast? Der Film ist auf Super 8. Ein richtiger Film zum Anfassen. Müsste dir als Vinyl-Opa doch gefallen!«

Grafmüller empfing sie im großen Besprechungszimmer. Er hatte bereits alles vorbereitet. An der Stirnwand war eine mehrere Quadratmeter große Leinwand aufgezogen. Auf dem Tisch davor stand ein Uraltprojektor mit eingespannter Filmrolle. Kaltenbach fühlte sich an den Geografieunterricht seiner Schulzeit erinnert. Die Filmstunden im dunklen Klassenzimmer waren beliebte Gelegenheiten, auf Expeditionen zu gehen, von denen der Lehrer nichts ahnte, und die man sich normalerweise nicht traute.

»Die Doku ist aus den 80ern. Man hat damals alles Mögliche zusammengetragen. Ich bin mal gespannt.« Grafmüller zog die Vorhänge vor und löschte das Deckenlicht. »Dann wollen wir mal.« Gleich darauf ertönte das gleichmäßige leise Rattern des Motors.

»'s Weschpenescht.« Kaltenbach las den Titel, der in zittrigen Buchstaben auf der Leinwand zu sehen war. »Eine Chronik der Ereignisse in Wyhl von 1970 bis 1982.«

Ein Stich ins Wespennest. Ein guter Name, dachte Kaltenbach. So musste es dem Staat damals vorgekommen sein, als die Kaiserstühler unerwartet heftig gegen das geplante Atomkraftwerk vor ihrer Haustür protestierten.

Gleich zu Beginn ertönte der damalige Landesschau-Gong, und ein besorgt dreinblickender Sprecher wies auf die bürgerkriegsähnlichen Zustände am lieblichen Kaiserstuhl hin. Polizei mit Helmen und Schlagstöcken, Wasserwerfer, Hunde, zuckende Blaulichter folgten. Ein harter Schnitt führte zu einer Dorfstraße, in der ein Traktor nach dem anderen entlangfuhr. Überall hingen Plakate, Tücher mit groß geschriebenen Parolen, dazwischen gelb-rot-gelbe badische Fahnen.

»Das könnte Königsschaffhausen sein«, meinte Kaltenbach. »Und das ist in Wyhl in den Rheinauen. Die Bauplatzbesetzung.«

Die Bilder waren von höchst unterschiedlicher Qualität und wechselten ständig. Wie es die Filmemacher beabsichtigt hatten, wurde der »Kampf um Wyhl« zur ultimativen Auseinandersetzung zwischen Gut und Böse zugespitzt. Die Fronten waren klar verteilt. Die damalige Obrigkeit in Gestalt von Landesregierung und Polizei kam nicht gut dabei weg.

»Ein heldenhaftes Dorf, das nicht aufhört, den Eindringlingen Widerstand zu leisten!«, flüsterte Luise. »Ich wusste gar nicht, dass das damals derart brisant war.«

»Oh doch«, meinte Kaltenbach. »Es wurde politisch viel Druck gemacht. Der damalige Ministerpräsident hatte sogar verkündet, dass ohne das AKW im Ländle die Lichter ausgehen würden. Das hat bei den Kaiserstühlern aber nichts bewirkt.« Er dachte an seinen Onkel Josef und seine Familie. »Eher im Gegenteil. Und das wirkt heute noch nach.«

»In Mueders Stübele, do goht der hm hm hm, in Mueders Stübele do goht der Wind!«

Auf der Leinwand saß am Lagerfeuer eine Gruppe junger Leute dicht gedrängt um einen Mann mit Gitarre. Der Sänger hatte lange Haare und einen gewaltigen Bart. Er trug das alte alemannische Kinderlied mit neu gedichteten Strophen vor, die unmissverständlich die Überzeugung der Anwesenden kundtaten. Da war von Kapitalisten, Interessen, Profit und Heimat die Rede. Und natürlich von Atomstrom. Der Refrain wurde jeweils inbrünstig mitgesungen.

»Uli Bürkle, der Liedermacher«, sagte Grafmüller, der sich in der Zwischenzeit ein paar Notizen gemacht hatte. »War damals dabei und sehr populär. Hat sogar eine Platte mit Anti-Atomkraft-Liedern herausgebracht.«

Kaltenbach antwortete nicht. Er war aufgesprungen und wies mit dem Finger auf die Leinwand. »Sag mal, kennen wir den nicht?«

»Bürkle?«

»Nein. Da, im Publikum! Mist, schon weg. Kannst du noch mal zurück?«

Grafmüller stoppte den Film, schaltete den Rücklauf ein und wiederholte die Szene mit dem Liedermacher.

»Da!«, sagte Kaltenbach. »Links in der ersten Reihe. Das ist Walter. Halt doch mal an!«

Das Standbild war ziemlich verschwommen. Dennoch war Kaltenbachs Freund deutlich zu erkennen.

»Den energischen Gesichtsausdruck hatte er schon damals«, sagte Kaltenbach. »Und der daneben, das könnte Hafner sein. Lass noch einmal laufen, vielleicht erkennen wir noch mehr.«

Der Redakteur fuhr den Film erneut zurück. »Das ist schon einfacher mit der heutigen Technik«, brummte er. »Das hätte ich dir schon längst herausvergrößert.«

Kaltenbach beobachtete konzentriert die Szene. »Ja, das

ist Friedrich Hafner. Eindeutig. Und schräg hinter ihm, das könnte Leo Gerwig sein. Ein bisschen schlanker als heute.«

Plötzlich hielt Grafmüller erneut den Film an. »Da ist noch einer«, sagte er. »Der mit den kurzen Haaren und dem Halstuch.«

»Wer ist das?«, fragte Luise.

»Roland Schachner.«

»Der Kreistagsabgeordnete?« Kaltenbach war überrascht. Er kannte Schachner von Fotos aus der Zeitung, doch er hätte ihn nicht wiedererkannt. »Der war damals dabei? Bei den Protestlern?«

»Klar!« Grafmüller schmunzelte. »Nicht nur Joschka Fischer hatte eine bewegte Vergangenheit. Roland Schachner war sogar einer der Aktivsten in Wyhl. Immer gut für spektakuläre Aktionen. Er hatte damals eine Gruppe um sich, die alles für ihn tat. Piraten oder so ähnlich nannten sie sich.«

Kaltenbach war wie elektrisiert. »Können es auch die Korsaren gewesen sein? Die ›Roten Korsaren‹?«

»Ja, kann sein. Vielleicht steht etwas auf seiner Internetseite. Jugendsünden, sagt er heute. Er hat nie ein Geheimnis daraus gemacht.«

In Kaltenbachs Kopf rasten die Gedanken. Bei dem Treffen in Leiselheim war der Name »Rollo« einmal gefallen, doch er hatte nicht mehr daran gedacht. Warum hatte Walter nie über Schachner gesprochen?

»Kannst du nicht doch irgendwie ein Foto von der Szene machen?«, sagte er zu Grafmüller.

»Mach doch selber eines. Mit dem Handy ist es am einfachsten.«

Kaltenbach zog sein Mobiltelefon heraus, schaltete den Blitz aus und machte ein paar Aufnahmen von den Standbildern. Er war gespannt, was Walter dazu sagen würde.

Nach einer halben Stunde war der Film zu Ende. Grafmüller schaltete den Projektor aus und zog die Vorhänge zur Seite. Draußen war immer noch alles grau in grau. »Das hat uns jetzt nicht viel weiter gebracht«, meinte er mit einem Blick auf seine Notizen. »Die Zeichen habe ich nirgendwo gesehen.« Er verzog den Mund. »Wenigstens hast du einen alten Bekannten entdeckt.«

»Dieser Bürkle«, fragte Kaltenbach, »weißt du mehr über ihn?«

»Nicht viel. Als die Sache in Wyhl vorbei war, hat er sich in Gorleben engagiert. Später hat er noch eine Platte mit Kinderliedern herausgebracht. Glaube ich.«

Kaltenbach hatte eine Idee. »Und wenn wir den mal fragen?«

»Den Bürkle? Über was denn?«

»Über die Zeit damals. Über die Leute, die dabei waren.«

Grafmüller überlegte kurz, dann nickte er. »Warum eigentlich nicht. Da hätte ich längst selbst darauf kommen können. Bürkle ist einer, der immer dabei war, immer mittendrin. Der hat bestimmt einiges zu erzählen.«

»Euer Optimismus in allen Ehren«, meinte Luise, »aber warum hat er sich dann noch nicht längst gemeldet? Die Fotos in der Zeitung? Der Aufruf der Polizei?«

»Vielleicht hat er es immer noch nicht so mit der Staatsmacht«, sagte Kaltenbach. Er dachte an die Distanziertheit, die er bei den Korsaren erlebt hatte. Das Feindbild von damals schien äußerst langlebig zu sein.

Nach zwei Anrufen und einer kurzen Recherche im Netz lehnte sich Grafmüller in seinem Bürostuhl zurück und verschränkte die Arme hinter dem Kopf. »Treffer!«, sagte er. »Es ist gut möglich, dass Bürkle nichts davon mitbekommen hat. Er wohnt drüben im Elsass.«

KAPITEL 15

Während der kurzen Fahrt auf der Kappeler Fähre verzichteten alle drei darauf, auszusteigen. Der Regen hatte etwas nachgelassen, doch der Wind trieb immer noch dunkle Wolken vor sich her. Der Rhein hatte sich in eine graue formlose Masse verwandelt. Auf dem Dachrand der winzigen Steuerkabine kauerten zwei frierende Möwen.

»Oben am Ufer links am Dorf vorbei, dann immer geradeaus halten«, sagte Luise. Sie hielt einen Computerausdruck mit der Fahrstrecke auf den Knien.

»Ich bin gespannt, ob Bürkle uns etwas erzählen kann«, sagte Grafmüller. Er saß am Steuer und lenkte den Wagen vorsichtig über die nasse Rampe ans Ufer.

»Und ich bin gespannt, ob er überhaupt zu Hause ist«, gab Kaltenbach zu bedenken. Grafmüller hatte zwar eine Telefonnummer aufgetrieben, doch auch nach mehreren Versuchen hatte niemand abgenommen.

»Er müsste jetzt Anfang 70 sein. In dem Alter sind die Menschen sonntags meist daheim.«

Wie viele Straßen auf der französischen Seite des Rheins zog sich auch diese schnurgerade von einem Ort zum anderen. Kleine Wäldchen wechselten mit abgeernteten Maisfeldern. Am Horizont kamen ihnen die Berge der Vogesen näher. Unter dem grauen Wolkenrand war auf einer markanten Erhebung die Silhouette der Hochkönigsburg zu sehen.

»Beim nächsten Kreisel links, dann sind wir da«, sagte Luise. Grafmüller schaltete den Scheibenwischer aus. Der Regen hatte aufgehört.

»Viel ist hier ja nicht«, meinte Kaltenbach. Der Ort war wie ausgestorben. Kein Mensch war zu sehen. Vor der Kirche hielt Grafmüller an.

»Nur nicht aufgeben«, sagte er. »Seht mal, da kommt schon jemand.« Er stieg aus und ging auf eine Frau zu, die aus einem der Häuser kam. Sie trug einen Regenmantel und einen riesigen bunten Schirm. Kaltenbach sah, wie sie miteinander sprachen. Dabei deutete die Frau mit der Hand die Richtung an.

»Kannst du eigentlich Französisch?«, fragte Luise.

Kaltenbach schüttelte den Kopf. »Gerade so viel, dass ich mit meinem Elsässer Lieferanten klarkomme. Alemannisch – Elsässisch – Deutsch – Französisch, ein paar Brocken Englisch dazwischen. So ungefähr. Und du?«

Luise seufzte. »Leider auch nicht mehr. Baguette, TGV, Côte d'Azur. Bonjour tristesse. Damit komme ich auch nicht weit.«

Grafmüller kam zurück. »Dem Redakteur ist nichts zu schwör«, grinste er. »Glück gehabt. Bürkle scheint hier bekannt zu sein. Er wohnt ein Stück außerhalb.«

Er ignorierte ein »Durchfahrt verboten«-Schild und bog hinter der Kirche in eine Gasse, die so schmal war, dass sie fast mit den Rückspiegeln die Häuserwände streiften. Kurz darauf waren sie am Ortsrand. Die Straße verwandelte sich in einen mit Pfützen und Schlaglöchern übersäten Weg. Ein paar Minuten später tauchte am Rand eines kleinen Wäldchens ein mit hohen Büschen umstandenes Gartengrundstück auf.

»Hier muss es sein.« Grafmüller stellte den Wagen ab. »Dann mal los.«

Der einzig erkennbare Zugang zum Haus war eine schmale mit Gras bewachsene Zufahrt. Die dicht stehenden

Büsche neigten ihre vor Nässe triefenden Zweige tief herunter. Es roch nach Laub und Erde. Im Abstand von wenigen Metern standen zu beiden Seiten grob aus Baumstümpfen geschnitzte Figuren, die eine Fabelmischung aus Mensch und Tier darstellten. Zwischen den Gliedmaßen leuchteten bunte Glasplättchen wie kleine nasse Spiegel hervor. Am Ende der Einfahrt öffnete sich der Weg zu einem Hof, auf dem sie eine riesige trollähnliche Gestalt empfing. Sie war mindestens drei Meter hoch und streckte mehrere Arme in die Luft. Ihre langen gelb bemalten Metallfinger glänzten.

»Sehr eigenwillig«, brummte Kaltenbach. Er spürte, wie die Nässe durch seine Schuhe kroch.

»Eigenwillig und interessant, würde ich sagen«, entgegnete Luise, die die Skulpturen neugierig betrachtete. »Mir gefällt's.«

»Du kannst ja mal mit ihm eine Ausstellung machen.« Kaltenbach dachte an Luises Arbeiten, die bei ihr in Freiburg im Garten und in ihrem Atelier standen. Die Zerbrechlichkeit der Motive hatte ihn sofort tief berührt. Es war damals eine ihrer ersten Begegnungen gewesen.

»Warum nicht? Scheint ein interessanter Mensch zu sein, dieser Bürkle. Aber ich denke, er ist Musiker?«

»Das ist er auch«, hörte Kaltenbach plötzlich eine Stimme neben sich. Er drehte sich überrascht um. Die Frau, die vor ihm stand, reichte ihm gerade bis unters Kinn. Sie war einige Jahre älter als er. Ihre Haut war braun gebrannt und mit Falten überzogen. Sie trug einen bunten Rock und eine einfache graue Strickjacke. Ihre Augen sahen ihn neugierig an.

»Der ›Keltische Shiva‹ ist von mir«, sagte sie. Ihre Stimme klang angenehm weich mit leicht französischem Einschlag. »Der Beherrscher der Elemente, Herr über Werden und Sterben.«

»Bonjour, Madame.« Grafmüller trat vor. »Excuse moi, je voudrais …«

»Du kannst ruhig Deutsch sprechen.« Die Dame schenkte dem Redakteur ein Lächeln. »Ihr seid doch Schwaben, oder?« Die Falten in ihrem Gesicht bewegten sich wie kleine Wellen. »Deutsche, meine ich natürlich«, fügte sie rasch hinzu. »Wir sind schon zu lange hier drüben.«

Kaltenbach kannte die Angewohnheit vieler Elsässer und Schweizer, ihre Nachbarn jenseits des Rheins kollektiv als Schwaben zu titulieren. Sehr zum Unwillen der stolzen Breisgauer, Ortenauer und Schwarzwälder.

Grafmüller blieb höflich. »Kein Problem«, meinte er geflissentlich. »Darf ich uns vorstellen?« Er nannte ihre Namen. »Wir wollten eigentlich zu Herrn Bürkle. Der wohnt doch hier?«

»Der Uli? Oh ja, das tut er. Wenn er nicht gerade irgendwo in der Weltgeschichte herumgondelt und dummes Zeug macht. Was wollt ihr von ihm?«

Grafmüller erklärte in knappen Worten den Grund ihres Besuchs. Die Frau hörte aufmerksam zu. »Wyhl! Ja, das war etwas ganz Besonderes. Wir unterhalten uns heute noch gern darüber. Außerdem«, fügte sie verschmitzt hinzu, »haben wir uns damals kennengelernt! Volkshochschule Wyhler Wald. Wir haben viel gesungen. Uli hat gesagt, ich hätte eine Stimme wie Joan Baez. Der alte Charmeur.« Sie wandte sich zum Haus. »Aber kommt doch herein. Uli freut sich immer, wenn Besuch kommt!«

Die Frau, die offenbar Bürkles Partnerin war, führte sie in ein riesiges Zimmer, das aussah, als ob es das gesamte Untergeschoss einnahm. Beim Anblick der Einrichtung fühlte sich Kaltenbach um Jahrzehnte zurückversetzt. Seit den 70er Jahren schien sich hier nicht viel verändert zu haben. Um einen mehrere Quadratmeter großen Flokatiteppich gruppierten sich mit bunten Decken überzogene Matratzen, von der Decke hingen Lampen mit kugelrunden Schirmen aus Reispapier. An der Seite stand ein riesiger bemalter Bauernschrank, die wenigen Regale waren selbst gebaute Konstruktionen aus Holz und Ziegelsteinen. Überall standen getöpferte Kerzenständer und Räucherstäbchenhalter, dazwischen kleine skurrile Fantasiefigürchen aus Ton und Holz. Kübel mit Grünpflanzen in allen Größen erinnerten an ein Gewächshaus. Lediglich der groß dimensionierte Flachbildfernseher passte nicht ins nostalgische Bild.

»Seid ihr von der Zeitung?«, riss eine tiefe Männerstimme Kaltenbach aus seiner Betrachtung. Der Mann, zu dem sie gehörte, war ihm auf Anhieb sympathisch. Er war größer als Kaltenbach, seine Körperhaltung trotz seines fortgeschrittenen Alters aufrecht. Zwischen blank polierter Vollglatze und einem mächtigen Rübezahlbart sahen ihn hinter einer John-Lennon-Brille zwei neugierige Augen an.

Kaltenbachs Eindruck verstärkte sich, als Bürkle den Grund ihres Besuches erfuhr. »Ja der Film«, lachte er. »Den hat der Jean damals gemacht, in den 90ern. ›25 Jahre Wyhl‹ oder so ähnlich. Den habe wir auch irgendwo, stimmt's, Paulette?«

Seine Frau nickte eifrig. »Erzähl du nur. Ich mache uns einen Tee. Bin gleich wieder da.« Sie verschwand irgendwo nach hinten.

»Und deswegen kommt ihr zu mir? Wie habt ihr mich überhaupt gefunden?«

»Das ging schon«, meinte Kaltenbach. »Der Film … Es ist eigentlich …« Er war sich nicht sicher, wie er fragen sollte.

»Wir wüssten gerne mehr über die Zeit damals«, kam ihm Luise zu Hilfe. »Was damals alles so lief, wer dabei war. Einfach so, aus persönlichem Interesse.«

»Also seid ihr gar nicht von der Zeitung? Und ich dachte schon, ihr wollt mich wegen Fessenheim fragen. Ich hätte große Lust, mal wieder etwas zu organisieren. Drecksschleuder, elendige!«

Kaltenbach war überrascht, wie sich Bürkles Gesichtsausdruck plötzlich änderte. Er kniff die Augen zusammen und ballte die Faust. »Profitgeier! Und alle ziehen den Schwanz ein!«

»Reg dich nicht auf, Uli.« Seine Frau kam aus der Küche mit einem großen Tablett zurück. Sie stellte eine riesige Kanne auf ein Stövchen und verteilte Teeschalen. Der Duft von Hagebutte, Lavendel und Kamille zog durch den Raum.

»Hausmischung!«, strahlte Paulette. »Bedient euch!«

»Es ist eher etwas Privates«, nahm Luise das Gespräch wieder auf. »Ein guter Freund war damals auch mit dabei. Und wir wollten ein paar Erinnerungen für ihn zusammentragen. Er hat demnächst Geburtstag.«

Kaltenbach sah überrascht auf. Er wusste nicht, ob er mehr über Luises Einfallsreichtum oder über ihre Dreistigkeit staunen sollte. Doch Bürkle ging sofort darauf ein.

»Da kann ich euch genug erzählen. Das war eine wilde Zeit damals.«

Es war, als habe Luise den Startknopf eines Hörspiels gedrückt. Die Erinnerungen sprudelten förmlich aus Bürkle heraus. Anfangs versuchte Kaltenbach, all den Namen und Aktionen zu folgen. Doch schon nach ein paar Minuten wurde ihm klar, dass dies wenig bringen würde. Ein Blick zu Grafmüller verriet, dass es dem Redakteur ähnlich ging. Nur Luise schien ganz Ohr zu sein.

Kaltenbach lehnte sich zurück und ließ den Blick durch das Zimmer schweifen. Die Wände waren vollgehängt mit selbst gemalten Aquarellbildern, Sonnenuntergangspostern und alten Wahlplakaten der Grünen. Ein paar Schritte von seiner Matratze entfernt hing ein einfach gerahmtes Schwarz-Weiß-Foto. Kaltenbach sah sofort, dass es dieselbe Szene zeigte, die ihm bereits im Film aufgefallen war.

»Dieses Bild«, sagte Kaltenbach, »ist das aus dem Film?«

Paulette hatte seinen Blick bemerkt. »Das war ein Geschenk der Marckolsheimer. Das Bleichemiewerk, weißt du noch, Uli?« unterbrach sie ihren Mann. »Die haben ihm damals ein ganzes Album gemacht als Dank und zur Erinnerung.«

»Könnten wir da einmal hineinschauen?«, fragte Grafmüller, dessen journalistischer Tatendrang plötzlich wieder erwachte.

»Pourqoi non? Warum nicht?« Paulette stand auf und öffnete den Bauernschrank. Kaltenbach sah, dass er von oben bis unten mit Ordnern, Heften, Büchern, Papierstapeln und Schachteln vollgestopft war. Ulis Frau zog ein Album in Zeitschriftengröße heraus und legte es vor ihnen auf den Boden. »Nai hämmer gsait!«, stand in großen handgeschriebenen Buchstaben auf der Titelseite. Darunter klebte ein Button mit einem durchgestrichenen Atompilz.

Nach ein paar Seiten kamen sie zu dem Foto, das vergrößert an der Wand hing.

»Das haben wir damals oft gemacht«, sagte Bürkle. »Zusammensitzen, reden, diskutieren. Und singen natürlich. Heute würde man sagen: Stärkung des sozialen Miteinanders!« Er lachte. »Wir waren wie eine große Familie. Irgendwie.«

Kaltenbach kam nicht umhin, den ehemaligen Aktivisten zu bewundern. In seinen Worten und in seiner ganzen

Haltung klang weder Verbitterung noch Streitsucht. Wenn man von seinem kurzzeitigen verbalen Ausbruch zum AKW Fessenheim vor ein paar Minuten absah. Kaltenbach fühlte sein eigenes Musikerherz schlagen. Auch er war in früheren Zeiten oft emotionaler Mittelpunkt gewesen. Allerdings weniger bei politischen Veranstaltungen als bei normalen Studentenfeten.

»Waren das die damaligen Aktivisten?« Grafmüller deutete auf Walter und die anderen in der ersten Reihe.

Uli setzte eine Brille auf und betrachtete das Bild sorgfältig. »Ja, der Waldi, der Franz, die Silvie. Der Rollo natürlich. Das waren ein paar von denen. Aber längst nicht alle. Es gab alle möglichen Gruppen und Grüppchen. Vom Kaiserstuhl, vom Schwarzwald, aus Freiburg. Elsässer natürlich auch. Und alle haben mitgesungen!« Seine Augen begannen zu leuchten.

»Die Jungen hier«, fragte Paulette dazwischen, »waren das nicht die Piraten oder so ähnlich?«

»Stimmt«, erinnerte sich Bürkle. »Die Korsaren. Damals gab es in Frankreich eine populäre Comicserie. ›Le Barbe-Rouge‹ hieß die. So eine Art Robin Hood der Freibeuter. Das fanden die Jungs toll.«

Grafmüller zog ein Stück Papier aus der Tasche und zeichnete die drei Kreise und den Pfeil darauf. »Hatten sie dieses Zeichen?«

Bürkle betrachtete es eingehend und zuckte dann mit den Schultern. »Kann sein. Es kommt mir irgendwie bekannt vor, von Demos und so. Aber ob es zu den Korsaren gehörte, weiß ich nicht.«

»Und wer ist dieser Rollo?«, fragte Kaltenbach.

»Das war der Anführer, daran erinnere ich mich noch genau. Ein verrückter Kerl, aber sehr intelligent. Die haben zum Beispiel einmal eine Baumsperre inszeniert. Als die Polizisten mit ihren Fahrzeugen auf dem Auwaldweg waren, ging plötzlich vor dem ersten und hinter dem letzten Wagen ein Baumstamm nieder. Die Bullen saßen über eine Stunde fest.« Bürkle kicherte. »So einer war der Rollo. Seine Leute haben ihn vergöttert.«

»Und was ist aus ihm geworden?«

»Später, als das mit dem AKW gelaufen war, habe ich nichts mehr von ihm gehört. Ich glaube, er ist in die Politik gegangen. Auf den Spuren von Joschka Fischer sozusagen.« Er lachte wieder. »Der berühmte Marsch durch die Institutionen. Altes 68er-Schlagwort. Später sind sie dann doch alle mit Anzug und Krawatte rumgelaufen.«

»Kannten sie einen Jürgen Wanka? War der auch dabei?«, fragte Kaltenbach weiter.

Bürkle sah seine Frau an. »Wanka? Nein. Keine Ahnung. So viele Namen damals. Wer war das? Hast du ein Bild dabei?«

Kaltenbach schüttelte den Kopf. »Leider nein. Er soll später bei der RAF gewesen sein. Vor Kurzem ist er entlassen worden. Stand in allen Zeitungen.«

»Wir lesen keine Zeitungen«, sagte Bürkle. »Ab und zu französische Nachrichten«, meinte er mit Blick auf den Fernseher. »Den hat uns unsere Tochter geschenkt. Wir schauen uns gerne alte Filme an, nicht wahr Paulette, mon chérie?«

Seine Frau nickte. »Das nächste Kino ist in Colmar. Zu weit für uns. Wir schauen uns lieber DVDs an. Wollt ihr noch Tee?«

»Gerne«, sagte Grafmüller. Kaltenbach sah ihm an, dass er innerlich bereits einen Artikel zusammenbastelte. Bestimmt würde er noch ein paar Bilder machen.

Er hatte richtig vermutet. Während Paulette wieder in der Küche verschwand, packte Grafmüller seine Kamera aus.

»Darf ich ein paar Erinnerungsfotos schießen?«, fragte er höflich. »Walter wird sich bestimmt freuen, zu sehen, was aus seinem alten Mitstreiter geworden ist.« Er schraubte ein Objektiv auf und prüfte den Blitz. »Und gegen eine kleine Zeitungsmeldung werden sie doch sicher nichts haben?«, fragte er unschuldig.

Bürkle strahlte. »Kein Problem. Du kannst gleich loslegen. Soll ich meine Gitarre holen?«

Luise hatte sich inzwischen das Album auf die Knie gelegt und studierte aufmerksam eines der Fotos. Kaltenbach setzte sich neben sie, während Grafmüller begann, Bürkle in verschiedenen Posen abzulichten.

»Hast du noch etwas gefunden?«

»Ich bin mir nicht ganz sicher.« Luise deutete auf einen der Zuhörer in der zweiten Reihe. Ein Mann mit Nickelbrille, ebenso jung wie alle anderen. Er hatte den Mund geöffnet, so als ob er mitsingen würde. Dicht neben ihm saß eine junge Frau, fast noch eine Schülerin. Sie hatte den Arm um seine Schulter gelegt und lächelte ihn verträumt von der Seite an.

»Was ist mit den beiden?«

»Der Junge. Schau mal genau hin. Stell dir vor, er hätte einen Bart.«

Kaltenbach kniff die Augen zusammen. Das Foto war nicht sonderlich scharf. Er schüttelte langsam den Kopf.

Luise blätterte zwei Seiten nach vorn. »Hier ist er noch einmal.«

Das Bild ähnelte dem ersten. Hier schaute der Junge in die Kamera. Kaltenbach stockte der Atem. Er nahm das Album und blätterte zwischen den beiden Bildern hin und her.

»Du meinst …? Aber – das ist doch nicht möglich!«

»Doch. Ich hatte schon so eine Ahnung, als wir in der Redaktion den Film angeschaut haben.«

Kaltenbach wiegte den Kopf. »Ich glaube, du hast recht. Er ist es. Der Unbekannte, der bei beiden Leichenfunden dabei war. Der Mann, der Wanka besucht hat.« Sein Blick bohrte sich in die beiden Fotos. »Aber das gibt es doch gar nicht! Wie kann der auf diese Fotos kommen? Das ist über 40 Jahre her! Vielleicht hat …«

»Apfelminze, Zitronengras und Salbei!« Paulette kam aus der Küche zurück und stellte eine weitere Kanne Tee auf den niedrigen Tisch. »Alles aus unserem Garten!«, sagte sie stolz. »Schmeckt gut und ist gesund. Aber was ist denn mit euch? Habt ihr ein Gespenst gesehen?«

Kaltenbach entfuhr ein undeutliches Gestammel. »So kann man es sagen. Ich … Wir …«

Luise hatte sich rasch wieder gefangen. »Zu viele spannende Geschichten. Er meint es nicht so. Aber wir haben noch jemanden entdeckt.« Sie deutete auf das junge Paar. »Diese beiden.«

Paulette sah kurz auf das Bild und lächelte. »Das sind Andi und Lissy. Die Turteltäubchen nannten sie alle.« Sie stockte kurz, ehe sie fortfuhr. »So ein fröhliches Bild. Ja, da war noch alles in Ordnung.«

»Andi?«

»Andreas Heilmann. Und Lissy, seine Freundin. Halbe Kinder noch. Die beiden waren unzertrennlich. Ich weiß nicht viel von ihnen. Alle mochten sie. Bis dann … Es war tragisch.« Sie schwieg und schenkte sich eine Schale Tee ein.

»Was ist passiert?«, fragte Kaltenbach. »Ein Unfall?«

Paulette senkte den Kopf. Ihre Stimme wurde leise.

»Irgendwann waren beide nicht mehr da. Es wurde erzählt, Andi habe sich umgebracht. Aber keiner wollte darüber sprechen. Es war eine Tragödie. Aber auch sehr merkwürdig.«

»Und niemand weiß, warum?«

Paulette schüttelte den Kopf. »Es wurde nicht darüber gesprochen. Es gab ein paar Gerüchte über Streitereien, das war alles. Nichts Genaues. Die Korsaren wichen dem Thema aus.«

»Und Lissy? Was wurde aus ihr?«, fragte Luise.

»Sie ist nie wieder aufgetaucht. Keiner wusste, was aus ihr geworden ist. Ein halbes Jahr später wurden die AKW-Pläne ausgesetzt, und das war's dann. Die Bauern sind zurück zur Arbeit, und die anderen sind auseinandergelaufen. Und ich bin mit Uli für eine Weile nach Norddeutschland gezogen. Gorleben soll leben!«

Auf der Heimfahrt nach Emmendingen saßen Kaltenbach und Luise lange Zeit schweigend auf der Rückbank. Sie hatten sich verständigt, die Entdeckung auf dem Foto für sich zu behalten. Grafmüller redete dagegen ununterbrochen. Er war bester Laune. Bürkle war durch die Fotos zur Hochform aufgelaufen und hatte als Höhepunkt ein paar Eigenkompositionen aus der Volkshochschule Wyhler Wald zum Besten gegeben.

»Drollig, die beiden, findet ihr nicht?«, meinte der Redakteur, während er in gewohnt forschem Fahrstil den Kaiserstuhl entlangdonnerte. Er wartete die Antwort gar nicht ab. »Ein bisschen versponnen. Aber sympathisch. Daraus mache ich etwas.« Er begann zu singen. »In Mueders Stübele do geht der hm hm hm, in Mueders Stübele do goht der Wind …«

Kaltenbach sah aus dem Fenster. Der Fernmeldeturm auf dem Totenkopf war in dichte Wolken gehüllt. Auf die Windschutzscheibe fielen bereits wieder die ersten Tropfen.

Es war höchste Zeit, mit Walter zu reden. Er musste endlich den geheimnisvollen Schleier lüften, der über der damaligen Zeit lag. Bisher hatte Walter seine Informationen nur zögerlich preisgegeben. Warum hatte er Roland Schachner, den alle Rollo nannten, nie erwähnt? Mit dessen Beziehungen auf lokalpolitischer Ebene hätten sich doch ganz andere Möglichkeiten ergeben, auf die Bedrohung durch Wanka zu reagieren. Und warum versteifte sich Walter so verbissen auf Wanka und dessen Motiv? Woher kam diese Überzeugung?

Klar war, dass es nicht hilfreich war, zum jetzigen Zeitpunkt mit irgendwelchen Spekulationen an die Öffentlichkeit zu gehen. Wenn Grafmüller von der Geschichte erfuhr, würde ihn Kaltenbach dieses Mal nicht bremsen können. Die Begeisterung des Redakteurs über die beiden »drolligen« Alten kam Kaltenbach daher gerade recht.

Auch, dass Grafmüller sich gleich nach ihrer Rückkehr nach Emmendingen in die Redaktion verabschiedete.

»Für die Aufklärung der beiden Morde hat das alles ja nicht viel gebracht. Aber ich werde noch ein bisschen basteln«, meinte er gut gelaunt. »Ich habe da so eine Idee. Ein guter Redakteur muss das Eisen schmieden, solange es heiß ist. Vielleicht wird sogar eine kleine Serie daraus.«

KAPITEL 16

Am späten Nachmittag hatte sich die Sonne irgendwo dauerhaft hinter den Wolken verkrochen. Die Stadt war in trübes Licht getaucht, von dem man nicht wusste, ob es schlechtes Wetter war oder bereits zur Abenddämmerung gehörte. Es begann wieder stärker zu regnen.

»Mistwetter!«, fluchte Kaltenbach und ließ sich mit einem Seufzer auf den Fahrersitz seines Wagens fallen. Luise schüttelte ihre Lockenmähne, winzige Wassertropfen spritzten umher. Die wenigen Meter vom Marktplatz hierher hatten genügt, dass beide gehörig durchnässt waren.

»Wir können froh sein, dass wir jetzt nicht mit dem Roller fahren müssen«, meinte Luise.

»Auch wieder wahr. Trotzdem. Von wegen erholsamer Sonntag.« Er kurvte zwischen ein paar trostlos herumstehenden Schirmen und Blumenkübeln hindurch über die Brettenbachbrücke. »Du bleibst doch heute Nacht?«, fragte er mit Blick auf das Bahnhofsgebäude.

»Nur wenn ich noch etwas zu essen bekomme«, lachte Luise.

»Versprochen. Aber zum Kochen habe ich heute keine Lust. Nur auf frische Klamotten.«

Nach einem kurzen Abstecher in Kaltenbachs Wohnung in Maleck saßen beide erwartungsvoll hinter der Speisekarte in der Waldschänke. Der Gastraum war gut besetzt.

»Ich werde heute einmal Kässpätzle essen«, meinte Kaltenbach. »Die sind richtig gut hier. Von Hand geschabt. Das kriege ich zu Hause einfach nicht hin. Und du?«

Luise war unschlüssig. »Mir ist immer noch kalt«, sagte sie. Sie hatte einen von Kaltenbachs Pullovern übergezogen.

»Probier mal die Kürbissuppe. Ein Gedicht, sage ich dir. Und wärmt bestens.« Kaltenbach nahm ihre Hände und hauchte sie an. »Fast so gut wie ich«, lächelte er.

Zwei Tassen Tee und die Wärme in der Gaststätte weckten rasch wieder die Lebensgeister.

»Dieses Bild …«

»Das Foto …«

Beide begannen fast gleichzeitig. Kaltenbach nickte. »Genau. Was hältst du davon? Für mich gibt es keinen Zweifel. Wankas unbekannter Besucher und der Junge in Wyhl – die Ähnlichkeit ist verblüffend. Du hast gute Augen, Luise. Mir wäre das nicht aufgefallen.«

Luise lächelte. »Natürlich ist das nicht derselbe. Kann gar nicht sein. Da liegen über 40 Jahre dazwischen. Das könnte inzwischen …« Sie stockte und sah Kaltenbach an. »Natürlich. Das ist die Erklärung. Die einzige Möglichkeit!«

»Du meinst, dieser Andi …«

»Dieser Andi ist der Vater unseres Unbekannten. Mitte der 70er war er Anfang 20. Das passt!«

»Und die junge Frau neben ihm auf dem Bild ist die Mutter!«

»Warum nicht? So innig, wie die beiden herumturteln!«

Die Bedienung unterbrach sie und setzte ein großes Tablett zwischen ihnen auf den Tisch ab.

»Kässpätzle, der Herr. Einmal Kürbissuppe, die Dame. Und ein kleiner Salatteller. Ich wünsche guten Appetit!«

Kaltenbach sog den würzigen Duft ein, der von seinem Teller aufstieg. »Der Sohn eines ehemaligen Korsaren taucht in einem doppelten Mordfall auf«, sagte er nach den ersten genussvollen Bissen. »Das wäre sensationell, wenn das stimmt!«

»Auf jeden Fall. Und sofort ergeben sich spannende Fragen.« Luise blies ein paar Mal über ihren Löffel. Die Suppe war heiß und roch nach Ingwer. »Was hat er mit der ganzen Sache zu tun? Warum taucht er überall auf? Was verbindet ihn mit Jürgen Wanka?«

»Stimmt. Die beiden werden sich wohl kaum zufällig kennengelernt haben. Und wenn er mit ihm gemeinsame Sache macht, muss es einen Grund dafür geben. Irgendein Motiv, das uns bisher entgangen ist.«

»Die beiden Toten – ehemalige Korsaren. Die Bedrohten ebenfalls. Wanka gehörte ebenso dazu wie die Eltern dieses Mannes. Es muss mit der Zeit vor 40 Jahren zusammenhängen!«

»Vielleicht doch der Streit ums Geld? Diesen Aspekt haben wir bisher nur wenig beachtet. Bei Geld hört bekanntlich die Freundschaft auf. Walter hat bis heute noch nicht alles erzählt. Es könnte doch sein, dass es einen dunklen Fleck in seiner Vergangenheit gibt?«

»Du willst damit sagen, dass Walter bei dem Banküberfall dabei gewesen sein könnte? Das hieße, er wäre mitschuldig am Tod des Wachmanns damals!« Kaltenbach ließ die Gabel auf den Tisch sinken und starrte Luise an. »Nein, das kann nicht sein. Das kann und will ich nicht glauben!«

»Ich glaube das auch nicht«, versuchte sie, ihn zu besänftigen. »Aber es bleibt eine Möglichkeit, die wir zumindest in Betracht ziehen müssen. Und es würde einiges erklären.«

Kaltenbach schüttelte heftig den Kopf. »Nein, nein! Das war nicht gespielt – Walters ganze Reaktion auf die Drohung, seine Flucht, sein Aktionismus!«

»Aber den zentralen Fragen weicht er aus. Das ist doch merkwürdig.«

Kaltenbach schloss einen Moment lang die Augen und versuchte, sich zu konzentrieren. Es musste eine andere Erklärung geben. Es musste.

»Wir müssen jetzt sachlich bleiben«, stieß er hervor. »Du hast recht, es könnte ein Streit ums Geld sein. Um viel Geld. Aber trotzdem. Nichts deutet darauf hin, dass Walter dabei war.«

Luise legte ihre Hand auf seinen Arm. »Von meinem Gefühl her steckt sowieso etwas ganz anderes dahinter. Erinnere dich, was Paulette erzählt hat. Der Vater des Unbekannten hat sich damals umgebracht. Keiner weiß, warum. Keiner spricht darüber. Die Frau ist verschwunden, keiner weiß, wohin. Jetzt taucht plötzlich der Sohn auf. Und genau zu diesem Zeitpunkt gibt es zwei Tote. Von denen der erste genau dort gefunden wurde, wo sich dieser Andi erhängt hat.«

»Und er war dort! Am Rhein ebenso! Woher wusste er davon? Was wollte er?« Kaltenbach nahm die Gedanken auf. »Ich sehe nur zwei Erklärungen: Entweder er wurde wie die anderen informiert, wollte aber nicht gesehen werden. Oder er ist selbst der Täter!«

»Es gibt eine Möglichkeit, dem Ganzen näherzukommen. Ich bin sicher, dass Walter und die anderen genau wissen, was damals wirklich geschehen ist. Es gibt ein Geheimnis um Andis Selbstmord.« Luise sah Kaltenbach an. »Jetzt bist du gefordert, Lothar. Walter muss die ganze Wahrheit herausrücken. Und es gibt nur einen, dem er sich anvertrauen wird. Das bist du.«

Kaltenbach rutschte unruhig hin und her. »Das ist nicht so einfach. Ich spüre, dass er nicht will. Irgendetwas bedrückt ihn.«

»Eben. Er muss es loswerden. Er schafft es nicht alleine. Ich bin sicher, er braucht dich jetzt.«

Die Bedienung kam und räumte die Teller ab. Kaltenbach hatte die Kässpätzle kaum angerührt. »War's nicht recht?«

Kaltenbach mühte sich mit einer Entschuldigung. Luise lächelte freundlich. »Sehr gut, danke. Jetzt hätte ich Lust auf ein Gläschen. Du auch, Lothar?«

Kaltenbach nickte. Gleichzeitig läutete sein Mobiltelefon. Schon nach wenigen Augenblicken wirkte sein Gesicht wie versteinert. »Bis gleich«, sagte er knapp. Er ließ das Handy langsam sinken. »Aus dem Gläschen wird nichts«, sagte er tonlos. »Der gemütliche Abend ist vorbei.«

Ein halbe Stunde später empfing sie Walter vor dem kleinen St. Georgener Bahnhof. Auf den Stufen zur Eingangstür saß Silvie. Sie hatte den Kopf in die Hände gestützt und schluchzte. Aus der Ferne hörte man Sirenen und Motorengeräusche.

»Die Polizei kam, kurz, nachdem ich dich angerufen hatte. Wir haben uns dann schnell verzogen. Du kannst dir denken, warum.«

Kaltenbach nickte. Es hätte unangenehme Fragen gegeben, wenn die Polizei die Personalien aufnahm und feststellte, dass er und Silvie auch in Burkheim bei dem Bunker gewesen waren.

»Fritz war schon vor mir da. Er war nicht sonderlich begeistert, dass ich dich angerufen habe. Kurz darauf habe ich ihn im Dunkeln aus den Augen verloren.«

»Jetzt auch noch Leo!«, schluchzte Silvie. »Vor ein paar Tagen war er noch dabei. Hier neben uns ist er gestanden!« Luise setzte sich neben sie und versuchte, sie zu trösten, doch sie vergrub erneut das Gesicht in den Händen.

Die Gegend um den Bahnhof am Ortsrand war nur spärlich beleuchtet. Alle 100 Meter brannte eine Straßenlaterne. Das erste Wohnhaus war ein gutes Stück entfernt und kaum zu erkennen. Nach Westen gruppierten sich schemenhaft Bäume und große Büsche entlang der Bahnlinie.

»Es war genauso wie bei Enzo und Gegge«, sagte Walter. »Drei Schüsse in die Brust. Er lag direkt vor dem Tor zur Alten Zeche. Mit dem Rücken an das Absperrgitter gelehnt. Es sah aus, als ob er schliefe.«

Kaltenbach kannte den Eingang zu dem Stollen. Das ehemalige Eisenerzbergwerk war von den Nationalsozialisten in den 30er Jahren eröffnet und noch vor Ende des Krieges wieder stillgelegt worden. Seither kümmerte sich niemand mehr darum.

»Auch eines eurer Verstecke?«

Walter nickte. »Damals war noch kein Gitter davor. Wir waren trotzdem nicht oft dort. Zu feucht.«

Silvie schluchzte erneut auf. »Er wird uns alle umbringen! Einen nach dem anderen!« Luise legte ihr den Arm um die Schulter.

In Walters Gesicht spiegelten sich Zorn und Ratlosigkeit. »Auch das andere war wie zuvor. Ein kurzer Anruf mit verstellter Stimme, eine knappe Anweisung mit Ort und Zeit. Ich war gerade in Freiburg, deshalb war ich gleich nach Fritz da. Kurz darauf kam Silvie. Er hat alles präzise geplant. Wir sollten Leo sehen, bevor die Polizei kam.«

»Und das Zeichen?«

»Steckte in seiner Brusttasche. Wir haben natürlich alles so gelassen, wie es war.«

»Ich will mir das ansehen«, meinte Kaltenbach.

»Besser nicht«, sagte Walter. »Bestimmt ist inzwischen alles abgesperrt.«

»Ich wüsste schon eine Möglichkeit«, meinte Luise. »Immerhin wohne ich nicht weit von hier. Und ich bin oft hier spazieren gegangen. Kommt mit, wir müssen hier rüber!« Sie stand auf und überquerte die Schienen. Auf der anderen Seite der Bahngleise war eine schmale Straße, dahinter ein mit dichtem Buschwerk und Ranken überwucherter Hang. »Hier hoch!«

Nach wenigen Metern durch das Gestrüpp tauchten vor ihnen ein paar Gartenhäuschen auf, dahinter wuchsen Weinreben.

»Jetzt rechts halten. Und leise!«

Nach etwa 300 Metern auf dem grasbewachsenen Weg sah Kaltenbach direkt unter sich das alte Zechengelände liegen. Nach links erstreckte sich ein lang gezogenes großes Gebäude, in dem kein Licht brannte. Auf dem Parkplatz davor standen Einsatzfahrzeuge der Polizei, ein Notarztwagen und ein Krankentransporter. Blaue Signalhörner zuckten durch die Nacht. Dazwischen liefen Leute herum, manche unterhielten sich, andere telefonierten. Vereinzelt erklangen Rufe nach oben, die wie Befehle klangen. An der rechten Seite flammten eben der Reihe nach große Scheinwerfer auf. Kaltenbach hatte das Gefühl, am Set eines Filmdrehs zu sein.

»Dort, wo die Scheinwerfer sind, ist der Zecheneingang«, sagte Luise. »Näher kommen wir nicht …« Der Rest des Satzes wurde vom ohrenbetäubenden Rattern eines Güterzugs verschluckt.

Der Ort, an dem Walter und die anderen Leo gefunden hatten, war von ihrem Standpunkt aus nicht zu sehen. Doch Kaltenbach hatte den alten Eingang aus der Erinnerung deutlich vor Augen. Der bogenförmige Zugang mit einem heroischen Bild zweier Bergleute war schon damals halb mit Brombeerranken zugewuchert.

»Das bringt nicht viel«, meinte Walter. »Es ist besser, wir verschwinden wieder.«

Kaltenbach hatte insgeheim gehofft, Andis Sohn irgendwo zu sehen. Doch trotz der vielen Lichter war es schwierig, einzelne Gesichter zu erkennen. Schweigend stapften sie den Feldweg zurück. Eine Möglichkeit hatten sie bisher völlig außer Acht gelassen. Was wäre, wenn der Unbekannte zur Polizei gehörte? Er wusste ganz offensichtlich jedes Mal Bescheid, er war vor Ort, hatte ungehindert Zutritt. Könnte er ein ziviler Ermittler sein?

»Pass auf!« Ein nasser Zweig fuhr ihm ins Gesicht, als er hinter den anderen durch das Buschwerk zur Bahnlinie hinunter kletterte. Er musste aufpassen und sich auf den rutschigen Pfad konzentrieren.

Doch der Gedanke kam sofort zurück. Diese Variante würde manches erklären. Er musste mit Luise darüber sprechen. Nach allen Seiten ermitteln, war das Credo der Tatort-Kommissare, die er aus dem Fernsehen kannte. Auch wenn sie sich selbst nicht immer daran hielten.

Auf dem Weg vor dem Bahndamm blieben sie stehen und schüttelten die Herbstblätter aus Haaren und Kleidern. Der Rückweg durch die Unterführung blieb ihnen verwehrt, dort wimmelte es von Polizei. Sie wandten sich nach rechts, bis sie nach ein paar Metern die Böschung hochsteigen und zurück über die Gleise klettern konnten. Am Ende standen alle wieder vor dem Eingang zu dem kleinen Bahnhof.

»Jetzt werden wir von Leo nichts mehr erfahren«, meinte Walter. »Ich hätte zu gerne gewusst, warum er so gehandelt hat.«

Silvie schluchzte erneut auf. »Das hat er nicht verdient«, stieß sie hervor. »Egal, was es war. Nicht Leo.«

»Enzo und Gregor auch nicht«, knurrte Walter.

Silvie konnte sich nicht beruhigen. »Und was hat das jetzt alles genützt? All die Treffen, Pläne, das ganze Gerede. Beschattung!« Sie stieß das Wort verächtlich hervor. »Was ist das Ergebnis? Leo ist tot. Und jeder von uns kann der Nächste sein.«

»Moment mal«, sagte Luise. »Ich habe eine Idee. Vielleicht kann uns Leo doch noch helfen.«

»Spinnst du?« Walter wurde ärgerlich. »Jetzt ist wahrhaftig nicht der Zeitpunkt für schlechte Scherze.« Silvie starrte stumm auf den Boden.

»Es ist alles so wie bei den ersten beiden, nicht wahr?« Luise ließ sich nicht aufhalten. »Das bedeutet auch, dass er außer dem Zettel mit dem Zeichen nichts bei sich hatte.«

»Ja und?«

Kaltenbach verstand als Erster, was Luise meinte. »Natürlich! Das bedeutet: kein Ausweis, keine Papiere. Nichts. Und das wiederum bedeutet, dass bisher niemand Leos Identität kennt. Die ganzen Polizisten und Helfer, die jetzt gerade dort drüben alles abfotografieren und jeden Stein umdrehen, wissen nicht, dass das Opfer Leo Gerwig hieß und in Umkirch gewohnt hat. Noch nicht.«

»Worauf willst du eigentlich hinaus?«

Luise hatte in der Zwischenzeit wieder den Arm um Silvie gelegt. »Das heißt ganz einfach, dass wir einen Informationsvorsprung haben. Den sollten wir dieses Mal nutzen.«

»Wie denn?«

»Wir durchsuchen Leos Wohnung, bevor die Polizei eintrifft«, sagte Kaltenbach. »Wenn wir Glück haben, finden wir etwas, was uns weiter hilft.«

Eine Viertelstunde später waren Kaltenbach und Walter in Umkirch. Luise war zurückgeblieben und hatte sich bereit erklärt, Silvie nach Hause zu begleiten.

Die meisten der Reihenhäuser am Ortsrand lagen im Dunkeln. Nur vereinzelt flackerte das bläuliche Licht eines Fernsehbildschirms durch das Fenster.

Walter ließ den Wagen am Straßenrand ausrollen. »Dort drüben ist es.«

Sie stiegen aus. Den Waldrand entlang parkten ein paar Autos. Die Straße war menschenleer. Von Weitem hörte Kaltenbach das gleichmäßige Rauschen des Verkehrs auf der A5. »Und wie kommen wir hinein?«

»Zur Not mit Gewalt«, sagte Walter knapp. »Ich hoffe, die Nachbarin ist schwerhörig.«

Das schwache Licht der Straßenlaternen half ihnen, durch den Garten den Weg zu finden. Im oberen Stockwerk des Zweifamilienhauses rührte sich nichts. Alle Lichter waren aus. Zum Waldrand hin schloss sich hinter dem Haus ein kleines Rasenstück an, begrenzt durch eine hohe Ligusterhecke. Zu ihrer Überraschung war die Glastür der Terrasse nur angelehnt.

»Glück gehabt!«, meinte Walter. »Jetzt komm!«

»Eine Taschenlampe. Wir bräuchten eine Taschenlampe«, meinte Kaltenbach. Im selben Moment fuhr er erschrocken zusammen. Walter hatte das Licht angeknipst. »Spinnst du? Mach sofort wieder aus! Wenn uns jemand sieht, sind wir geliefert!«

»Eben nicht. Eine Taschenlampe wäre doch viel auffälliger. Licht in einem Haus ist normal.«

Kaltenbach trat der Schweiß auf die Stirn. »Dann lass uns schnell machen.«

»Das wird nicht einfach!«, sagte Walter verblüfft. Der

Blick in den Raum zeigte, dass sie nicht die Ersten waren. Das Wohnzimmer sah verheerend aus. Sämtliche Schranktüren standen offen, Schubladen waren herausgezogen, der Inhalt auf dem Teppich verstreut. Die Polster von Sofa, Sessel und Kissen waren aufgeschlitzt. Glasscherben, Papiere und zerbrochene Blumentöpfe lagen überall. Im Flur empfing sie ein wildes Durcheinander von Schuhen und Kleidern. In Bad und Küche sah es nicht besser aus.

»Das können wir uns sparen«, meinte Kaltenbach. »Wie sollen wir in dem Chaos etwas finden, von dem wir noch nicht einmal wissen, was es ist?«

Walter zwang sich zur Ruhe. »Wir müssen gut überlegen. Es sieht ganz so aus, als sei Wanka nicht nur hinter Leo her gewesen, sondern hätte auch nach etwas gesucht.«

»Dann lass uns rasch wieder verschwinden.« Kaltenbach fühlte sich unwohl. Der Gedanke, dass in der verwüsteten Wohnung vor ein paar Stunden ein Mord geschehen war, ließ ihn erschaudern.

»Ein paar Minuten noch«, erwiderte Walter. »Wenn wir schon einmal hier sind. Ich habe eine Idee. Vielleicht haben wir Glück.«

Kaltenbach folgte ihm ins Bad. Erstaunt sah er zu, wie Walter den Deckel der Klospülung abmontierte.

»Früher gab es ein paar Verstecke, die wir gerne benutzt haben. Rollo hat uns damals …«

»Rollo?« Kaltenbach sah überrascht auf. Es war das erste Mal, dass er Walter den Namen nennen hörte.

Walter überging die Frage. »Wir dachten, wir müssten auch zu Hause unsere Geheimnisse haben.« Er sah in den Wasserbehälter und schüttelte den Kopf. »Nichts. Wir haben uns Verstecke ausgedacht. Oder von Kinofilmen abgeschaut.« Er kniete auf dem Boden nieder und rüttelte an den

Kacheln der Badewannenverkleidung. »Heute scheint das ein bisschen kindisch. Aber damals war es uns ernst. Wir wollten nichts außer Acht lassen.« Er griff mit der Hand in den kleinen Hohlraum. »Du kannst gerne helfen. Bilderrahmen. Wanduhr. Spiegel. Buchrücken. Solche Sachen. Schau mal im Schlafzimmer. Im Flur links. Ich komme gleich nach.«

Die Deckenleuchte war kaputt. Der Stecker der Nachttischlampe herausgerissen. Kaltenbach drückte ihn zurück in die Steckdose und knipste das Licht an. Auch hier sah es nicht anders aus als in den übrigen Räumen. Jemand hatte etwas gesucht und dabei ein riesiges Durcheinander hinterlassen.

Erst auf den zweiten Blick fiel Kaltenbach ein Unterschied auf. Es lagen fast ausschließlich Kleidungsstücke und Wäsche herum. Kein Bücherregal, keine CDs, keine Pflanzen. Einzig ein älterer Röhrenfernseher lag auf die Seite gekippt auf dem Boden vor der Heizung. Das Bett war zerwühlt, die Matratze hing in Fetzen über dem Lattenrost. Kaltenbach wurde übel bei dem Gedanken, dass Leo seine letzten Stunden schwer verletzt hier verbracht hatte.

Vor dem Nachttisch lag ein Buch auf dem Boden. Kaltenbach hob es auf und las den Titel. Ein skandinavischer Krimi. Zwischen den Seiten steckte ein Prospekt als Buchzeichen. »Seniorenidyll«, las Kaltenbach. Eine Werbung für ein Altersheim. Es sah aus, als habe Leo sich über seine Zukunft Gedanken gemacht. Angesichts der Ereignisse der letzten Tage eine makabre Vorstellung. Das würde der ehemalige Korsar nicht mehr brauchen.

»Hast du etwas gefunden?«, fragte Walter.

»Nichts.« Kaltenbach legte das Buch auf den Nachttisch. »Dasselbe Chaos überall. Wir gehen jetzt besser.«

»Na schön«, meinte Walter. »In der Garage will ich noch nachsehen. Ersatzreifen. Komm, ein letzter Versuch.«

Er löschte alle Lichter, ehe sie beide durch die Wohnzimmertür wieder hinaus auf die Terrasse schlüpften. Die Garage stand am Rande des Gartens direkt an der Grenze zum Nachbargrundstück. Die Schwingtür war abgeschlossen, Fenster gab es keine.

»Wir könnten versuchen …«

»Sieh mal, dort oben!« Aus der Wohnung im zweiten Stock schimmerte ein schwaches Licht. »Das war vorhin noch nicht. Vielleicht hat die Nachbarin doch keinen so tiefen Schlaf.«

Sie hasteten über die Straße zurück zu Walters Auto. In diesem Moment ertönte von Weitem ein Martinshorn, das rasch näherkam.

»Die Polizei! Haben sie also doch schon herausbekommen, wer Leo war.« Kaltenbach riss die Tür auf und ließ sich in den Sitz fallen.

»Das glaube ich nicht«, meinte Walter und startete den Motor. »Ich tippe eher auf die Nachbarin. Jetzt aber los!«

KAPITEL 17

Es war ein Wochenbeginn mit allen Schrecken. Kaltenbach hatte geschlafen wie ein Stein. Als der Wecker klingelte, war er immer noch so zerschlagen und müde, dass er überlegte, den »Weinkeller« heute geschlossen zu lassen. Doch er konnte die Kunden nicht im Stich lassen. Und Martina stand so kurzfristig nicht zur Verfügung.

Auf ein Frühstück verzichtete er heute völlig. Stattdessen genehmigte er sich einen zusätzlichen extrastarken Kaffee. Außer gesteigertem Herzklopfen erreichte er allerdings wenig damit. Es half alles nichts. Das Innere seines Kopfes fühlte sich an wie ein liegen gebliebener Waschlappen aus der Vorwoche.

Zu allem Überfluss regnete es wie am Tag zuvor in Strömen. Kaltenbachs Wagen stand vom Vorabend noch bei Luise in Freiburg, und der Fünfer-Stadtbus war längst weg. Das hieß, er würde mit der Vespa durch den Regen fahren müssen.

Kaltenbach war entsprechend durchweicht, als er pünktlich um neun Uhr die Ladentür aufschloss. Er hängte die nasse Jacke über einen Bügel, zog eine trockene Ersatzhose an und nahm sich fest vor, spätestens am Samstag nach Waldkirch zu fahren und in der »Moto-Thek« in eine längst überfällige Regenkombi zu investieren.

Er ließ sich eben einen weiteren Kaffee heraus, als es ihm beim Gedanken an das bevorstehende Wochenende siedend heiß einfiel. Luises Geburtstag! Die Fahrkarten nach Paris! Noch vier Tage, und er hatte ihr noch immer nichts von der geplanten Reise gesagt. Eigentlich war es bereits zu spät. Es blieb nur die Möglichkeit, sie komplett damit zu überraschen und ihr erst am Abend zuvor Bescheid zu geben. Einem Frühstück am Montmartre würde sie nicht widerstehen können. Trotzdem blieb das Risiko, dass Luise längst ihrerseits etwas geplant hatte. Das Beste würde sein, sie noch am Morgen anzurufen und sie zumindest zu überzeugen, sich für Samstag und Sonntag nichts vorzunehmen.

Doch zuerst musste er endgültig wach werden. Das miese Wetter hatte den einen Vorteil, dass die Kundschaft heute Morgen auf sich warten ließ. Es blieb ihm genügend Muße für einen weiteren Kaffee und einen Blick in die Zeitung.

Der Mord an Leo hatte es kurz vor Redaktionsschluss noch zu einer kleinen Meldung im Freiburger Teil gebracht. Im Stenogrammstil war von einem unbekannten männlichen Toten im Stadtteil St. Georgen die Rede. Kein Kommentar, erst recht keine Fotos.

Über den Einbruch in Umkirch gab es nichts. Kaltenbach beschlich ein unangenehmes Gefühl, als er an gestern Abend dachte. Er konnte nur hoffen, dass die Polizei in dem Chaos in der Wohnung keine Spuren von ihm und Walter finden würde.

Im Emmendinger Lokalteil hatte Grafmüller eine Zusammenfassung der Ermittlungsergebnisse von Bickensohl und Burkheim gebracht. Der Redakteur spekulierte heftig über die »mysteriösen Zeichen« in Verbindung mit Hinweisen auf »gut unterrichtete Kreise«, dass es Spuren gäbe, die unter Umständen bis nach Frankreich führten. Trotz seiner Müdigkeit musste Kaltenbach schmunzeln. Grafmüller bereitete geschickt seinen angekündigten Mehrteiler zu Bürkle und Wyhl vor.

Kurz nach halb zehn erschien ein Besucher im Laden, dessen morgendliche Dynamik Kaltenbach endgültig die Laune verdarb. Der unbekannte Herr mit Anzug, Krawatte und Koffer stellte sich als Vertreter vor.

»Einen wunderschönen guten Morgen wünsche ich, Herr – Kaltenbach? Meinerzhagen mein Name. Uwe Meinerzhagen. Ich vertrete die Firma Vino Vera aus Berlin-Wilmersdorf. Ich freue mich außerordentlich, dass ich ihnen unsere Produkte persönlich vorstellen darf. Ich darf mal eben, danke sehr.«

Er stellte seinen Schirm in die Ecke, hievte seinen riesigen Koffer auf den Tisch in der Probierecke und klappte ihn auf. Im Handumdrehen füllte sich jede verfügbare freie Fläche mit Vino-Vera-Produkten in grellsten Farben und gewagtesten Designerformen. Korkenzieher, Ausgießer, Thermometer, Untersetzer, Kapselschneider – der Koffer barg eine ganze Palette an Geschmacklosigkeiten, die jedem echten Weinkenner die Tränen in die Augen trieben. Zu jedem Stück hatte Meinerzhagen die passenden Prospekte und natürlich jede Menge passende Erklärungen parat.

Kaltenbach versuchte erst gar nicht, auf den Vertreter einzugehen, und ließ dessen Redeschwall an sich herunterrieseln. Er konnte sich beim besten Willen nicht erinnern, den Mann bestellt zu haben. Eine mögliche Erklärung fiel ihm ein. Er musste während seiner Produktrecherchen bei Firmen im Internet bei der Frage »Besuch erwünscht: ja/nein?« irgendwo einen Haken an der falschen Stelle gesetzt haben.

Der Mann interpretierte Kaltenbachs Schweigen als interessierte Zustimmung und ließ sich in seinen Ausführungen nicht beirren. Als Kaltenbach demonstrativ begann, in den Regalen Weinflaschen zu sortieren, hatte Meinerzhagen sofort Muster für Präsentationsregale nebst einem mehrteiligen Beschriftungsset für Sonderangebote parat.

Kaltenbach erwog bereits, aus lauter Verzweiflung einen Zwölfersatz »Weinschürzen für den niveauvollen Gastgeber« zu ordern, als von unerwarteter Seite Hilfe kam.

»Salli Lothar. Wie goht 's Gschäft?«

Erna Kölblin stapfte zu ihrem angestammten Platz, räumte einen Stapel »Musterpostkarten für festliche Anlässe« zur Seite und beäugte neugierig das ausgebreitete Sortiment.

»Was mache ihr do? Will der dir ebbis uffschwätze?«

Meinerzhagen wandte sich sofort zu ihr: »Verkaufsgespräch. Bitte vielmals um Entschuldigung, gnädige Frau. Darf ich Ihnen inzwischen ein kleines Werbepräsent überreichen?« Er zückte einen pinkfarbenen Schlüsselanhänger in Form eines Weintraubenhenkels mit silbernen Sternchen. »Passend zu Ihrem Halstuch. Und Ihren Augen, wenn ich mir das erlauben darf. Mit den besten Empfehlungen von Vino Vera.«

Hinter dem Rücken des Vertreters hob Kaltenbach verzweifelt die Hände und verdrehte die Augen.

Frau Kölblin zwinkerte ihm kaum merklich zu. »Empfehlunge vu Wino Wera? I kenn kai Wera. Heggschdns d' Maria.« Sie stieß mit dem Finger an den Anhänger. »Un blib mer fort mit soneme gschdelzte Geschwetz. Sell isch rosa. E billigs rosa noch derzue.«

Meinerzhagen war anzusehen, dass er kein Wort verstanden hatte. Trotzdem fühlte er sich verpflichtet, eine Antwort zu geben. »Rosa, aber selbstverständlich. Wenn ihnen unser Modell in Pink nicht zusagt, habe ich selbstverständlich ein anderes für sie.« Er eilte zu seinem Koffer und zog eine Handvoll weiterer Anhänger in verschiedenen Farben heraus. »Hier haben wir zum Beispiel Flieder. Sehr dezent.« Meinerzhagen fiel sofort in den werbenden Singsang der Vertretersprache. »Oder in Tizianblau. Wird sehr gerne getragen. Vielleicht ein leicht gewagtes Burgunderrot für die Dame?«

»Dame?« Frau Kölblin stemmte sich aus ihrem Sessel hoch und baute sich vor dem verblüfften Mann auf. »Jetzt bass mol guet uf. I bin kai Dame! Schu gar nit vu soneme Tizian! Un merk dir des: i nimm kai Gschenk vu Männer, wu i nit kenn!«

Meinerzhagen wurde es jetzt unbehaglich. Er sah sich Hilfe suchend zu Kaltenbach um, der jedoch schwieg und nur freundlich nickte. »Aber ich möchte doch nur … Darf ich …«

»Nix derfsch due. Loss mi in Rueh. Kaib, bleede!« Sie richtete sich mit ihren ganzen 151 Zentimetern vor ihm auf. »Lehr due erschd emol ebbis rächts uesser rumzigienere un Wiber z' beläschdige?«

Der Vertreter trat einen Schritt zurück und hob erschrocken die Hände. »Aber gnädige Frau, ich bitte Sie …«

»Nix bidde. Vu mir griegsch due nix. Gang, go erschd emol ebbis gscheids schaffe statt schwätze! Lothar, gib dem Kerli zwei Euro, dass er sich ebbis zum Esse hole ka!«

Meinerzhagen hatte von alldem kein Wort verstanden. Seine Kollegen aus Wilmersdorf hatten wissend den Kopf schräg gelegt, als er von seinem bevorstehenden Vertreterbesuch in Baden-Württemberg erzählt hatte. Sie hatten ihn gewarnt. »Nimm dich in Acht vor den Schwaben. Die spinnen alle dort unten im Süden.« Tatsächlich schien das zornige Paket vor ihm, aus dessen Mund ein Schwall furchterregender Laute kam, alle Befürchtungen zu bestätigen. Wer weiß, was sie mit ihm anstellten. Wenn er doch nur mit ihr reden könnte! Meinerzhagen sah ein, dass hier nur rasche Flucht helfen würde. Mit hektischer Eile stopfte er seine Waren zurück in den Koffer. »Ich glaube, ich komme dann ein andermal wieder!« Er klemmte sich den Koffer unter den Arm, griff nach dem Schirm und huschte durch die Ladentür hinaus.

»Due hesch ebbis vergesse!«, rief ihm Frau Kölblin hinterher. Doch Meinerzhagen eilte bereits mit großen Schritten in Richtung Marktplatz.

Kaltenbachs Retterin warf den Schlüsselanhänger in den Mülleimer und stapfte zurück zu ihrem Sessel. »So, Bue. Un jetz verzell. Was gits Neis?«

Eine halbe Stunde später zog Frau Kölblin mit einer Flasche halbtrockenem Rosé als Dankeschön von dannen. Dass sie von Kaltenbach keine aktuellen Neuigkeiten vom Kaiserstuhl erfahren hatte, konnte sie für dieses Mal verschmerzen. Die glorreiche Vertreibung des Schönschwätzers aus dem Norden bot ausreichend Erzählstoff für den Rest des Tages. Maria würde staunen.

Kaltenbach war heilfroh, dem Vertreter unbeschadet entkommen zu sein. Er schwor sich, künftig doppelt aufzupassen, wenn er im Internet auf Recherche ging. Die kleine Szene hatte ihn wenigstens wieder so aufgemöbelt, dass er seinen Kunden die Freundlichkeit entgegenbrachte, die sie von ihm gewohnt waren.

Gegen zehn rief Walter an. »Hättest du Lust, heute Mittag zum Essen vorbeizukommen?« Kaltenbach hörte schon nach den ersten Worten, dass es seinem Freund nicht gut ging. Er klang müde und mutlos. »Ich koche uns etwas.«

»Ist Regina nicht da?«

»Nein, sie hat einen Termin, den sie nicht verschieben konnte. In Karlsruhe. Sie kommt erst spät heute Nacht. Du kommst doch?«

Das klang fast schon verzweifelt. Leos Tod hatte Walter nicht nur überrascht, sondern offenbar schwer getroffen.

»Klar, um zwölf bin ich da. Stell schon mal etwas zu trinken kalt.«

Am liebsten wäre Kaltenbach gleich los. Er wusste nicht, was Leos Tod bei Walter auslösen würde. Nach der Flucht zu Locke und seiner Rückkehr hatte er mit einer Trotzreaktion geantwortet. Doch es musste schlimm sein, zu erleben, dass alles sinnlos gewesen war.

Die Montagmorgenkunden ließen ihn jedoch nicht weiter grübeln. Die nächsten beiden Stunden war er gut beschäftigt. Dazwischen beschäftigte ihn immer wieder der Gedanke an Luise und ihre gemeinsame Parisfahrt. Kaltenbach war in der Zwickmühle. Natürlich wäre es stilvoller gewesen, das Ganze nicht am Telefon, sondern in einem entsprechenden Ambiente zu besprechen. Zwei Mal versuchte er, bei ihr anzurufen, doch sie war weder zu Hause noch auf dem Handy erreichbar.

Pünktlich um zwölf schloss Kaltenbach den Laden zu und lief durch den Goethepark zu Walters Wohnung am Mühlbach. Er erschrak, als sein Freund die Tür öffnete. Er war unrasiert, die Augen verschleiert, fast als ob er geweint hätte.

»Schön, dass du da bist. Komm rein.«

Aus der Küche duftete es nach Lauch und Brokkoli. »Dauert nur noch ein paar Minuten.« Walter öffnete den Kühlschrank und zog eine Flasche heraus. »Ein Bier?«

Kaltenbach schüttelte den Kopf. »Geht nicht. Ich muss noch arbeiten.«

Walter stieß einen Seufzer aus und stellte die Flasche zurück. »Du hast ja recht. Das hilft auch nicht weiter.«

Kaltenbach spürte, dass Walter Trost brauchte. »Kann ich noch etwas helfen?«

»Den Salat. Du kannst den Salat durchmischen. Ich schaue so lange nach dem Auflauf.« Kurz darauf stand eine Schüssel mit einer Gemüse-Sahne-Quiche auf dem Tisch.

Kaltenbach aß mit gutem Appetit, während Walter kaum etwas anrührte und lustlos auf seinem Teller herumstocherte.

»Leo …«, begann Kaltenbach. Er wusste nicht so recht, was er sagen sollte. Tröstende Worte würden bei Walter nichts nützen.

»Die Sache verkompliziert sich.« Walter ergriff das Wort, ohne von seinem Teller aufzusehen.

»Hat die Polizei etwas herausgefunden?«, fragte Kaltenbach. Für einen kurzen Moment fuhr ihm der Schreck in die Glieder. »Ist es unser …«, das Wort »Einbruch« brachte er nicht heraus, »… unser Besuch in Umkirch?«

Walter winkte ab. Er gab sich einen Ruck. »Wanka packt aus!«

Kaltenbach sah ihn ungläubig an. Damit hatte er nicht gerechnet. »Du meinst, er gesteht alles? Hat er sich gestellt?«

»Schön wär's ja.« Walter presste die Lippen zusammen, ehe er fortfuhr. »Aber das ist nicht Jürgens Art. Nie gewesen.« Er haute zornig mit der Gabel auf den Tisch. »An die Öffentlichkeit will er gehen! Allen erzählen, wie es damals wirklich war!«

Kaltenbach verstand immer noch nicht, was Walter meinte.

»Er hat einen Deal mit einem Privatsender gemacht. Exklusiv. Er wird ein Interview geben. Schon morgen Abend. Die ändern extra dafür das Programm.«

»Ein Mordgeständnis in der Öffentlichkeit?« Kaltenbach war nun vollends verwirrt.

»Von wegen. Dafür ist er zu feige. Nein. Die RAF in den 70er Jahren. Sein Exil in der DDR. Seine Haft im Westen.«

»Auch über die ›Roten Korsaren‹?«

»Möglich. Ich weiß es nicht.« Walter sprang auf und lief im Zimmer hin und her. »Das gehört sich einfach nicht! Einmal Korsar, immer Korsar. So hatten wir es uns geschworen!«

»Woher weißt du das überhaupt?«

»Fritz. Er hat vor einer Stunde angerufen. Er hat gute Kontakte, immer noch. Über Mittag soll die Pressemitteilung rausgehen, spätestens dann wird jeder davon erfahren.« Er schnappte sich ein Kissen vom Sofa und hieb mit seiner Faust hinein. »Ich fasse es nicht! Ich fasse es nicht!«, stieß er ein paar Mal hervor. Schließlich ließ er sich aufs Sofa fallen und starrte mit verschränkten Armen vor sich auf den Boden.

Das waren natürlich sensationelle Neuigkeiten. Grafmüller würde begeistert sein, selbst wenn er nur aus zweiter Hand berichten konnte. Trotzdem verstand Kaltenbach nicht ganz, warum Walter sich derart ereiferte. Der »Deutsche Herbst« und die Terroranschläge der 70er waren im Bewusstsein der Öffentlichkeit Schnee von gestern. Bestimmt wussten viele der Jüngeren noch nicht einmal, wer und was die RAF war. Oder hatte Walter doch etwas zu befürchten? Gab es vielleicht etwas, das er unter allen Umständen verborgen halten wollte? War an Luises Gedankenspielen vielleicht doch etwas dran? Er spürte, dass jetzt der Punkt erreicht war, an dem er Walter dazu bringen musste, endlich Klartext zu reden.

Kaltenbach legte sein Besteck zur Seite. »Ich finde, es ist an der Zeit, dass du mich mal aufklärst«, sagte er, so ruhig es ihm möglich war. »Ganz aufklärst. Was war eure Gruppe wirklich? Wer war alles dabei damals? Wer war dieser Rollo? Und was habt ihr tatsächlich gemacht?«

Walter antwortete nicht. Er wirkte wieder genau so müde und kraftlos wie vor einer Viertelstunde. Kaltenbach sah, wie es dennoch in ihm arbeitete.

Nach einer quälend langen Pause stand Walter ohne ein Wort auf, ging in die Küche und kam mit einer Flasche Bier zurück. Er schenkte sich ein Glas ein, trank es in einem langen Zug aus und schenkte sofort nach.

»Wir waren jung. Und wir waren die Größten«, begann er unvermittelt. »Dachten wir jedenfalls. Nichts konnte uns aufhalten. Ein paar kannte ich von der Uni, Franz zum Beispiel. Damals waren die 68er-Ideen noch sehr lebendig. Wir wollten für eine bessere Welt kämpfen! Da kam uns der Streit um Wyhl gerade recht. Und dann trafen wir Rollo.«

Kaltenbach lauschte gespannt.

»Roland Schachner. Er war kaum älter als wir. Trotzdem war er der geborene Anführer. Er kannte alles und jeden, wusste auf alles eine Antwort. Und er hatte Ideen. Wir waren sofort begeistert.«

»Und die anderen?«

»Als es in Wyhl losging, kamen kurz danach Kaiserstühler dazu, junge Bauern in unserem Alter. Später ein paar Wälder, alle möglichen Leute.«

»Wanka auch?«

»Jürgen kam später. Aber Silvie, Leo, Enzo – alle, die du kennengelernt hast, waren von Anfang an dabei. 13 waren wir. ›Die wilde 13‹, nannten wir uns anfangs. Dann wurden es mehr, und wir wollten einen richtigen Namen haben. Einen kämpferischen.«

»Die ›Roten Korsaren‹?«

»Louis kam auf die Idee. Louis Berger. Er war aus Colmar. Ein echter Waggis. Unser Elektrospezialist.« Walter lachte bitter. »Rollo griff die Idee sofort auf. Moderne Robin Hoods. Piraten, die für die gute Sache kämpften. In guter französischer Tradition. Liberté, Egalité, Fraternité. Es passte perfekt.«

Walter nahm das Glas und drehte es in seinen Händen. »Rollo hat alles getan, um die Gemeinschaft zu stärken. Einmal, schon ziemlich am Anfang, brachte er ein paar trockene Äste mit. Einen davon zerbrach er und ließ ihn achtlos zu Boden fallen. Dann band er die übrigen mit einer Schnur zu einem Bündel zusammen und drückte sie unserem Berti in die Hand. Albert Brucker war der Stärkste von uns. Er hatte Hände wie Schaufeln. Doch außer einem leisen Knacken war nichts zu hören. Das waren solche Dinge, die uns überzeugt haben.«

Walter wurde jetzt etwas entspannter. Er leerte sein Glas und lehnte sich im Sofa zurück. »Und Rollo ließ uns Mutproben machen. Auf Baukräne klettern. Bei Nacht durch die Rheinauen den Weg suchen. In den Gängen der Alten Zeche rumkriechen, dort, wo Leo ...« Er brach ab und schwieg.

Kaltenbach dachte an sein Abenteuer in der Lösshöhle und wie mulmig es Grafmüller gewesen war.

»Einmal sind wir sogar die Adlerschanze hochgeklettert. Solche Sachen. Und über das Ravennaviadukt. Trotz Zugbetrieb. Keiner hat gekniffen. Und hinterher fühlten wir uns stark. Am liebsten war es Rollo, wenn wir das irgendwie mit unseren Schlupfwinkeln verbinden konnten.«

»In Hinterzarten hattet ihr auch einen?« Kaltenbach erinnerte sich, wie er vor Jahren ehrfurchtsvoll die große Sprungschanze bestaunt hatte.

»Dort nicht. Aber am Höllsteig. Dort war sogar unser Hauptquartier.«

»Hinten im Höllental, war das nicht ein bisschen weit weg?«

»Schon. Aber der Ort war perfekt. Außerdem hat früher dort noch die Bahn gehalten. An- und Abreise mit dem Zug.«

Kaltenbach kannte die Strecke von seinen Lieferausfahrten und Rollertouren. Hirschsprung, Posthalde, Höllsteig – heute erinnerten nur noch die Namen an die alten Haltepunkte der Höllentalbahn. Irgendwann waren sie als unrentabel aufgegeben worden. Inzwischen rauschte der Verkehr auf der B31 daran vorbei.

»Es gab feste Rituale. Jeder, der neu dazukam, musste dort eine symbolische Prüfung bestehen. Und wir außen herum, mit Fackeln und so.«

Kaltenbach kam es so vor, als ob sein Freund noch im Nachhinein ins Schwärmen geriet. Es musste wie ein großer Abenteuerspielplatz gewesen sein. »Und eure Aktionen?«

»Anfangs in Freiburg waren es hauptsächlich Demos. Und Plakate, die wir nachts aufgehängt haben. Keine große Sache. Richtig spannend wurde es erst in Wyhl. Dort hat sich der Staat dann auch richtig gewehrt.«

»Polizei?«

»Polizei. Jede Menge. Sogar von auswärts kamen die. Ganze Hundertschaften. Das AKW sollte um jeden Preis durchgesetzt werden. Die Proteste wurden als Randale von Spinnern und Kommunisten abgetan. Aber da haben sie sich verschätzt. Gewaltig!« Walters Augen begannen zu leuchten. »Nai hämmer gsait! Auf dem Höhepunkt waren wir wie eine große Familie.«

Kaltenbach dachte an das Foto, das er in Bürkles Album gesehen hatte. Der Liedermacher inmitten andächtig mitsingender Gefolgschaft. Trotzdem. Irgendetwas schien nicht zu stimmen.

»Und was war mit Andi und Lissy?«

Walter fuhr herum. »Woher hast du diese Namen?« Seine Stimme bekam eine Schärfe, die Kaltenbach ihm gegenüber noch nie derart gehört hatte. Blitzschnell schossen ihm Bilder des geheimnisvollen Unbekannten durch den Kopf – der Weinberg am Kaiserstuhl, der alte Bunker am Rheinkanal, die Bilder der Überwachungskamera. Was sollte er antworten?

Er beschloss, es mit der Wahrheit zu versuchen. »Uli Bürkle hat von ihnen gesprochen. Es gibt da so ein Bild.« In ein paar Sätzen berichtete er von ihrem Besuch bei dem Liedermacher im Elsass. »Luise und ich haben Grafmüller bei seinen Recherchen begleitet. Bürkle und seine Frau waren sehr nett. Sie haben uns Bilder gezeigt und ein paar Geschichten von früher erzählt.«

Walter stand auf und trat an den Tisch heran. »Geschichten! So, so. Da war er schon immer gut. Und was hat er von Andi erzählt?« Seine Stimme bekam einen drohenden Unterton.

»Na ja.« Kaltenbach zögerte. »Dass er auch dabei war. Und seine Freundin.«

»Und was noch?«

Kaltenbach zögerte. »Dass er sich irgendwann umgebracht hat. Aber das weißt du doch alles.«

Walter schien unschlüssig, was er sagen sollte. Für einen Moment befürchtete Kaltenbach, er würde sich auf ihn stürzen. Dann stieß Walter einen Seufzer aus und setzte sich an den Tisch.

»Ich … Es tut mir leid, dass ich so aufgebraust bin. Aber das war … Eigentlich wollte ich nicht mehr darüber reden. Keiner von uns.«

Er brach ab. Kaltenbach wartete gespannt. Er spürte, dass er an einem entscheidenden Punkt war.

Doch Walter schüttelte nur langsam den Kopf. »Ich glaube, es ist besser, wenn es dabei bleibt. Irgendwann muss Schluss sein. Endgültig.«

»Aber dass Enzos Leiche ausgerechnet in der Lösshöhle gefunden wurde, kann doch kein Zufall sein!« Kaltenbach gab sich nicht geschlagen. »Walter, was ist damals passiert? Was war mit Andi?«

»Genug jetzt!« Walter wurde unwirsch. »Es war eine üble Sache. Und es war allein seine Entscheidung.« Sein Blick wurde starr. »Und dass Jürgen den toten Enzo nach Bickensohl gebracht hat – keine Ahnung! Lächerliche Symbolik. Enzo, Gegge, Leo – er will uns nicht nur fertigmachen, er will uns demütigen!«

Kaltenbach merkte, wie der Moment verloren ging. Einen Versuch wagte er noch. »Und Lissy? Wo ist sie jetzt? Was wurde aus ihr?«

»Keine Ahnung. Sie war von heute auf morgen verschwunden. Lothar, belaste dich nicht mit solchen alten Geschichten. Schluss. Aus. Vorbei.« Walter begann, das Geschirr zusammenzuräumen. »Wir sollten stattdessen überlegen, wie es jetzt mit Jürgen weitergeht. Die Gefahr ist größer als zuvor. Jeder von uns kann der Nächste sein.« Er schüttelte verärgert den Kopf. »Und gleichzeitig macht er sich zum Medienstar.«

Kaltenbach sah ein, dass er nicht weiter kam. Er entschied sich, Walter nicht noch mehr zu drängen. »Vielleicht braucht er Geld?«, meinte er, während Walter Teller und Besteck in die Spülmaschine einräumte. »Ich habe gehört, die Presseleute lassen sich solche Exklusivberichte ganz schön was kosten.«

»Geld?« Walter lachte kurz auf. »Jürgen braucht kein Geld. Bei dem Überfall damals war von Millionenbeträgen die Rede. Da bleibt auch in Euro noch eine ganze Menge übrig. Nein, nein. Dem geht es um ganz andere Dinge. Er will seine Macht auskosten. Er will uns im Nachhinein beweisen, dass er der Beste war.«

»Willst du nicht doch die Polizei einschalten?«

»Die Polizei?« Walter steckte die leere Bierflasche in den Kasten neben der Spüle. »Die kriegen ja noch nicht einmal heraus, wer die Opfer waren! Und selbst wenn: Sollen wir Personenschutz beantragen? Dauerbewachung für alle Korsaren, verstreut über halb Deutschland?«

»Aber wir könnten ihnen doch sagen, was wir wissen. Grafmüller hat auch schon einiges herausgefunden, und wenn wir …«

»Vergiss es!«, fuhr Walter dazwischen. »Für die ist das doch alles nur Spekulation. Das ist kein Tatort-Krimi, der mal eben in 90 Minuten abgewickelt wird. Das sind sture Beamte, die der Reihe nach schön bürokratisch alles durchnudeln.«

Kaltenbach erschrak, als sein Blick auf die große alte Küchenuhr fiel. Es war höchste Zeit, zurück in den Laden zu gehen. Doch so konnte er Walter nicht zurücklassen. »Ich habe eine Idee, was wir zusätzlich zu der Beschattung in Merzhausen machen könnten. Die Tatorte! Bisher wurden alle drei an Orten gefunden, die ihr früher genutzt habt. Wir könnten dort hin und uns einmal umschauen. Vielleicht entdecken wir etwas, das wir bisher übersehen haben. Irgendeinen neuen Zusammenhang.«

»Du meinst, eine Art ›Großen Plan‹, nach dem Jürgen vorgeht?«

»So in etwa«, antwortete Kaltenbach. Im Stillen waren seine Zweifel an Wankas Schuld nicht geringer geworden. Über der ganzen Sache lag immer noch ein merkwürdiger Schleier.

»Ich bin da nicht so optimistisch, das ist ja alles ewig her. Aber vielleicht hast du recht«, meinte Walter. »Immer noch besser, als untätig herumzusitzen. Aber da gibt es schon noch ein paar, von denen du nichts weißt.«

»Ich muss los, tut mir leid.« Kaltenbach wandte sich zum Gehen. »Schreib mal alle auf. Für den Anfang könnten wir doch gleich einmal in euer ehemaliges Hauptquartier fahren. Am besten gleich heute Abend. Was hältst du davon?«

»Zum Höllsteig?« Walter zögerte. Kaltenbach kam es so vor, als ob sich ein Schatten über ihn legte. Doch er konnte sich getäuscht haben. »Gute Idee. Ich hole dich ab. Gleich um sechs. Da ist es noch einigermaßen hell.«

KAPITEL 18

»Natürlich! Ein Stuttgarter!« Kaltenbach fluchte, als die schwarze Nobelkarosse von der Überholspur sich direkt vor ihm auf die rechte Fahrbahn drängte. »Spätestens in Falkensteig sehen wir uns wieder!«

Walter reagierte nicht. Er saß mit aufgeklapptem Notebook auf dem Beifahrersitz und betrachtete die Bilddateien der letzten Stunden. Er hatte darauf gedrängt, vor der Fahrt in den Schwarzwald kurz in Merzhausen vorbeizuschauen und nach den aktuellen Aufnahmen zu sehen. Der Umweg hatte länger gedauert, als beabsichtigt. Draußen dämmerte es bereits.

»Wanka ist heute den ganzen Tag unterwegs«, meinte er, als er alles durchgesehen hatte. »Heute Morgen ist er früh weg. Wie gestern. Dieses Mal aber zu Fuß. Wahrscheinlich ist er zur Straßenbahnhaltestelle. Seither ist er nicht zurückgekommen. Jedenfalls finde ich nichts, auch nicht auf den Aufnahmen mit dem Tele.«

»Und sonst?« Kaltenbach hatte etwas Abstand zu dem Mercedes gelassen und fuhr jetzt in gleichmäßigem Tempo. Die Berge um das Dreisamtal rückten allmählich näher.

»Seine Schwester. Nichts Auffälliges. Dann noch ein Paketbote von einem Zustelldienst um – Moment – 11.14 Uhr. Ein kleines Päckchen, mehr ist nicht zu erkennen. Das ist alles.« Er klappte den Rechner zu. »Vielleicht ist das Ganze doch keine so gute Idee«, seufzte er und sah zum Fenster hinaus.

»Wohin fahren wir eigentlich genau?«, wollte Kaltenbach wissen, als sie unter dem markanten Fels mit dem Hirsch vorbeifuhren. Dies war die engste Stelle des Höllentals, dahinter erweiterte sich die Straße wieder auf drei Spuren.

Am Ende des Höllentals wand sich die Bundesstraße in engen Serpentinen steil den Berg nach Hinterzarten hinauf. Die Ausfahrt zum Höllsteig kam kurz davor. Kaltenbach schaltete zurück und bog rechts ab. Kurz hinter der Unterführung lag das Areal des »Hofgut Sternen« vor ihnen.

Jahrhundertelang war der Höllsteig ein wichtiger Zwischenhalt für alle, die in diesem Teil des Schwarzwaldes die Berge durchqueren mussten. Händler zu Fuß und zu Pferd, Bauern, Reisende, aber auch Soldaten folgten von Freiburg aus dem Lauf des kleinen Flusses, ehe es auf schmalen Pfaden steil nach oben ging. Schon früh hatte man hier eine Kapelle und eine Raststation gebaut.

Heute erinnerte lediglich ein überdimensionales Gemälde an der Außenfassade des modernen Hotels an die alten mühevollen Zeiten, als 1770 der Brautzug der damals 14-jährigen Marie Antoinette von Wien durch die damals habsburgischen Lande bis zum Rhein gebracht wurde, wo sie ihr künftiger Gatte, der Thronerbe von Frankreich, empfing.

Rund um das alte Rasthaus, in dem schon Goethe übernachtet hatte, waren außer dem Hotel im Lauf der Zeit ein Restaurant, eine Glasbläserei und ein riesiger Souvenirladen entstanden. Touristischer Höhepunkt war ohne Zweifel die Eisenbahnbrücke, die an dieser Stelle das Talende in riesigen Bögen in über 30 Metern Höhe überspannte. Dahinter führte ein schmaler Pfad in die Ravennaschlucht, ein beliebtes Ausflugsziel für Wanderer.

»Am besten, du parkst beim ›Sternen‹. Von dort aus gehen wir dann zu Fuß weiter.«

Es war gegen halb acht, als Kaltenbach den Wagen auf dem Parkplatz vor dem Hotel abstellte. Um diese Zeit waren die großen Reisebusse längst verschwunden. Lediglich die Autos der Übernachtungsgäste und einiger verspäteter Wanderer verloren sich auf der großen Fläche.

»Genau genommen waren es sogar drei Orte, an denen wir zusammenkamen«, meinte Walter, nachdem sie ausgestiegen waren. Er zeigte mit der Hand auf den steilen Hang, an dem die Bahnlinie hinter Bäumen verborgen nach oben führte. »Das Hauptquartier war oben beim alten Bahnhof. Von hier aus siehst du das kaum.«

Kaltenbachs Blick wanderte nach oben. Das ganze Tal lag bereits im Schatten. Die letzten Strahlen der Abendsonne streiften hoch oben die steinernen Abhänge des Piketfelsens und der Kaiserwacht.

»Und die anderen?«

»In der Ravennaschlucht. In der alten Mühle. Und dahinter …« Walter brach ab. »Das war aber nur bei besonderen Anlässen. Zum Beispiel wenn ein neues Mitglied aufgenommen wurde. Oder, wenn wichtige Entscheidungen getroffen wurden. Rollo wollte das so.«

»Dann gehen wir doch dort als Erstes hin, so lange man noch etwas sieht!«

Walter wirkte unentschlossen. »Ich weiß nicht. Es ist ein gutes Stück zu laufen. Und die Schlucht ist in der Dämmerung nicht ungefährlich.«

»Jetzt kommt schon«, ermunterte ihn Kaltenbach, dem Walters Zögern nicht entgangen war. »Wo ist dein Abenteuergeist geblieben? Als Teenager warst du doch auch nicht so. Erinnere dich einfach an eure Korsarenzeiten!«

»Na schön«, brummte Walter. »Gehen wir. Dann aber schnell, ehe es dunkel wird.«

Sie gingen unter der Brücke hindurch und folgten dem Bachlauf in die Schlucht hinein. Schon nach wenigen Schritten musste Kaltenbach zugeben, dass sein Freund recht gehabt hatte. Der kiesbestreute schmale Pfad lag bereits im Halbdunkel. Über ihnen wölbten sich mächtige Fichten, die hinter ihren dunkelgrünen Wedeln den Abendhimmel nur erahnen ließen. Von beiden Seiten rückten die Felswände bedrohlich nahe heran. Neben dem Weg schäumte das Wasser über Steine und heruntergestürzte dicke Äste. Das ständige Rauschen übertönte alle übrigen Geräusche. An einzelnen Stellen wehte feine kühle Feuchte heran.

Jetzt, da er sich aufgerafft hatte, bewegte sich Walter mit erstaunlicher Sicherheit den schmalen Pfad entlang. Kaltenbach hatte Mühe, Schritt zu halten. Dazwischen gab es immer wieder steile an die Felswand gelehnte Treppen, die ihn außer Atem brachten.

In einer scharfen Biegung machte Walter an einem mannshohen glatten Felsen halt und wartete, bis Kaltenbach wieder aufgeschlossen hatte. Er fuhr mit der Hand durch eine deutlich sichtbare Vertiefung an der Oberseite. »Der Keltenstein. Rollo erzählte uns, dass es hier einst Opfer gegeben habe.« Er zeigte auf eine schmale Vertiefung, die wie eine Rinne an der Seite nach unten führte.

Kaltenbach wurde es mulmig. »Blutopfer?«, fragte er vorsichtig.

»Das weiß keiner. Vielleicht hatte er es sich auch nur für uns ausgedacht. Aber das war nicht wichtig. Es kam auf die Stimmung an. Manchmal haben wir Wasser vom Bach geholt und in die Schale gefüllt. Symbolisch natürlich.«

»Natürlich.« Kaltenbach war die Sache nicht geheuer. »Gehen wir weiter«, sagte er rasch und wandte sich zurück auf den Pfad.

Ein paar Minuten später tauchte vor ihnen die Silhouette eines niedrigen Gebäudes auf. Die Felsen wichen an dieser Stelle ein wenig zurück, sodass ein kleiner Platz davor sichtbar war.

»Die Mühle«, sagte Walter. »Hier war ich ewig nicht mehr!«

Kaltenbach kannte den Ort. Die Großjockenmühle gehörte früher zu einem Bauernhof oberhalb der Schlucht. Manchmal wurde sie für Touristen wieder in Betrieb genommen. Erst in diesem Sommer war Kaltenbach mit Luise von Breitnau aus den Weg heruntergewandert.

Doch was am hellen Tag ein romantisches Fotomotiv abgab, sah in den düsteren Schatten der Felsen und Bäume ganz anders aus. Von oben her wand sich der Zulauf für das Wasser wie eine erstarrte Schlange den Hang herunter. Unter dem feuchten, mit Moos und Flechten bewachsenen Schindeldach duckten sich Wände aus dicken Holzbalken, die alles Licht verschluckten.

Neben der Eingangstür hing ein Hinweisschild, auf dem Kaltenbach damals die Geschichte der Mühle gelesen hatte. Jetzt waren die Buchstaben bei dem fehlenden Licht nicht zu entziffern.

Die niedrige Tür war fest verschlossen. »Natürlich hatten wir einen Schlüssel«, sagte Walter. »Meist kamen wir nachts her. Kein Mensch ahnte, was wir trieben.«

Sie gingen langsam um das Haus herum. Auf der Rückseite gab es eine mit dicken Eisenstäben versperrte Öffnung. Kaltenbach knipste seine Taschenlampe an, die er vorsichtshalber mitgenommen hatte, und leuchtete hinein. Zwei hölzerne Zahnräder bildeten die Reste des ehemaligen Mahlwerks. Direkt daneben wand sich eine schmale Holztreppe nach oben. Im Hintergrund lag Metallgerümpel.

»Das ist aber nicht groß«, entfuhr es Kaltenbach. »Da war doch nie im Leben Platz für euch alle!«

»Natürlich nicht«, entgegnete Walter. »Aber es täuscht, was du von hier aus siehst. Unter der Treppe ist noch der große Mahlstein mit einem Trog davor. Und es gab sogar zwei Ebenen, auf denen man sitzen konnte. Aber du hast recht. Wie schon gesagt, wir nutzten die Mühle nur für besondere Anlässe. Meist waren wir dann die 13 vom Anfang. Alles Symbolik. Rollo wollte das so.«

Kaltenbach schauderte. Das hörte sich fast so an wie bei Krabat und den Müllerburschen. Fehlte nur noch, dass sie sich in Raben verwandelten. Der Anführer musste seine Leute völlig im Griff gehabt haben.

»Auf jeden Fall kommen wir da jetzt nicht hinein«, seufzte er. »Schade. Du wirst ja wohl kaum einen Schlüssel dabei haben. Und was ist mit dem dritten Ort?«

»Das ist nicht ganz so einfach.« Wieder spürte Kaltenbach die kaum wahrnehmbare Unsicherheit in Walters Stimme. »Das geht von hier aus noch ein gutes Stück weiter die Schlucht hinauf. Und dann müssten wir klettern. Das ist heute nicht mehr zu schaffen.«

»Klettern?«

»Es gibt keinen Weg dort hinauf. Man sieht es auch nicht von unten.«

»Und was ist dort oben – noch eine Hütte? Oder eine Höhle?«

Walter schüttelte den Kopf. »Nein. Es ist einfach … Na ja. Ein besonderer Ort eben. Oder das, was wir damals daraus gemacht haben«, fügte er mit gedämpfter Stimme hinzu. Dann wandte er sich um. »Gehen wir lieber zurück. Für den alten Bahnhof könnte das Licht gerade noch reichen.«

Kaltenbach musste einsehen, dass Walter recht hatte. Unter den Bäumen war es mittlerweile so dunkel geworden, dass sie Mühe hatten, den Weg zurückzufinden. So rasch es ging, stolperten sie die schmalen Steige entlang des Baches wieder nach unten.

Als sich nach langen Minuten der Wald endlich wieder öffnete, war Kaltenbach erleichtert, dass sie die düstere Stimmung in der Schlucht hinter sich gelassen hatten. Direkt über ihnen überquerte in diesem Moment die Höllentalbahn die riesige Bogenbrücke. Die roten Doppelstockwagen hoben sich deutlich vor dem abendblauen Himmel ab. Ein paar Schritte weiter standen sie wieder vor dem Hotel. Eine kleine Brücke überspannte den Ravennabach, der hier munter gluckerte und am alten Zollhaus vorbei talabwärts floss. Vor der Hotelterrasse flammten die ersten Laternen auf. Aus einigen der Zimmer kam Licht.

»Jetzt hoch zum alten Bahnhof!« Walter wandte sich nach rechts.

Der geschotterte Weg führte gerade, aber stetig den Hang entlang aufwärts. Zum Berg hin war der Hang mit groben Steinquadern abgestützt. Links fiel das Gelände bereits nach wenigen Schritten steil ab und ging zum Tal hin in die Wiesen um die St.-Oswald-Kapelle über. Unter einer alleinstehenden ausladenden Fichte lagen ein paar Kühe und käuten wieder. In gleichmäßigen Abständen wölbten sich alte Kastanienbäume über den Weg.

Nach etwa 300 Metern unterquerten sie die Stahlbrücke der Höllentalbahn. Direkt danach tauchte vor ihnen der ehemalige Haltepunkt auf. Das Gebäude war ganz aus Holz gebaut und strahlte noch immer den Charme der Eisenbahnromantik früherer Jahre aus. Die geschnitzten Fenster- und Türrahmen waren noch gut erhalten, lediglich im oberen Stock war eine Scheibe eingeschlagen. Das Schindeldach war auf der Vorderseite über dem ehemaligen Bahnsteig tief heruntergezogen. Auf der ihnen zugewandten Seite stand eine halb zugewucherte Sitzbank.

»Der alte Höllsteigbahnhof!«, keuchte Kaltenbach, dem der Anstieg sichtlich Mühe bereitete. »Eines verstehe ich aber nicht. In den 70ern war der doch noch in Betrieb. Wie konntet ihr da euren Treffpunkt haben?«

Walter lächelte. »Ich habe nie gesagt, dass es der Bahnhof war. Im Gegenteil. Der war sozusagen unsere Tarnung. Kein Mensch hätte hier mehr vermutet. Hier geht's weiter!«

Fast hätte Kaltenbach den Weg übersehen, der hinter dem Haus weiter nach oben in den Wald führte. Der Zugang war mit langen Zweigen der umstehenden Büsche fast zugewachsen. Lianen und Schlingpflanzen hingen in langen Wedeln von den Ästen herab.

»Hier wohnt weit und breit kein Mensch. Diejenigen, die hier ein- und ausstiegen, waren ausschließlich Wanderer. Und die gingen von hier aus direkt zum ›Hofgut Sternen‹ und in die Ravennaschlucht. Außerdem war dieser Waldweg nie sonderlich gut gepflegt und daher leicht zu übersehen.«

»Und was ist dort oben?«

»Eine Forsthütte. Sogar eine ziemlich große. Als es zu mühsam wurde, den Wald zu bewirtschaften, wurde sie aufgegeben und stand lange leer, bis die Vermesser kamen. Damals ging es darum, eine geeignete Trasse für eine mögliche Schwarzwaldautobahn zu finden. Sie haben hier in der Gegend Probesprengungen gemacht und in der Hütte ihre Sachen gelagert. Als das Projekt aufgegeben wurde, war die Hütte rasch wieder vergessen. Rollo war damals bei den Protesten dabei und hat sie entdeckt.«

Kaltenbach zeigte auf eine Stelle, an der ein paar Zweige abgeknickt waren. »Hier scheint aber vor Kurzem jemand gewesen zu sein. Und hier: sieh mal, am Boden!« In der feuchten Erde waren frische Eindrücke zu sehen. »Das sind Reifenspuren!«

Walter bückte sich und betrachtete das Laub in der Fahrspur. »Ziemlich breit sogar. Das könnte ein SUV gewesen sein. Oder ein Geländewagen.«

»Vielleicht wird die Hütte doch wieder genutzt«, meinte Kaltenbach. »Vielleicht gibt es jetzt einen Grillplatz dort oben!«

»Vielleicht.« Walter stand auf. »Mir kommt das merkwürdig vor.« Er bog ein paar Ranken zur Seite und ging weiter. »Wir sollten vorsichtig sein.«

Je weiter sie aufwärts stapften, desto mehr Zeichen sahen sie, dass hier kürzlich ein Fahrzeug entlanggefahren war. Immer wieder gab es frische Spuren in der feuchten Erde. Ansonsten sah der Weg nicht aus, als sei er oft benutzt worden. Überall wuchsen Gras und Moos, dazwischen Laub, das noch vom Vorjahr stammte.

Nach ein paar Minuten endete der Weg unvermittelt an einer Lichtung. Wenige Schritte vor ihnen stand eine Hütte, die mit ihrer Rückseite an den Fels gebaut war. Der ganz mit Gras bewachsene Platz davor war auf zwei Seiten von Bäumen begrenzt, nach Westen hin war er offen, so dass die Bergkette auf der gegenüberliegenden Talseite zu sehen war. Um die Reste einer Feuerstelle lagen Dosen und Chipstüten verstreut auf dem Boden.

»Schau mal dort!« Kaltenbach hielt Walter zurück und wies zum offenen Rand des Platzes. »Da sitzt einer!«

Am Rande des Platzes lag zwischen zwei Steinen ein dicker Baumstamm. Auf dem Boden direkt davor war eine Gestalt zu erkennen. Sie hatte ihr Gesicht in Richtung Tal gewandt. In der Ferne sah man das beginnende Farbenspiel des Sonnenuntergangs.

»Ein Romantiker, der noch weiß, was schön ist!«, meinte Kaltenbach. »Ist doch herrlich hier oben. Oder ein Penner, der hier übernachtet.«

Walter blieb stehen. »Mit Geländewagen? Ich weiß nicht.« Halb hinter der Hütte sahen sie jetzt eine dunkelfarbige Kühlerhaube.

»Egal. Der ist harmlos. Komm, wir gehen hin.« Kaltenbach trat auf den offenen Platz. »Hallo! Schön, heute Abend, nicht wahr?«, rief er von Weitem, um den anderen nicht zu erschrecken. Dieser schien ganz in den Anblick des Abendhimmels versunken.

»Stört es Sie, wenn …« Kaltenbach hielt plötzlich inne. Der Mann bewegte sich nicht. Sein Gesicht war starr. Die Augen waren weit aufgerissen.

»Ist Ihnen nicht wohl?« Kaltenbach fasste den Mann an der Schulter, doch dieser kippte im selben Moment zur Seite und fiel auf den Boden.

»Der ist völlig daneben«, meinte Kaltenbach und hob die Hände. »Auf Drogen. Oder besoffen, was weiß ich. Komm, hilf mir, wir setzen ihn aufrecht.«

Gemeinsam packten sie den am Boden Liegenden unter den Schultern. Gleich darauf zuckte Kaltenbach zurück, als er etwas Feuchtes an den Händen spürte.

»Scheiße«, entfuhr es ihm. »Da stimmt etwas nicht.«

Walter drehte den Kopf des Mannes nach oben und fuhr entsetzt zurück. Kaltenbach schlug die Hand vor den Mund. Die beiden Männer starrten in das Gesicht von Jürgen Wanka.

In der nächsten Sekunde zerriss ein ohrenbetäubender Knall die Stille. Kaltenbach fuhr erschrocken zusammen. Gleichzeitig sah er, wie Walter neben ihm zu Boden stürzte.

»Walter!«, schrie Kaltenbach. Im selben Moment spürte er einen heftigen Schlag an seiner Schulter. Ein heißer Schmerz durchzuckte ihn. Blitzschnell duckte er sich, doch sofort sah er, dass die Bank keine Deckung bot. Mit einem Satz sprang er auf und rannte so schnell er konnte die wenigen Schritte unter die Bäume. Wieder hörte er einen lauten Knall. Holz splitterte über seinem Kopf. Kaltenbach sah hinter der Hütte einen Mann hervorkommen. In seiner Hand hielt er eine Waffe und zielte auf ihn. Ohne nachzudenken, drehte er sich um und rannte, so schnell er konnte, den Weg hinunter.

Sofort wurde es dunkel um ihn. Inständig hoffte er, dass der andere ihn nicht erkennen konnte. Erneut pfiff ihm eine Kugel hinterher. Kaltenbach stolperte, raffte sich wieder auf, hastete weiter. Es gab keine Möglichkeit, auszuweichen. Nach rechts fiel der Hang direkt ins Tal ab, auf der anderen Seite ging es steil empor. Der Weg nach unten war seine einzige Chance.

Was war mit Walter? Wieso war Wanka tot? Und wer war der Unbekannte? Wirre Gedanken flogen in seinem Kopf hin und her. Doch er musste aufpassen. Im Dunkeln konnte er kaum erkennen, wo er hintrat. Zweige schlugen ihm ins Gesicht. Er hob die Arme und spürte gleichzeitig den heftigen Schmerz in der Schulter. Er durfte jetzt nicht nachlassen. Wenn er stolperte, war alles aus.

Mit einem Schlag brach er unter den Bäumen hervor ins Freie. Neben dem Weg tauchte die Silhouette des alten Bahnhofs auf. Für einen Moment überlegte er, sich dort zu verstecken. Doch er verwarf den Gedanken sofort. Bestimmt war alles verschlossen. Und was dahinter kam, wusste er nicht.

Kaltenbach atmete schwer. Seine Lunge brannte, die Schulter schmerzte wie Feuer. Er spürte, wie sein linker Fußknöchel pochte. Es half nichts. Er musste das Hotel erreichen. Dort war Licht, gab es Menschen. Dort würde es der Unbekannte nicht wagen, ihn weiter zu verfolgen.

Plötzlich hörte Kaltenbach oben am Berg einen Motor aufheulen. Der Geländewagen! Der Schütze musste zurückgelaufen sein und verfolgte ihn jetzt mit dem Auto! Das Geräusch kam rasch näher. Kaltenbach sah nach oben. Zwei kräftige Scheinwerferkegel bohrten sich durch das Abenddunkel. Das Licht zuckte auf und ab und wurde größer.

Panische Angst überfiel ihn. Für einen Moment war er wie gelähmt. Wieder krachte ein Schuss, vom Felsen neben ihm flogen Steinsplitter. Blitzschnell wog Kaltenbach seine Chancen ab. Zur Seite gab es keinerlei Deckung. Bis hinunter ins Tal war es nicht mehr weit, doch der Wagen würde ihn schon nach wenigen Sekunden einholen.

Die Bahnlinie! Wenn es ihm gelang, auf die Gleise zu kommen, würde seinem Verfolger zumindest der Wagen nichts mehr nützen. Dann konnte er versuchen, ihm im Dunkeln zu entkommen.

Kaltenbach sprang über einen kleinen Graben und kletterte die zwei Meter zu dem Gleisbett empor. Zur Rechten lag der Bahnhof, den er vermeiden wollte. Er musste in die Gegenrichtung. Er konnte nur hoffen, dass nicht ausgerechnet jetzt der Zug kommen würde.

Der Schienenweg war so schmal, dass links und rechts der Gleise kaum Platz war, vorwärtszukommen. Kaltenbach trat auf die Schwellen und sprang von einer zur nächsten. Er durfte nicht auf den Schotter dazwischen treten. Schon nach wenigen Sekunden musste er erneut innehalten. Er sah zurück. Das Licht der Autoscheinwerfer war jetzt genau an der Stelle, von der er losgelaufen war. Ob der Schütze ihm nachkommen würde? Erst jetzt wurde Kaltenbach bewusst, dass die Bahnstrecke keine Deckung bot und bestens einzusehen war. Rasch drehte er sich um und hastete weiter. Die Schmerzen in der Schulter und im Knöchel ignorierte er. Er durfte jetzt nicht locker lassen. Wenn es ihm gelang, den anderen nicht näherkommen zu lassen, hatte er eine Chance.

Mit einem Mal wich das Buschwerk zu beiden Seiten zurück. Kaltenbach wäre vor Überraschung beinahe gestolpert. Obwohl es fast dunkel war, sah er, dass links und rechts das Gelände steil abfiel. Er war am Rande der Brücke angelangt. Tief unter sich schimmerten die Lichter auf der Terrasse des Hotels.

Kaltenbach schauderte. Er hatte das Gefühl, dass der Boden unter seinen Füßen wegglitt. Er stolperte noch ein paar Schritte weiter, dann blieb er stehen. Sein Atem ging stoßweise.

Wieder sah er zurück. Das Licht der Scheinwerfer war nicht mehr zu sehen. Kaltenbach zwang sich zur Ruhe. Er versuchte, auf die Geräusche zu achten. Aus der entgegengesetzten Richtung hörte er das entfernte Brummen der Autos auf der Bundesstraße. Kleine Lichtpünktchen bewegten sich den gewundenen Anstieg nach Hinterzarten hinauf. Vom altem Höllsteigbahnhof her hörte er ein Klacken von Steinen, das rasch näherkam. Der Verfolger war immer noch hinter ihm her!

Doch es gab noch ein weiteres Geräusch. Ein leises, kaum wahrnehmbares Summen kam von den Schienen herauf. Kaltenbach brauchte einen Moment, um zu verstehen, was das bedeutete. Dann brach ihm der Schweiß aus allen Poren.

Der Zug!

Kaltenbach schwindelte. Er musste schleunigst hier weg. In wenigen Augenblicken würde die Höllentalbahn hier durchkommen!

Eine Umkehr war unmöglich, wenn er nicht dem Schützen direkt vor die Füße laufen wollte. Es blieb nur eine Möglichkeit. Er musste das andere Ende der Brücke erreichen.

Er nahm alle Kraft zusammen und zwang sich vorwärts, Schritt für Schritt, Schwelle für Schwelle. Die Angst vor der Höhe zerrte an seinen Gedanken. Wenn er jetzt nach unten sah, war er verloren. Er durfte unter keinen Umständen die Vorstellung zulassen, dass es links und rechts viele Meter senkrecht nach unten ging.

Es war unmöglich, zu schätzen, wie weit es noch bis zum anderen Ende der Brücke war. Er musste weiter. Immer weiter! Seinen Verfolger hörte er nicht mehr. Dafür mischte sich in sein Keuchen immer deutlicher das metallische Surren der Gleise. Sekunden später sah er den Zug.

Glühenden Augen gleich fraßen sich die roten Lichter durch das Dunkel. Ein paar Sekunden noch. Der Lokführer würde unmöglich bremsen können.

Kaltenbach stolperte, stürzte, rollte sich mit letzter Kraft zur Seite. Er fand keinen Halt, rutschte den Schotter herunter, blieb irgendwo hängen.

Im selben Moment donnerte der Zug direkt an seinem Kopf vorbei. Funken stoben auf. Es roch nach Stahl und heißem Stein. Das Dröhnen der Räder grub sich durch seinen Schädel, walzte alle Gedanken weg. Die Zeit stand still.

Kaltenbachs Innerstes löste sich aus seinem Körper und wurde leicht. Der höllische Lärm ging über in einen ratternden Rhythmus, der schwächer wurde und sich rasch in der Ferne verlor.

Kaltenbach öffnete die Augen und sah über sich einen dunklen Schatten, den er mit ziemlicher Mühe als das Metallgitter erkannte, das seinen Sturz aufgehalten hatte. Im selben Moment wurde ihm klar, in welch prekärer Situation er sich befand. Er hing an der Innenseite des Brückengeländers, 40 Meter über der Schlucht.

Schwindel erfasste ihn. Kaltenbach musste den Gedanken an die Tiefe unter sich aushalten. Ob das Geländer ihn aushielt? Kaltenbach wagte es nicht, sich zu rühren. Jede falsche Bewegung konnte das Ende bedeuten.

Um ihn umher war es jetzt völlig still. Das Herz klopfte ihm bis zum Hals. Vorsichtig drehte er den Kopf. Das Nachtblau des Himmels über ihm wurde langsam von der Schwärze verschluckt. Zwischen Wolkenfetzen schimmerten die ersten Sterne.

Der Schmerz kam zurück. Er merkte, dass er mit dem Gewicht seines Oberkörpers auf der verletzten Schulter lag. Gleichzeitig spürte er, wie es kalt wurde. Er musste etwas tun. Keiner würde ihm hier zu Hilfe kommen.

Direkt über ihm befand sich eine Strebe des Geländers. Mit seiner freien Hand fasste er vorsichtig das kühle Metall. Mit allergrößter Vorsicht begann er, sich millimeterweise nach oben zu ziehen. Wenn es jetzt nachgab, würde er sofort abstürzen.

Plötzlich ertastete er mit einem Fuß eine Stelle, an der er sich abstützen konnte. Der Schmerz war kaum auszuhalten, doch Kaltenbach ließ jetzt nicht mehr locker. Er erreichte die Senkrechte, fühlte, wie sich sein Gewicht selbst trug. Mit einem letzten energischen Kraftaufwand drehte er den Oberkörper zu den Schienen herum. Völlig erschöpft ließ er sich auf den Gleisschotter fallen.

Erst langsam kamen seine Gedanken zurück. Er wusste nicht, wie lange er so gelegen hatte, als er mit einem Mal erneut das leise Vibrieren der Schienen spürte. Der Gegenzug aus dem Tal herauf! Er konnte jeden Moment hier sein. Er musste dringend weg von hier.

Kaltenbach stand auf. Was war mit seinem Verfolger? Ob er vermutete, dass Kaltenbach von dem Zug überrascht worden und abgestürzt war? Oder wartete er bereits auf ihn? Er konnte nicht zurück.

Kaltenbach riskierte einen Blick nach unten. Die Lichter des Hotels lagen bereits ein gutes Stück hinter ihm. Bergaufwärts schienen die Scheinwerfer der Autos auf dem Höllsteig nicht mehr allzu weit entfernt zu sein. Er konnte es schaffen, auf die andere Seite der Brücke zu gelangen. Er musste!

Entschlossen setzte er Schritt um Schritt auf die Bahnschwellen. Das rote Signallicht, das das Ende der Brücke kennzeichnete, kam jetzt rasch näher. Kaltenbach sah, wie die Büsche wieder an die Geleise heranrückten, ehe sie einige Meter weiter in einem Tunnel verschwanden. Am Ende der Brücke schleppte er sich noch ein paar Schritte weiter. Dann sprang er mit einem Satz hinunter auf die Erde. Erschöpft ließ er sich im Gras zu Boden fallen.

Nicht nur die Schulter, sein ganzer Körper schmerzte. Seine Hände und Beine schlotterten vor Kälte und Anstrengung. Doch es war vorbei. Er hatte es geschafft.

Als Kaltenbach langsam wieder Herr über seine Gedanken und Empfindungen wurde, merkte er, dass das Zittern an seinem Bein von seinem Handy kam. Er wusste nicht, wie lange es schon in seiner Hosentasche vibriert hatte. Sein Herz schlug schneller, als er den Namen des Anrufers auf dem schwach leuchtenden Display las.

»Walter! Wo bist du?«, sprudelte es aus ihm heraus. »Geht es dir gut? Ich dachte schon …«

»Sag mir lieber, was mit dir ist!« Die Stimme seines Freundes klang aufgeregt. Doch für Kaltenbach war es, als spielte eine lange vergessene Musik.

KAPITEL 19

»Jetzt trink! Langsam.«

Kaltenbach richtete sich auf dem Sofa auf und nippte ohne große Begeisterung an der Tasse mit dem weiß-roten Herzchenmuster.

»Ein Glas Rotwein wäre mir lieber«, knurrte er und kräuselte die Lippen. Walter saß am Tisch daneben und feixte.

»Alles schön der Reihe nach.« Luise ließ sich nicht erweichen. »Die ganze Tasse.«

Mittlerweile war es kurz vor Mitternacht. Der Duft von Lavendel und Kamille erfüllte den Raum. Kaltenbach blies in den heißen Tee, versuchte erneut einen kleinen Schluck, dann lehnte er sich vorsichtig wieder zurück. Luise hatte die Schulter gleich nach ihrer Ankunft mit warmem Wasser gewaschen und einen Verband angelegt. Obwohl die Kugel ihn nur gestreift hatte, schmerzte die Wunde bei jeder Bewegung.

»Du hast einen Haufen Glück gehabt«, meinte Walter.

»Und dass du es über das Viadukt geschafft hast! Ich wäre gestorben vor Angst.« In Luises Stimme schwangen Bewunderung und Erleichterung.

»Bin ich ja auch. Erschossen, überfahren, zerquetscht, abgestürzt.« Kaltenbach versuchte, die Erinnerung an die letzten Stunden mit Humor abzuschwächen. Doch der Schmerz ließ ihn rasch wieder zusammenfahren. »Am schlimmsten war die Ungewissheit, ob es Walter erwischt hatte.«

»Purer Reflex. Ich habe mich sofort fallen lassen, als der Schuss fiel. Es heißt ja, dass man die Kugel nicht hört, von der man getroffen wird.«

»Hast du gesehen, wer der Schütze war?«

»Nein. Das ging alles viel zu schnell. Ich weiß nicht einmal, ob es ein Mann oder eine Frau war. Du bist weggerannt, und kurz darauf ist der andere mit dem Auto losgerast. Er muss gedacht haben, ich sei tot.«

Luise hatte inzwischen einen Teller mit belegten Broten auf den Tisch gestellt. Walter biss in eine Tomate. »Ich kam mir völlig hilflos vor. Den Weg herauf krachten die Schüsse, neben mir lag Jürgen auf dem Boden.«

»Ist er tot?«

»Jürgen?« Walter nickte. »Ich konnte nichts mehr tun. Seine Haut war schon kühl. Irgendwann bin ich dann den Weg nach unten gestolpert.«

»Hast du den Wagen gesehen?«

»Es war nichts mehr zu sehen und nichts mehr zu hören. Auch unten beim ›Sternen‹ nicht. Ich hatte dann die Idee, dich anzurufen. Du kannst dir vorstellen, wie erleichtert ich war, deine Stimme zu hören. Als du gekommen warst, habe ich uns gleich hierher gefahren. Du hast zum Fürchten ausgesehen.«

»Wenn Lothar Fieber bekommt, werden wir ihn zum Arzt bringen müssen«, meinte Luise. Sie saß neben Kaltenbach auf dem Sofa und streichelte seine Hand.

»Aber …«

»Polizei hin oder her. Lothars Gesundheit ist jetzt am wichtigsten.« Ihre Stimme klang entschieden. »Außerdem ist doch jetzt eine völlig neue Situation entstanden.«

»Wie meinst du das?«, fragte Kaltenbach.

»Jürgen Wanka ist tot. Ermordet, wie es aussieht.«

»Ja und weiter?«

»Damit ist er keine Bedrohung mehr. Nicht für dich, Walter, und nicht mehr für die ›Roten Korsaren‹. Das klingt zwar kaltherzig, aber es ist so. Es sei denn …« Sie zwirbelte nachdenklich eine ihrer blonden Lockensträhnen. »Es sei denn, Walters Verdacht war falsch. Von Anfang an.«

Kaltenbach nickte. »Das hieße, Wanka hatte mit den drei Toten nichts zu tun. Das hieße aber auch, dass die Gefahr noch nicht vorüber ist.«

»Langsam, langsam.« Walter stand auf. »Das geht mir zu schnell. Ich dachte, wir seien uns einig, dass nur Jürgen als Täter infrage kommt. Und für mich deutet immer noch alles darauf hin. Die verstellte Stimme, die Anrufe, das Zeichen, das Wissen um die Treffpunkte. Und vor allem: das Motiv!«

»Aber warum hat es dann auch ihn erwischt? Und vor allem: Wer ist der Unbekannte mit dem Auto?« Kaltenbach rutschte unruhig auf dem Sofa hin und her.

Walter wurde zornig. »Wer sagt, dass sich nicht auch andere Korsaren gewehrt haben?«, rief er aufgebracht. »So wie Leo. Er hat auch von sich aus gehandelt!«

»Wir wissen bis jetzt noch nicht, warum«, gab Kaltenbach ruhig zurück. »Außerdem scheinst du nicht mehr viel Vertrauen in das Gemeinschaftsgefühl der Korsaren zu haben.«

»Das hat damit überhaupt nichts zu tun!«, brauste Walter auf. »Tatsache ist, dass Enzo, Agge und Leo alle auf dieselbe Art umgebracht wurden. Tatsache ist, dass das Ganze begonnen hat, seit Jürgen aus dem Knast kam. Tatsache ist, dass er ein Motiv hatte.«

»Das haben außer dir und Hafner die anderen aber anscheinend nicht so gesehen. Warum ist denn niemand gekommen, als du um Hilfe gebeten hast? Gib doch zu, dass du dich verrannt hast!«

»Streitet euch nicht!«, ging Luise dazwischen. »Typische männliche Rechthaberei. Das bringt doch nichts!« Sie wandte sich zu Kaltenbach. »Wir sollten über Andi und

Lissy sprechen. Ich denke, es ist jetzt Zeit, alles auf den Tisch zu legen.«

Kaltenbach griff sich mit der Hand an die Schulter. Die Aufregung hatte den Schmerz verstärkt. »Ich denke, du hast recht. Aber zuerst brauche ich jetzt etwas Vernünftiges zu trinken.«

»Tee ist vernünftig«, sagte Luise und schenkte seine Tasse wieder voll. Dann begann sie zu erzählen.

Mit jedem Satz wurden Walters Augen größer. Als sie ihre Beobachtungen und Recherchen zu Andi, Lissy und dem geheimnisvollen Unbekannten beendet hatte, war er wie vor den Kopf geschlagen. »Ein Sohn von Andi und Lissy! Wer hätte das gedacht! Warum habt ihr das nicht früher gesagt?«

»Ich habe es ein paar Mal versucht«, antwortete Kaltenbach. »Du bist jedes Mal ausgewichen. Ich hatte den Eindruck, du wolltest das nicht hören.«

Walter schwieg. Kaltenbach sah, wie es in ihm arbeitete. »Du wirst zugeben, dass auch er zumindest ein Motiv haben könnte.«

»Du meinst, dass er uns die Schuld am Tod seines Vaters gibt?« Er schnaubte. »Lächerlich! Andi war am Ende. Es war seine Entscheidung. Und überhaupt heißt das noch gar nichts. Vielleicht hat Jürgen mit ihm zusammen …«

»Jetzt ist es aber gut!« Luise sprang auf und trat dicht vor ihn. »Wie kannst du nur so verbohrt sein! Wenn wir hier irgendwie weiterkommen wollen, ist es höchste Zeit, endlich Klartext zu reden. Keine Vermutungen mehr. Keine Ausflüchte. Ich denke, jetzt bist du an der Reihe!«

Kaltenbach staunte über Luises energisches Auftreten. Aber er musste ihr zustimmen. »Du solltest endlich reden, Walter. Es wird dich erleichtern.«

»Ich habe nichts zu sagen.« Walter verschränkte die Arme vor der Brust.

»Du willst nichts sagen!« Luise ließ jetzt nicht locker. »Vier Tote! Und wir sind keinen Schritt weiter! Walter, jetzt bist du an der Reihe!«

Walter biss sich auf die Lippen. »Was wollt ihr von mir?« Seine Stimme klang schwach.

Luise legte ihm ihre Hände auf die Schultern. »Sag einfach, wie es war. Was war damals mit Andi? Warum hat er sich umgebracht? Warum spricht niemand darüber?«

Walter sank in seinem Stuhl zusammen. Für einen Moment sah es aus, als würde er vornüber kippen. Sein Blick verlor sich irgendwo in der Ferne. Im Zimmer wurde es still.

»Andi war mein Freund«, begann Walter mit zitternder Stimme. »Er war ein Jahr jünger als ich. Er hatte gerade den Schulabschluss gemacht, als wir uns kennenlernten. Bei der Erstsemesterfeier an der Uni fiel er mir auf. Er war gut gelaunt, tanzte und flirtete. Und er war Irlandfan. So wie ich. Wir konnten stundenlang Tullamore trinken, von der Insel schwärmen und Pläne schmieden. Wir wollten sogar zusammen rübergehen. Irgendwann, wenn wir genug Geld hätten. Bei unseren Aktionen fühlten wir uns wie die irischen Freiheitskämpfer gegen die übermächtigen Engländer.«

Walter machte eine Pause. Er war jetzt ganz ruhig.

»War er von Anfang an bei euch?«

»Das war in der Zeit, als wir uns auf Wyhl und das AKW konzentrierten. Andi war begeistert. Das ist etwas, was gut für unsere Heimat ist, sagte er. Typisch Andi. Mit politischen Theorien hatte er nichts am Hut. Das genaue Gegenteil von Jürgen. Andi war ein Sonnyboy. Alle mochten ihn. Für viele war er der kommende Anführer.«

»Und Lissy?«

»Lissy kam noch später. Andi war sofort hin und weg. Auch bei ihr war es Liebe auf den ersten Blick. Die beiden waren unzertrennlich. Ein Traumpaar.«

Kaltenbach sah Bürkles Foto vor sich, wie die beiden eng umschlungen am Feuer saßen. »Was ist dann passiert?«

Walter setzte ein-, zweimal an, ehe er fortfuhr. »Anfangs fiel es gar nicht auf. Kleine Dinge, die nicht klappten. Ein Auto, das nicht ansprang. Übermalte oder heruntergerissene Plakate. Aktionen, die ins Leere liefen. Diese Sachen waren ärgerlich, aber keiner machte sich Gedanken. Einmal wurden drei von uns von einer bewaffneten Streife überrascht, als wir den Bauzaun aufschneiden wollten. Das gab einen Riesenärger. Festnahmen, Fingerabdrücke, Polizeifotos, Hausdurchsuchungen. Zum ersten Mal waren ein paar von uns richtig eingeschüchtert. Dabei hatten wir alles bestens geplant. Keiner wusste davon. Dachten wir.«

Kaltenbach hörte gespannt zu. So hatte er Walter noch nie erlebt. Seine Stimme zitterte. Immer wieder musste er zwischendurch absetzen.

»Es lief ja auch zunächst bestens. Wir waren bei der Bauplatzbesetzung dabei, halfen bei der Organisation, hielten Kontakt mit den Marckolsheimern drüben aus dem Elsass. Aber wir wollten mehr. Deutliche Zeichen setzen. Die Öffentlichkeit auf unsere Seite bringen. Die ›Rhischnooke‹, eine Gruppe aus Burkheim, bereiteten eine spektakuläre Aktion vor. In Breisach an der Rheinbrücke sollte ein riesiges Banner aufgehängt werden. Dazu Schiffe und Wasserskifahrer. Alle mit Fahnen, Transparenten und Ballons. So wie Greenpeace heutzutage. Und wir sollten mitmachen.«

»Andi auch?«

»Andi auch. Alles lief zunächst nach Plan. Die Presse war informiert, jeder wusste, was zu tun war. Wir setzten ganz auf den Überraschungseffekt. Wir waren schon auf der Brücke, die Boote waren startklar. Plötzlich war überall Polizei. Sie stürmten die Brücke, rissen alles nieder, schlugen auf uns ein. Schüsse fielen. Es war furchtbar. Ein paar von uns sind rüber nach Frankreich abgehauen, die meisten wurden verhaftet. Aber das Schlimmste kam noch.« Walters Blick wurde ernst. »Am Abend wurde hinter dem Breisacher Hafen ein Toter angeschwemmt. Er trug eine Polizeiuniform.«

»Ein Unfall?«

»Es hieß, er habe blaue Flecken gehabt. Manche sagten, er sei niedergeschlagen worden, ehe er ertrank. Offiziell ist das Ganze nie geklärt worden. Die Behörden haben es von Anfang an klein gehalten. Sie wollten unbedingt vermeiden, dass es noch mehr negative Aufmerksamkeit gab. Für uns war das natürlich ein schwerer Schlag. Keiner hatte eine Ahnung, warum die Aktion derart aus dem Ruder gelaufen war.«

Kaltenbach hielt den Atem an. Er ahnte, was jetzt kommen würde. »Andi?«

Walter schluckte. »Zugegeben hat er es nie. Aber die Indizien waren eindeutig. Briefverkehr, Telefonnummern von Polizei und Behörden, Geldsummen, die er nicht erklären konnte.«

»Was ist dann passiert?«

»Wir waren natürlich alle hoch empört. Schlimm genug, dass ein Polizist ums Leben gekommen war. Das Ideal der Gewaltfreiheit war zerbrochen. Aber Verrat war das Schändlichste. Als das herauskam, hat nicht viel gefehlt, und wir hätten uns an ihm vergriffen. Ein paar forderten das. Die waren blind vor Zorn und Enttäuschung. Aber Rollo wollte es nicht. Er hatte eine andere Idee. Der Verräter sollte geächtet werden.« Walter vermied es, Andis Namen auszusprechen. Die Gefühle übermannten ihn. Seine Augen funkelten.

»Was heißt das?«

»Wir haben Gericht über ihn gehalten. Ihn angeklagt. Ihn verurteilt. Und ihn aus der Gemeinschaft verstoßen.«

Kaltenbach spürte, wie eine Ahnung in ihm hochstieg. »Am Höllsteig?«

Walter nickte langsam. »Der dritte Ort, von dem ich dir erzählt habe. Hinten in der Ravennaschlucht. Es war eine Art umgekehrter Ritus. Von der Stunde an war der Verräter für uns so gut wie tot. Keiner sprach mehr mit ihm. Sein Name durfte nicht mehr genannt werden. Alle Kontakte wurden abgebrochen.«

Kaltenbach lief es kalt den Rücken herunter. »Und irgendwann …«

»Ein paar Wochen später fand man ihn. Er hatte sich aufgehängt. In einem unserer Verstecke am Kaiserstuhl. Jedem von uns war klar, dass dies sein endgültiges Schuldeingeständnis war.«

Walter schwieg. Das Sprechen hatte ihn sichtlich Mühe gekostet. Die jahrelang unterdrückten Gefühle standen ihm ins Gesicht geschrieben.

Kaltenbach hatte seine Schmerzen völlig vergessen. Walters Geschichte hatte ihn erschüttert. Allmählich verstand er, warum sein Freund über das Thema die ganze Zeit geschwiegen hatte. Trotz allem, was geschehen war, fühlte er sich wahrscheinlich in seinem Innersten mitschuldig an Andis Tod.

Luise hatte die ganze Zeit über schweigend danebengesessen. Auch sie war sichtlich mitgenommen. »Und Lissy?«, fragte sie. »Was wurde aus Andis Freundin?«

»Gegen sie gab es nichts. Trotzdem war allen klar, dass auch sie nicht mehr bleiben konnte. Doch sie wäre auch von sich aus gegangen. Sie hielt zu ihm. Bis zuletzt. Danach verschwand sie. Von heute auf morgen.«

»Und du weißt nicht, was aus ihr wurde? Das muss doch furchtbar für sie gewesen sein. Keiner von euch hat sich um sie gekümmert?«

»Ihr müsst das verstehen. Ich … wir waren voller Zorn und Enttäuschung. Noch lange danach. Allein ihr Anblick erinnerte jeden an das, was der Verräter uns angetan hatte. Alle haben sie geschnitten.«

»Und du weißt nicht, was aus ihr wurde? Wo sie lebt?«

»Die Ächtung war allumfassend. Keiner von uns weiß etwas, bis heute nicht. Na ja, Silvie vielleicht.«

»Silvie?«

»Mit ihr hatte sich Lissy immer besonders gut verstanden. Silvie hat ein großes Herz. Vielleicht weiß sie etwas. Es kann aber auch sein, dass Lissy gar nicht mehr lebt.«

Walter stand auf und schüttelte sich. Kaltenbach sah, dass er völlig erschöpft war. »Und jetzt ist es genug«, meinte er. »Ich fahre nach Hause und lege mich ins Bett.«

Luise trat zu ihm und legte ihre Hand auf seinen Arm. »Das kommt überhaupt nicht infrage. So lasse ich dich nicht gehen. Du bleibst hier und bekommst ein schönes Bett im Gästezimmer.«

Walter hob die Augen und sah sie an. »Vielleicht hast du recht«, sagte er leise.

KAPITEL 20

Durch die orangegelben Vorhänge drang gedämpftes Licht. Kaltenbach musste ein paar Male blinzeln, bis er wusste, wo er war. St. Georgen. Luises großes Doppelbett.

Der Platz neben ihm war leer. Kaltenbach griff nach Luises Kopfkissen und drückte seine Nase hinein. Der vertraute Geruch hing noch in den Laken. Kaltenbach streckte sich wohlig aus. Ein herrlicher, fauler Sonntagmorgen. Bestimmt kam Luise gleich mit frischen Brötchen.

Der plötzliche Schmerz zerrte sein Bewusstsein in die Realität zurück. Heute war Dienstag, und er musste schon längst im Laden sein. Die Schüsse, seine Flucht über die Brücke, der Zug. All das war erst wenige Stunden her.

Kaltenbach stellte die Füße neben das Bett und versuchte, aufzustehen. Gleichzeitig spürte er, dass nicht nur die Schulter schmerzte. Sein Fußknöchel pochte und war angeschwollen, seine Hände und Arme waren zerkratzt. Er zwang sich nach oben, dann schlurfte er zum Fenster und zog den Vorhang zur Seite. Draußen war es hell, ein klarer Herbsttag. Die bunten Blätter des Apfelbaums in Luises Garten leuchteten.

Kaltenbach sah auf die Uhr, es war bereits nach zehn. Auf dem Tisch in der Küche lag ein Zettel.

»Hab mich mit Silvie verabredet, bin gegen Mittag zurück«, las er. »Walter ist schon weg. Martina konnte nicht. K.D. weiß Bescheid. Ich liebe dich!«

Kaltenbach startete die Kaffeemaschine. Obwohl er sich fühlte, wie von einer Dampfwalze überfahren, musste er lächeln. Luise hatte an alles gedacht. Das Kürzel stand für Karl Duffner, Kaltenbachs Kollege aus der Weinhandlung in der Nachbarschaft. Mit ihm hatte er ausgemacht, dass er bei unvorhergesehenen Fällen ein Schild vor die Tür von Kaltenbachs Weinkeller hängte. Wegen Krankheit geschlossen.

Vielleicht war es besser so. Ein bisschen stimmte das ja auch. Kaltenbach fühlte sich nicht einmal in der Lage Auto zu fahren.

Dass Luise sich mit Silvie traf, überraschte ihn nicht. So war sie. Nicht lange überlegen. Vielleicht war in einem Gespräch von Frau zu Frau mehr zu erfahren, als er oder gar Walter erreicht hätten.

Im Kühlschrank fand Kaltenbach die restlichen Brote der vergangenen Nacht. Er trank einen Schluck heißen Kaffee und biss in ein Käsebrot. Es schmeckte wie Pappe, doch er kaute tapfer darauf herum. Allmählich konnte er wieder klarer denken. Vorsichtig betastete er seine Schulter. Luise hatte einen fachgerechten Verband angelegt. Trotzdem drückte es. Von der Mitte breitete sich ein leichter roter Fleck aus, der jedoch schon trocken war. Anscheinend hatte die Blutung aufgehört.

Er hatte Glück gehabt gestern. Ein paar Zentimeter weiter zur Seite, und er würde jetzt neben Wanka auf der Lichtung im Wald liegen. Kaltenbach schloss die Augen. Es schüttelte ihn, als er an die anschließende Verfolgungsjagd dachte. Im direkten Duell hätte er keine Chance gehabt.

Er trank einen weiteren Schluck Kaffee. Ob Walter inzwischen die Polizei benachrichtigt hatte? Dort oben kamen nicht unbedingt Wanderer vorbei. Es konnte Tage dauern, bis jemand den Toten fand.

Er nahm sich ein Schinkenbrot. Letztlich kam es darauf nicht an. Entscheidend war, dass Wankas Tod alle bisherigen Theorien infrage stellte. Gab es überhaupt einen Zusammenhang mit dem Tod von Leo und den anderen? War der Mörder in allen Fällen derselbe? Oder hatte Walter recht, wenn er zumindest die Möglichkeit offen ließ, dass einer der Korsaren auf eigene Faust gehandelt hatte und bis zum Äußersten gegangen war?

Kaltenbach stellte den Rest des Essens zurück in den Kühlschrank. Im Bad wusch er sich und zog sich mit vorsichtigen Bewegungen an. Sein Pflichtbewusstsein ließ ihn als Erstes in Emmendingen anrufen. Zum Glück fragte Duffner nicht groß nach. Stattdessen beruhigte er ihn. Martina würde ausnahmsweise über Mittag kommen und ihn für den Rest des Tages vertreten. Und so lange hing das Schild im Eingang.

Kaltenbach bedankte sich und wählte als Nächstes Luises Nummer. Doch hier hörte er nur ihre Stimme von der Mailbox. Dafür erfuhr er von Walter das Wichtigste.

»Du hattest Fieber«, sagte er. »Luise hat dir Umschläge gemacht. Ich glaube, sie hat die halbe Nacht gewacht. Und heute Morgen wollte sie dich unbedingt schlafen lassen.«

»Und wie geht es dir?«

»Geht schon. Ein bisschen müde, klar. Aber die Arbeit lenkt mich ab.«

»Bist du nicht froh, dass du gestern …« Kaltenbach brach ab. Er wollte Walters Seelenleben nicht schon wieder aufwühlen. Jetzt würde er Zeit brauchen. »Und Luise ist bei Silvie?«, fragte er stattdessen.

»Sie hofft, dass sie etwas über Lissy herausbekommt. Silvie war gleich einverstanden, dass sie sich treffen.«

»Was hältst du davon?«

»Ich bin da nicht so optimistisch. Andererseits – Silvie war schon immer recht emotional. Und sie hatte etwas Mütterliches. Es kann sein, dass sie das damals nicht so radikal hat sehen wollen wie die Übrigen. Wie lange bleibst du eigentlich noch in Freiburg? Ich muss mit dir reden«, sagte Walter unvermittelt. »Ich habe mir schon den ganzen Tag über Gedanken gemacht. Es gibt ein paar Sachen, die mir merkwürdig vorkommen. Zum Beispiel, dass Leos Wohnung durchsucht worden ist. Bei den anderen war das nicht so.«

»Stimmt. Meinst du, das könnte etwas zu bedeuten haben?«

»Bei vier Toten und einem Killer, der frei herumläuft, hat alles eine Bedeutung. Vielleicht finden wir neue Anhaltspunkte. Übrigens hat Luise die Polizei verständigt.«

»Wie bitte?« Kaltenbach glaubte, nicht richtig zu hören. »Willst du jetzt doch …?«

»Natürlich nicht! Keine Polizei. Aber sie wollte nicht, dass Wanka dort oben liegen bleibt. Sie hat angerufen, anonym. Ich konnte es ihr nicht verbieten.«

Kaltenbach spürte Erleichterung. Wenigstens im Tod sollte etwas Menschlichkeit Platz finden. »Komm doch heute Nachmittag auf einen Kaffee vorbei. Bis dahin wissen wir auch, ob Silvie uns weiterhelfen konnte«, sagte er. »Luise hat mir freigegeben.« Er lachte. »Den Weinkeller gibt es heute ohne Kaltenbach. Na ja, fast.«

Nachdem er aufgelegt hatte, versuchte es Kaltenbach noch einmal bei Luise. Doch erneut ging sie nicht an den Apparat. Er konnte nur hoffen, dass alles gut ging.

Kaltenbach entschied sich, die Zeit bis zu Luises Rückkehr am Rechner zu nutzen. Das moderne Macbook stand auf einem Sekretär in ihrem Arbeitszimmer im zweiten Stock. Seit der unschönen Trennung von ihrem Ehemann vor ein paar Jahren bewohnte sie das große Haus im Freiburger Stadtteil alleine.

Als Erstes versuchte Kaltenbach, etwas über die Aktion in Breisach zu finden, von der Walter erzählt hatte. Doch er hatte keinen Erfolg. Die digitalisierten Archive der Lokalzeitungen reichten nicht so weit zurück. Die übrigen Informationen waren äußerst spärlich und bestätigten lediglich in groben Zusammenfassungen, was er schon von Walter wusste. Zum Widerstand in Wyhl gab es dagegen etliche Artikel. Kaltenbach las sich fest, doch zu dem, was ihn interessierte, fand er auch hier nichts.

Nach einer Dreiviertelstunde spürte Kaltenbach, wie erschöpft er noch war. Er klappte den Rechner zu und ging zurück ins Wohnzimmer. Dort legte er sich aufs Sofa und war kurz darauf eingeschlafen.

Ein verführerischer Duft weckte ihn. Aus der Küche hörte er das Klappern von Tellern und Gläsern. Luises Kopf erschien in der Tür.

»Gleich gibt's was zur Stärkung!«, rief sie und kam kurz darauf mit einem Tablett und zwei großen gefüllten Suppenschalen zurück. Dazu hatte sie frisches Baguette aufgeschnitten.

»Et voilà: Gemüse à la saison! Lass es dir schmecken.«

Die Suppe war mit einem Sahnehäubchen und frischem Grün dekoriert und sah lecker aus. Kaltenbach aß langsam, aber mit gutem Appetit.

Luise freute sich, dass es ihm schmeckte. »Gut für die Heilung. Was macht die Schulter?«

»Schmerzt, wenn ich mich bewege. Pocht, wenn ich mich nicht bewege. Aber es geht.«

»Hattest du Fieber, während ich weg war?«, fragte sie besorgt.

Kaltenbach schüttelte den Kopf. »Ich habe viel geschlafen.«

»Ein gutes Zeichen. Heute Nacht hast du richtig schlecht ausgesehen. Ich werde dich nachher zum Arzt bringen.«

»Aber das geht nicht«, protestierte Kaltenbach. »Wenn er sieht, dass es eine Schussverletzung ist, wird er das melden müssen. Und wir hatten doch ausgemacht …«

»… keine Polizei. Ich weiß. Aber wir machen das anders. Du wirst schon sehen.«

Kaltenbach wusste, dass er Luise nicht würde umstimmen können. »Erzähl doch mal, du warst bei Silvie?«

»Es war gar nicht so schwierig, wie ich dachte. Ein Anruf heute Früh, und sie hat mich gleich zum Frühstück eingeladen.« Sie riss eine Scheibe Brot auseinander und tauchte sie ein. »Es fiel ihr nicht schwer, über Andi zu reden. Kein Vergleich zu Walter.«

Kaltenbach goss beiden ein Glas Wasser ein. »Wusste sie, was mit Lissy war?«

Luise nickte. »Ob sie auch an Andis Schuld glaubte, weiß ich nicht. Da hielt sie sich bedeckt. Aber sie hat Lissy nicht fallen gelassen wie die anderen. Vor allem nach Andis Tod hat sie sich um sie gekümmert und noch lange Zeit Kontakt gehalten.«

»Aber die Ächtung durch die Korsaren? Haben die anderen davon gewusst?«

»Anscheinend nicht. Aber das wäre ihr egal gewesen. Hast du gesehen, wie ihr Leos Tod nahe ging? Ihr waren immer die Menschen wichtig. Sogar zu Wanka hatte sie noch Kontakt, als er später den radikalen Weg eingeschlagen hatte.«

Kaltenbach ließ überrascht den Löffel sinken. »Zu Wanka? Weiß sie etwas von dem Überfall?«

»Leider nein. Ich habe sie das alles gefragt. Aber Wanka wollte niemanden in seine Pläne mit einbeziehen. Nach seiner Verhaftung in den 90ern hatte sie ihn sogar ein paar Mal im Gefängnis besucht und Briefe geschrieben. Irgendwann ist dann der Kontakt abgebrochen.«

»Aber sie hätte doch mit ihm sprechen können, als die Mordserie anfing! Weiß sie denn, ob er es war?«

»Sie wollte nicht darüber reden. Ich vermute, sie hatte genauso Angst wie Walter und die anderen.«

Kaltenbach aß die letzten Bissen und tunkte den Rest mit dem Weißbrot auf. »Was ist mit Lissy?«

Luise lehnte sich in ihrem Stuhl zurück. »Auf dem Weg zu Silvie habe ich lange überlegt, wie ich das ansprechen sollte. Ich habe mich dann entschieden, sie in alles einzuweihen, was wir herausgefunden haben.«

»Also auch über Lissys Sohn?«

»Auch über ihn. Er heißt übrigens auch Andreas. Wie sein Vater.«

»Und wie hat Silvie regiert?«

»Es schien ihr seltsam, dass du ihn gesehen und erkannt hast.«

»Und sonst?«

»Nichts weiter. Sie schien nicht mehr zu wissen. Vielleicht wollte sie auch nicht mehr sagen.«

Luise stellte die leeren Schalen ineinander und räumte den Tisch ab. Kaltenbach ging in der Zwischenzeit zurück ins Wohnzimmer und legte sich aufs Sofa.

»Wir müssen mit Lissy reden«, meinte er, als Luise mit ein paar Nachtischkeksen zurückkam. »Ich bin sicher, der Schlüssel liegt bei ihr und ihrem Sohn. Weiß Silvie denn, wo sie jetzt wohnt?«

Luise setzte sich neben ihn. »Nicht nur das«, sagte sie und steckte ihm einen Keks in den Mund. »Sie hat bei ihr angerufen. Und jetzt haben wir eine Verabredung. Heute gegen Abend. Du und ich bei Lissy. Was glaubst du, warum ich versuche, dich wieder aufzupäppeln?«

KAPITEL 21

»Ich bin gespannt, wie sie reagieren wird.« Kurz vor Bad Krozingen verließen Kaltenbach und Luise die Bundesstraße. »Ein Treffen auf dem Friedhof ist schon etwas Seltsames, finde ich.«

»Warten wir's ab«, meinte Luise. »Immerhin hat sie zugestimmt, mit uns zu sprechen.«

»Ohne Walter.«

»Wundert mich nicht.«

Hinter der Nepomukbrücke begann die verkehrsberuhigte Zone. Luise bremste auf Schritttempo herunter. Bei der Kirche bog sie links ab und parkte kurz darauf vor dem Friedhof.

Jetzt am späten Nachmittag gab es kaum Besucher. Luise deutete auf eine Grabreihe an der nördlichen Mauer. »Ich glaube, dort ist sie.«

Die Frau trug einen grauen Übergangsmantel und feste Schuhe. Die Haare hatte sie mit einem braunen Kopftuch zusammengebunden. Das Grab, vor dem sie stand, schmückte ein schlichter dunkelgrüner Naturstein. »Andreas Heilmann, 1956 – 1975«, las Kaltenbach leise.

Luise räusperte sich und stellte sich vor. Die Frau antwortete nicht. Stattdessen fuhr sie fort, große braune Platanenblätter um das Grab herum aufzulesen.

»Frau Heilmann, wir …«

»Frau Heilmann?« Die Frau richtete sich auf und sah sie zum ersten Mal an. Ihr Gesicht hatte dieselbe Farbe wie ihr Mantel, die Augen blickten ohne Glanz. »Nicht einmal das ist mir geblieben!« Ein kurzes, bitteres Lachen. »Wir wollten heiraten. O ja, das wollten wir! Doch Andi war schneller. Er ist gegangen. Es gibt keinen Ehemann. Es gibt keinen Vater.« Sie stopfte die Blätter in eine Plastiktüte und stellte sie auf den Weg. Dann holte sie hinter dem Grabstein eine kleine Harke hervor und begann, das Beet zwischen den abgeblühten Pflanzen aufzulockern.

»Was wollt ihr?«

Kaltenbach und Luise sahen sich an. Hier würde nur die Wahrheit helfen, wenn sie die Wahrheit erfahren wollten. Kaltenbach sprach langsam.

Die Frau sah nicht auf und fuhr fort, das Beet zu bearbeiten. Erst als Kaltenbach von ihrem Sohn und von seinen Beobachtungen sprach, hielt sie inne.

»Angst haben sie. Feige sind sie. Schicken euch vor, die feinen Aktivisten, die Weltverbesserer!«

»Wir wollten einfach fragen …«

»Mein Sohn! Natürlich. Das ist das Einfachste, nicht wahr? Die späte Rache des Opfers. Der Sohn als Werkzeug der Mutter!« Sie legte die Harke auf die Grabumrandung und stand auf. »Ich gebe zu, dass ich daran gedacht habe. Nicht nur ein Mal. Jedes Mal, wenn ich Andi besuche, denke ich daran. Jedes Mal, wenn ich sein Gesicht vor mir sehe, seine Enttäuschung. Seine Verzweiflung.« Ihre Stimme bebte. »Andi hätte es nicht zurückgebracht. Das sind keine Menschen. Das sind Ungeheuer. Aber ich wollte nicht werden wie sie. Und ich musste mein Kind schützen. Die Schatten der Vergangenheit sind noch nicht verflogen.«

»Hat er es denn je erfahren?«

Lissy wirkte erschöpft. Sie ging langsam zur Bank und setzte sich. »Er hat nie gefragt. Er dachte, sein Vater sei verschwunden. Das hatte ich ihm erzählt, viele Jahre lang. Kinder glauben das. Als er älter wurde, sagte ich, der Mann im Grab sei ein verstorbener Onkel.« Sie griff in ihre Manteltasche, zog eine Schachtel heraus und zündete sich eine Zigarette an. »Irgendwann hat er sich von sich aus auf die Suche gemacht. Als er mich dann gefragt hat, habe ich ihm alles erzählt. Er war erstaunt, zornig, erleichtert. Dann wollte er alles wissen.« Sie zog den Rauch ein und entspannte sich.

Kaltenbach war erschüttert. Die Frau tat ihm leid. Doch er musste die entscheidende Frage stellen. »Können sie sich vorstellen, dass er seinen Vater rächen will?«

Lissy hob den Kopf. »Wollt ihr eine ehrliche Antwort? Ich kann sie euch nicht geben. Die Mutter sagt Nein. Das Schicksal hält alles für möglich.«

Luise setzte sich neben sie auf die Bank. Kaltenbach schwieg. Für eine Weile hörte man nichts außer ein paar Amseln und dem entfernten Rauschen der Umgehungsstraße.

»Eines weiß ich sicher«, sagte Lissy. »Andi war immer loyal. Er hat die Gruppe nicht verraten. Er hätte so etwas nie gekonnt. Niemals.« Die Augen der Frau wurden feucht. »Selbst mit mir wollte er nicht darüber sprechen. Ich glaube, er war so enttäuscht, wie es ein Mensch im Leben nur ein Mal sein kann. Es hat ihn zerbrochen. Und am Ende hat er aufgegeben.«

Auf der Rückfahrt hingen beide lange ihren Gedanken nach. Bei Wolfenweiler versuchte es Kaltenbach mit Musik. Doch schon kurz darauf drehte er das Radio wieder ab. Das Dauergutelauneprogramm der Öffentlich-Rechtlichen war in dieser Situation nicht zu ertragen.

»40 Jahre für die Trauer«, sagte er. Seine Stimme klang tonlos. »Was ist das für ein Leben.«

»40 Jahre für die Liebe!«, antwortete Luise. »Romantisch oder tragisch. Es kommt auf den Standpunkt an.«

»Jedenfalls möchte ich nicht in Lissys Haut stecken. Das Schlimme ist doch, ständig mit dem Gefühl von Schuld leben zu müssen.«

»Die meiner Meinung nach keineswegs eindeutig ist. Und schon gar nicht erwiesen.«

»Aber überlege doch mal. Dass Andi noch nicht einmal mit ihr darüber sprechen konnte, klingt doch geradezu nach Schuldeingeständnis.«

»Findest du? Was ist, wenn er seine Freundin schützen wollte? Fernhalten von allem, was dann kam?«

»Aber dass er sich selbst ...«

»Steckst du drin in einem idealistischen 19-Jährigen? Auf wen hättest du in dem Alter gehört? Hättest du um Hilfe gebeten? Na also.«

Luise vermied die Schnellstrecke und folgte ab Leutersberg der alten Landstraße. »Was mich am meisten beschäftigt, ist ihre Reaktion auf deine letzte Frage. Die Antwort kam aus tiefster Überzeugung. Das war mehr als Wissen. So kann nur jemand urteilen, der dem anderen ganz nah war.«

»Du meinst, dass Andi kein Verräter war?«

»Ich glaube ihr. Und ich glaube ihr auch, dass ihr Sohn nichts mit den Verbrechen zu tun hat.«

»Für mich klingt das eher nach blinder Mutterliebe.«

»Nein, das ist es nicht. Diese Frau hat die Grenzen dessen erlebt, was ein Mensch seelisch aushalten kann. Da bleibt kein Raum mehr für Träume. Dass sie verbittert ist, kann ihr keiner zum Vorwurf machen. Es ist alles, was ihr geblieben ist.«

»Und ihr Sohn.«

»Und ihr Sohn. Der jetzt sein eigenes Leben leben muss.«
Zurück in St. Georgen rief Kaltenbach als Erstes bei Martina an. Seine Cousine beruhigte ihn.
»Es ist einiges los«, sagte sie. »Aber ich mache das gerne.«
Im Hintergrund hörte Kaltenbach Stimmen der Kunden. »Hat jemand nach mir gefragt?«
Martina lachte. »Männer! Du bist nicht so unersetzlich, wie du glaubst. Kuriere dich erst mal aus. Wenn du willst, könnte ich auch morgen kommen. Mittwochs hast du mittags ja eh zu.«
»Nein, nein. Geht schon. Du bist ein Schatz!«
»Weiß ich.«
Nachdem er aufgelegt hatte, ging Kaltenbach ins Schlafzimmer und legte sich aufs Bett. Die Autofahrt und das Gespräch mit Lissy hatten ihn mehr angestrengt, als er dachte. Sekunden später war er eingenickt.
Luise und eine Männerstimme weckten ihn. Doch es war nicht Walter, der heute noch vorbeikommen wollte. Kaltenbach hatte den schlanken, groß gewachsenen Besucher noch nie gesehen. Er trug weiße Jeans, einen hellblauen Pullover und eine topmodische Brille. In der Hand hielt er eine matt glänzende schwarze Koffertasche.
»Das ist Julian«, sagte Luise. »Dr. Krafft. Er wird sich deine Verletzung ansehen.«
Kaltenbach setzte sich auf und runzelte die Stirn.
»Keine Sorge, Lothar.« Luise setzte sich zu ihm an den Bettrand. »Julian ist ein alter Freund von mir. Wir kennen uns seit Unizeiten. Er ist sozusagen privat hier.«
Der Arzt lachte und ließ zwei Reihen blitzblanker Zähne sehen. »Das ›alt‹ habe ich überhört. Schließlich sind wir beide derselbe Jahrgang, wenn ich mich richtig erinnere.«
Er stellte die Tasche neben das Bett auf den Boden. »Okay,

dann schauen wir mal.« Vorsichtig begann er, Kaltenbachs Schulter abzutasten.

Eine Viertelstunde später lag Kaltenbach mit desinfizierter Wunde und einem frischen Verband wieder im Bett. Krafft ließ ihm einen Streifen Tabletten und eine Salbe da. »Falls du die Schmerzen nicht aushältst. Aber wahrscheinlich wirst du sie nicht brauchen. Die Wunde hat bereits zu heilen begonnen.« Er drückte Luise einen Kuss auf die Wange. »Wenn alles gut abgetrocknet ist, vorsichtig einreiben. Nach jedem Verbandswechsel.«

»Vielen Dank«, murmelte Kaltenbach. »Und Sie, ich meine, du musst jetzt nicht wegen der Wunde die Polizei …«

»Welche Wunde?« Krafft ließ seine Zähne aufblitzen und verabschiedete sich. »Ich muss. Zur Not ruft ihr mich an.«

Gegen Abend kam Walter mit drei riesigen Pizzaschachteln in den Händen. »Muss auch mal sein«, sagte er. »Auf dass wir nicht zu schlank und zu gesund werden.«

Luise lachte. Sie holte einen Pizzaroller aus der Küche und drückte ihn Walter in die Hand. Dazu stellte sie ein Tablett mit einer großen Karaffe und Gläsern auf den Tisch. »Holunderblüten. Selbst gesammelt. Als Ausgleich zur Pizza.« Kurz darauf saßen alle drei zum Essen um den Tisch. Nach dem ersten Heißhunger begann Kaltenbach, von dem Treffen mit Lissy zu erzählen.

Walter schien nicht überrascht, als er hörte, wie sie sich geäußert hatte. »Jeder, wie er will«, meinte er knapp. »Wenn sie in ihren Illusionen leben will – ich werde sie nicht daran hindern. Habt ihr wenigstens herausbekommen, wo der Sohn jetzt lebt?«

»Nein«, sagte Kaltenbach. Walters kühle Reaktion

berührte ihn. Er fragte sich, wie die Begegnung verlaufen wäre, wenn Walter mitgekommen wäre.

»Nun ja. Mehr habe ich auch nicht erwartet. Für mich hat sich durch Jürgens Tod vieles geändert.«

»Du meinst …?«, fragte Luise.

»Ich bin nach wie vor der Überzeugung, dass Jürgen ein Motiv hatte, sich an den Korsaren zu rächen. Und einer von uns hat sich jetzt gewehrt. Schluss.« Walter biss in ein großes Stück Thunfischpizza. »Der beste Beweis ist sein eigener Tod. Das Muster passt nicht zu den anderen. Es gab keinen Anruf mit verstellter Stimme, keine Warnung an die anderen. Es gab kein Korsarenzeichen bei dem Toten.«

Kaltenbach sah ihn erstaunt an. »Du hast ihn durchsucht?«

»Nur kurz. Aber das hat genügt. Er hatte alles Mögliche bei sich. Geldbeutel, Brieftasche, ein Notizbuch. Bei den anderen Dreien war alles weg. Keine Identität. Auch das ist anders. Sobald die Polizei ihn gefunden hat, wissen sie Bescheid. Morgen wird in allen Zeitungen stehen, dass Jürgen Wanka, entlassener RAF-Terrorist, wohnhaft in Merzhausen bei Freiburg, ermordet wurde.«

»Du vergisst, dass ihr Wanka am Höllsteig gefunden habt«, warf Luise ein. »Einer eurer früheren Treffpunkte. Ein ganz wesentlicher sogar. Und was seine Sachen betrifft – vielleicht hätte der Täter das alles noch getan, wenn ihr nicht aufgetaucht wärt. Genauso wie die Anrufe.«

Walter zuckte die Schultern. »Spekulation. Ich halte mich an die Tatsachen. Und das heißt für mich, es gibt von nun an keine Bedrohung mehr.«

Kaltenbach sah ihn ungläubig an. »Wenn ich dich richtig verstehe, ist das ganze Thema damit für dich erledigt? Kein Wanka mehr, keine Gefahr mehr?«

»Wenn du so willst, ja.«

»Ich fasse es nicht!« Kaltenbach spürt, wie der Ärger in ihm hochstieg. »Das kann nicht dein Ernst sein! Und wie erklärst du dir, dass Andis Sohn jedes Mal dabei war? Dass er Jürgen kannte? Dass Leo von dem Geld wusste? Das sind doch alles offene Fragen! Warum musst du immer so stur sein!«

»Das ist nicht Sturheit. Das ist eine klare Ansage. So makaber es sich anhört. Kein Wanka mehr, keine Gefahr mehr.«

»Und warum hat der Typ im Auto dann auf uns geschossen? Warum hat er mich verfolgt? Und überhaupt: Würdest du zum Mörder werden, um dich zu schützen?«

Walter blickte finster. »Warum nicht? Eines habe ich gelernt: Weglaufen nützt gar nichts. Man muss sich den Dingen stellen.«

»Genau das tust du nicht!« Kaltenbach wurde wütend. »Du gehst doch allem aus dem Weg! Du gibst dich mit der einfachsten Lösung zufrieden! Du willst einfach nicht hinsehen. So wie damals mit Andi!« Bei den letzten Worten verzog er das Gesicht. Der Schmerz ließ ihn zurück auf das Sofa fallen.

»Damals? Jetzt pass aber auf, was du sagst! Wir waren wenigstens aktiv! Wir haben etwas unternommen! Für Leute wie dich! Ohne uns sähe die Welt heute anders aus. Die Schlaffis von später haben sich doch ausgeruht auf dem, was wir erkämpft haben!«

»Nun ist es aber genug!« Mit energischen Worten ging Luise zwischen die beiden Streithähne. »Was soll das? Merkt ihr beiden Sturschädel denn nicht, wohin das führt?«

Kaltenbach deutete auf Walter. »Aber als Schlaffi lasse ich mich nicht bezeichnen. Ich musste damals wahrlich genug strampeln, um weiterzukommen. Der Radikalenerlass war nicht das Einzige. Und außerdem: Wer ist denn abgehauen und hat sich verkrochen?«

»Was verstehst du denn davon?«, entgegnete Walter scharf. »Hast du eine Frau? Hast du Kinder? Du hast doch noch nie Verantwortung übernehmen müssen!«

Luise knallte mit beiden Fäusten auf den Tisch, dass die Karaffe hüpfte. »Schluss! Alle beide!« Sie funkelte mit den Augen. »Hört endlich auf, so zu tun, als ob jeder von euch der Mittelpunkt der Welt wäre! Habt ihr schon einmal, nur ein einziges Mal, daran gedacht, wie es anderen geht? Du, Lothar, weißt du, wie es mir geht, wenn du in der Nacht fast erschossen wirst und um ein Haar in den Tod stürzt? Dann kreuzt du hier auf, blutig, völlig fertig?« Sie drehte sich zu Walter. »Wie geht es Regina, wenn du plötzlich verschwindest, ohne ein Wort? Wenn du dich aufführst wie ein Geheimagent mit Paranoia? Wie geht es einer Lissy, die ein ganzes Leben lang unter euren Machtspielchen leidet? Jetzt kommt endlich runter. Alle beide!« Sie stemmte die Hände in die Hüften. »Ihr wollt Freunde sein? Ha! Fies seid ihr. Verletzend. Und stur.«

Für ein paar Momente blieb sie so stehen. Die beiden Männer hatten erschrocken die Köpfe eingezogen.

Kaltenbach reagierte als Erster. Er stemmte sich aus dem Polster hoch und streckte Walter die Hand entgegen.

»Bleib sitzen! Du musst dich ausruhen!« Walter stand auf und ging um den Tisch. »Kannst froh sein, dass du diese Frau hast«, knurrte er, als er Kaltenbach die Hand reichte.

»Die ist jetzt schon so schlimm wie deine Regina nach 30 Jahren«, kam die brummige Antwort.

»Eure Komplimente könnt ihr euch sparen!« Luises Mundwinkel zuckten immer noch verdächtig. »Überlegt euch lieber, was jeder von euch Sinnvolles beizutragen hat. Ich koche solange einen Tee!«

Als Luise zehn Minuten später aus der Küche zurückkam, waren die beiden Hitzköpfe bereits in ein lebhaftes Gespräch verwickelt.

»Walter meint, wenn er mit seiner Vermutung falsch liegt, käme doch wohl nur Andis Sohn als Täter infrage. Er hat ein klares Motiv: Rache für das, was die Korsaren seiner Mutter angetan haben.«

»*Wenn* ich falsch liege«, betonte Walter und hob den Zeigefinger wie ein mahnender Talkshowmaster. »Dafür meint Lothar, es könnte auch jemand anderes sein. Der berühmte geheimnisvolle Unbekannte. Wie im Fernsehen.«

Luise lächelte. Sie stellte vor jeden eine Tasse auf den Tisch und zündete ein Teelicht an. »Mein Vorschlag: Als Erstes ein guter Schluck Tee zur weiteren Besänftigung. Alnatura Darjeeling mit einem Hauch Jasmin. Und dann machen wir in Ruhe weiter.«

Der Tee war dampfend heiß. Kaltenbach blies und setzte ein paar Mal an, ehe er den ersten kleinen Schluck wagte. Er war über sich selbst erschrocken. Es war etwas an dem Fall, das er nicht benennen konnte. Er spürte, wie in seinem Innersten Saiten zu klingen begannen, die er lange verschüttet geglaubt hatte. Gefühle. Verantwortung. Angst.

Kaltenbach sog den zarten Jasminduft ein. Wahrheit. Drehte sich nicht zuletzt alles um Wahrheit? Warum fiel es den Menschen so schwer, offen miteinander umzugehen? Wieso sahen sie wie gelähmt zu, wenn kleine Unwahrheiten zu großen wuchsen? Und er – warum fiel es ihm so schwer, Schwächen einzugestehen?

»Ich schlage vor, wir machen es umgekehrt wie sonst.« Luise stellte ihre Tasse ab und ergriff das Wort. »Wir sammeln das, was wir nicht wissen. Vor allem die Unklarheiten. Die Merkwürdigkeiten. Eine hat Lothar ja bereits angesprochen. Warum hat der oder die Unbekannte am Höllsteig auf euch geschossen? Kannte er euch? Fühlte er sich bedroht? War es Absicht? Geplant? Oder wart ihr nur zufällig am falschen Ort?«

»Wenn es geplant gewesen wäre, dann hätte ...«

»Stop!« Luise unterbrach Walters Einwand. »Wir wollen versuchen, mögliche Antworten noch zurückzuhalten. Schnelle Erklärungen führen zu schnellen Urteilen. Wir wollen uns noch nicht festlegen.«

»Na gut«, meinte Kaltenbach. »Das heißt auch, dass wir nicht wissen, ob der Schütze ein Mann oder eine Frau war.«

»Ist das wichtig?«, fragte Walter.

»Wir werden es herausfinden. Später. Jetzt können wir nur festhalten, dass wir es nicht wissen«, sagte Luise. »Was war mit dem Auto? Kennt ihr jemanden, der einen solchen Wagen fährt?«

Walter hob die Hände. »Da kann ich leider gar nicht helfen. Ich habe nur noch die leise Erinnerung, dass er groß war. Vielleicht ein Geländewagen. Das konnte man auch an den Reifenspuren sehen, als wir hochgelaufen sind. Ja, und dunkel war er. Anthrazit vielleicht. Oder schwarz. Mehr weiß ich nicht. Schon gar nicht die Autonummer.«

»Das geht mir genauso«, meinte Kaltenbach. »Groß und dunkel. Und laut. Ein richtig dicker Motor. Aber ich war viel zu aufgeregt.«

»Die Waffe?«, fragte Luise. »Eine Pistole? Vielleicht wieder eine Walther?«

»Es soll ja Spezialisten geben, die den Waffentyp anhand des Knalls erkennen können. Ich gehöre nicht dazu. Aber da gibt es Hoffnung. Wir müssen nur warten, bis der Polizeibericht in die Zeitung kommt.«

»Das kann dauern«, meinte Kaltenbach.

»Und wenn es eine Walther wäre? Bisher sind schon zwei Pistolen vom selben Typ aufgetaucht. Der Mörder hatte eine und Leo hatte eine.«

»Ja dann könnten wir …«

»Später.« Luise hatte ihre Beine im Sessel hochgezogen. »Was mich am meisten umtreibt, ist das Motiv. Alles deutet darauf hin, dass die Verbrechen mit der Vergangenheit zu tun haben. Ich denke, da sind wir uns einig. Für Walter ist es Wanka, der gute Gründe hatte, Rache zu üben. Genauso aber auch Lissy Brucker. Oder ihr Sohn. Oder beide. Da würde einiges passen.«

»Jetzt bist du aber zu schnell«, warf Kaltenbach ein. »Es kann noch ganz andere geben. Verwandte oder Freunde früherer Opfer beispielsweise. Immerhin wissen wir jetzt, dass es damals einen toten Polizisten gab. Und was ist mit dem erschossenen Wachmann bei dem Banküberfall?«

»Auf jeden Fall ist das Motiv so stark, dass es den oder die Täter zum Äußersten treibt. Auch noch 40 Jahre danach.«

»Der Banküberfall hat noch eine zweite Seite: das Geld! Jahrzehntelang war es spurlos verschwunden. Wanka kommt wieder, das Geld taucht wieder auf, der Streit beginnt.«

»Vier Morde wegen Geld?«

»Geld ist immer ein starkes Motiv. Außerdem ist das nicht wenig.«

»Leo?«

»Sein Streit mit Wanka auf dem Alten Friedhof. Was sonst hätte er von ihm gewollt?«

»Leo will an das Geld von dem Überfall. Er bedroht

Wanka. Wanka wehrt sich. Kurz darauf ist Leo tot. Und danach ist Wanka selber dran.«

»Das hieße, es gibt noch jemanden, der davon weiß und an das Geld herankommen will.«

»Und der deshalb Leos Wohnung durchsucht hat! Das wäre eine plausible Erklärung. Der Unbekannte vermutet das Geld bei Leo. Als er es nicht herausrückt, erschießt er ihn und stellt die Wohnung auf den Kopf.«

»Und findet nichts. Daraufhin konzentriert er sich auf Wanka, zwingt ihn, das Versteck zu verraten, erschießt ihn …«

»Halt, halt! Ihr seid schon wieder heftig am Spekulieren«, unterbrach sie Luise. »Was ihr da vermutet, klingt nach einer Möglichkeit. Aber wir wollten doch zuerst weitere Fragen sammeln. Je größer das Bild, umso eher erkennen wir Zusammenhänge.«

»Also gut«, sagte Kaltenbach. »Wo ist das Geld jetzt? Was könnten die beiden ersten Toten damit zu tun haben? Die Symbolik der Fundorte! Das Zeichen der ›Roten Korsaren‹!«

»Wo das Geld ist, können wir gleich beantworten«, meinte Walter.

»Wie bitte?« Luise und Kaltenbach sahen ihn gleichzeitig überrascht an.

»Jetzt habt ihr beide mal zu viel Fantasie. Wozu haben wir denn die Überwachung von Wankas Haus? Wir wissen, dass er die Tasche mit nach Hause brachte, direkt, nachdem er das Geld aus dem Versteck geholt hat. Bisher haben wir nicht gesehen, dass er sie wieder weggebracht hätte.«

Kaltenbach schlug sich vor den Kopf. »Natürlich! Du hast recht. Das Geld ist bei Wankas Schwester in Merzhausen. Dass ich das vergessen konnte!«

»Wann hast du zum letzten Mal die Bilder angesehen, Walter?«

»Am Montagabend, vor unserer Fahrt zum Höllsteig.«

»Das bedeutet, wir müssen die seither gemachten Aufnahmen prüfen. Es gibt ja noch Wankas Schwester. Um sie haben wir uns bisher noch gar keine Gedanken gemacht. Was spielt sie für eine Rolle? Wie geht sie mit dem Geld um? Weiß sie überhaupt davon?«

Kaltenbach runzelte die Stirn. »Das ist nicht dein Ernst! Diese unscheinbare Frau, die bisher noch nie aufgefallen ist, soll ihren eigenen Bruder … Und womöglich noch Leo und die anderen?«

»Das habe ich nicht gesagt«, antwortete Luise. »Aber wir sollten alles hinterfragen. Und alles bedenken.«

»So abwegig ist das gar nicht«, sagte Walter. »Sie hat die Tasche. Sie hat das Geld. Die Konkurrenten sind ausgeschaltet. Der Letzte, der ihr im Weg stand, war Jürgen.«

»Du hast eine makabre Fantasie. Das hieße, wir müssten nur lange genug warten. Wenn es ab sofort keine Toten mehr gibt, wäre die Theorie richtig.«

»Die Theorie hat einen kleinen Schönheitsfehler.«

»Willst du dir jetzt selbst widersprechen?«

»Logik, mein Lieber. Leos verwüstete Wohnung passt da überhaupt nicht ins Bild. Warum hätte Wankas Schwester das tun sollen? Oder Wanka selber? Sie hatten doch, was sie wollten!«

»Was ist, wenn es um noch mehr geht? Wenn Leo von Anfang an mit dabei war, schon damals bei dem Überfall?«

»Zu dumm, dass ich nicht mehr mit ihm sprechen konnte«, seufzte Walter. »Zweimal war ich bei ihm. Ich hätte die Wahrheit aus ihm herausbekommen.«

»Jetzt ist es zu spät. Da fällt mir ein: Was passiert eigentlich mit der Wohnung in Umkirch? Hatte Leo Familie? Gibt es da Erben?«

Walter zuckte die Schultern. »Keine Ahnung. Wir könnten Silvie fragen. Verheiratet war er jedenfalls nicht, so viel weiß ich.« Er sah auf die Uhr. »O Gott, ich muss los. Das kommt davon, wenn man sich verquatscht.« Er stand auf. »Ich habe Regina versprochen, heute pünktlich daheim zu sein. Ein Abend zu zweit. Der ist auch dringend nötig nach all den Aufregungen.« Er warf sich seine Jacke über und ging zur Tür. »Ich fahre noch ganz kurz in Merzhausen vorbei. Dann wissen wir mehr. Lothar, kommst du mit?«

»Nichts da«, sagte Luise. »Ein bisschen Pflege braucht er noch. Und Ruhe.«

»Das ist noch die Frage, ob er die haben wird«, grinste Walter.

Als ihm das Sofakissen hinterher flog, hatte er bereits die Tür hinter sich zugemacht.

KAPITEL 22

Am nächsten Morgen fühlte sich Kaltenbach deutlich besser. Die Kratzer waren verheilt, die blauen Flecke spürte er kaum noch. Sogar die Schwellung am Knöchel war zurückgegangen. Wie Dr. Krafft prophezeit hatte, waren die Schmerzen in der Schulter gut auszuhalten.

Ehe er losfuhr, legte ihm Luise noch einen frischen Verband an. »Ich kann dich gerne nach Emmendingen bringen«, sagte sie. »Mein Termin ist erst später.«

»Nein, nein. Geht schon.«

Kaltenbach fuhr direkt in die Stadt. Am Bahnhof kaufte er die Zeitung und holte sich drei Brezeln im Angebot. Pünktlich um neun schloss er die Ladentür auf.

Nachdem Kaltenbach die ersten frühen Kunden bedient hatte, fand er Zeit für ein kleines Frühstück. Er ließ sich eine große Tasse Milchkaffee heraus, für die Brezeln fand er noch einen Rest Butter im Kühlschrank. Am Ende richtete er alles auf ein kleines Tablett und machte es sich im Sessel in der Probierecke bequem.

In der Badischen Zeitung hatte es das Bild des toten Wanka auf die Titelseite geschafft. Im Innenteil wurde heftig über die möglichen Zusammenhänge der Morde der letzten Tage gemutmaßt. Das Wort »Serienkiller« tauchte ein paar Mal auf. Grafmüller hatte die Berichterstattung weitgehend den Freiburger Redaktionskollegen überlassen müssen. Trotzdem nutzte er natürlich die Gelegenheit, im Lokalteil seine eigene Sicht der Dinge auszubreiten.

Neues gab es für Kaltenbach in allen Artikeln nicht. Wie

Walter es erzählt hatte, waren bei Wanka sämtliche Papiere gefunden worden. Eine Beobachtung, die natürlich zu weiteren Mutmaßungen führte. Auf die endgültige Bestätigung der Tatwaffe musste man noch warten. Vieles deutete jedoch darauf hin, dass es sich wie zuvor um eine alte Wehrmachtspistole handeln müsse.

Luises Anruf unterbrach Kaltenbach bei seiner Lektüre. Sie war erleichtert, als sie hörte, dass er gut zurückgekommen war. »Gut, dass du heute Mittag frei hast«, sagte sie. »Bewege dich nicht zu viel. Ich komme dann später zum Verbandswechsel.«

Kurz darauf erschien Grafmüller und ließ sich zu einem Kaffee einladen. Kaltenbach hatte bereits mit seinem Besuch gerechnet. Noch ehe er dem Redakteur ein Kompliment für seine Artikel machen konnte, sprudelte es aus ihm heraus.

»Die Ereignisse überschlagen sich, findest du nicht? Und jetzt auch noch Wankas Schwester. Sie will sich an die Öffentlichkeit wenden!«

Kaltenbach war überrascht. Er hätte eher das Gegenteil vermutet. »Woher weißt du das?«, fragte er gespannt.

»Heute Früh rief sie in der Freiburger Redaktion an. Die Kollegen haben das dann gleich weitergegeben.«

»Was hat sie vor?« Kaltenbach konnte es immer noch nicht glauben.

»Viel weiß ich nicht«, sagte Grafmüller. »Sie hat lediglich ein paar Andeutungen gemacht. Von wegen, ›die Öffentlichkeit soll die Wahrheit über ihren Bruder erfahren‹. Was immer das heißen könnte. Ich habe den Eindruck, es geht ihr um die Familienehre. Jetzt, da ihr Bruder selbst zum Opfer wurde. Wir werden sehen. Heute schon findet eine Pressekonferenz statt. In Freiburg.«

Kaltenbach schob ihm eine der Brezeln hin, doch Grafmüller lehnte ab. »Danke. Bin schon wieder weg.« Er kippte den restlichen Kaffee hinunter und stand auf. »Das wird auf jeden Fall eine Sensation. Egal, was sie sagt. Zumal ja auch Wanka so etwas angekündigt hatte. Da deutet sich eine Riesenstory an. Wir müssen unbedingt noch einmal miteinander sprechen. Bald. Ich will alles wissen, was du weißt.« Mit einem kurzen Gruß war er verschwunden.

Kaltenbach sah ihm hinterher. Das war natürlich Grafmüllers große Chance. Wenn es ihm gelang, als Erster den großen Bogen zu spannen, stand ihm ein Meilenstein seiner Journalistenkarriere bevor.

Davon abgesehen war Grafmüllers Information natürlich brisant. Sollten sie mit ihrer Vermutung von gestern richtig liegen? Stand Wankas Schwester hinter den ganzen Verbrechen? Wollte sie sich etwa stellen?

Kaltenbach wischte die Krümel vom Tisch und spülte die beiden Tassen aus. Im Laden ging es wie oft um diese Zeit ruhig zu. Die nächsten Kunden würden erfahrungsgemäß erst gegen Mittag kommen. Kaltenbach begann, einen Teil der Präsentationsregale umzuräumen. Für die bevorstehenden kühleren Tage rückte er die Rotweine weiter in den Vordergrund. Die weniger lagerfähigen Weißen versah er mit einem Angebotspreisschild.

Natürlich konnte sie auch ganz andere Gründe haben. Vielleicht war der Tod ihres Bruders nur ein Auslöser. Hatte sie etwa Angst? Fürchtete sie um ihr Leben, wie Walter? Trat sie, statt abzutauchen, die Flucht nach vorne an? Egal, was Wankas Schwester preisgeben würde – für die Polizei würde es einen wichtigen Schritt bedeuten. Und wenn die Beamten erst einmal auf der richtigen Spur waren, hatten sie genug ermittlungstechnische Möglichkeiten. Die

Scheu der Korsaren vor den Behörden hätte dann keinen Sinn mehr.

Es war höchste Zeit, dass der Fall endlich aufgeklärt wurde. Wenn Walter nicht auf stur geschaltet hätte, wäre der Tod von Leo und Jürgen Wanka vielleicht sogar zu verhindern gewesen. Er hatte geblockt, sich bewegt, wieder gemauert, immer nur das Nötigste herausgelassen. Die pragmatisch-nüchterne Art, die Kaltenbach von ihm kannte, war von Emotionen verdrängt worden. Mit denen er nur schwer umgehen konnte.

Kaltenbach tauschte eine Reihe Müller-Thurgau gegen einen Karton Spätburgunder. Und er selbst? Er spürte, wie der Streit mit Walter seine Spuren hinterlassen hatte. Natürlich wollte er es nicht zulassen, dass er in sein Verderben rannte. Aber wie konnte er sich verleiten lassen, Walter Vorwürfe zu machen? Dazu noch auf diese Art? Was bedeutete es, zu einem Freund zu stehen?

Frau Kölblins Auftritt riss ihn aus seinen Gedanken.

»Hesch ghert in dr Zittig hit morge?«

Kaltenbach bot ihr sogleich den gewohnten Sessel an. Er war gespannt, was sie zu dem neuerlichen Verbrechen sagen würde.

»Ja«, antwortete er höflich. »Jetzt auch noch ein Toter am Höllsteig. Das ist schlimm.«

Frau Kölblin thronte bereits. »Stimmt. Mord im Hölledal – richdig grueslig. Jetz henn d' Friburger jo gnue zdue. Do henn sie no weniger Zit wege däne Spitzbuebe.«

Kaltenbach blickte sie fragend an. Was konnte schlimmer sein als eine Mordserie?

»Die sueche jetz doch alli bloß noch Mörder. Un selli Ganove klaue immer widder.« In ihrer Stirn grub sich eine Zornesfalte ein. »Hesch es nit ghert? Grad geschdern widder. Z' Däninge. Un d' Nacht davor z' Kindringe un z' Riegel. Due wirsch sähne, morge sin die bi uns. Und keiner macht ebbis dagege.«

Winzige Schweißperlen traten auf ihre Stirn. »Z' dod verschregge däd i wenn so einer z' Nacht vor minim Bett schdoh däd!«

Kaltenbach musste insgeheim lächeln, als er sich die Situation vorstellte. Der Schrecken würde bei den Einbrechern mit Sicherheit auf Gegenseitigkeit beruhen.

»D' Marie hett so e Pfefferschbree. Mit dem ka sie die Ganove davujage. Aber für mich isch des nix. I wüsst nit, wie des goht.«

»Ich habe davon gelesen«, meinte Kaltenbach. »Aber bisher waren die Einbrecher doch ungefährlich. Die haben es nur auf Wertgegenstände abgesehen.«

»Nur?« Kaltenbachs Versuch der Beruhigung scheiterte kläglich. »*Nur* seisch due?« Frau Kölblin funkelte mit den Augen. »Un was isch mit selleri Perlekett vu mine Mueder? Un minem Ehering? Des isch nit *nur*! Des sin wertvolli Sache!« Sie schnaufte ein paar Mal tief ein und aus. »Aber des verschdohsch due nit, Bue. Am liebschde däd i die Sache ues minere Wohnung wegdue. Irgendwu verschdegge. Oder noch besser, i gibs einim, wu sie nit nakumme. Am beschde wär e Banktresor. Mit so riesig diggi Stahldiere. Hab i im Fernseh gsäne. Do kunnt keiner ni!«

»Und warum machen sie es nicht?« Wieder musste Kaltenbach schmunzeln.

»Z' dier, Bue! Des sin doch alles Halsabschnider. Villicht hol i mir doch noch so e Schbree. D' Marie kann mir jo zeige, wies goht.«

Pünktlich eine Viertelstunde später machte sich Frau Kölblin wieder auf den Weg. Dafür kam Luise früher als geplant.

Bereits um elf stand sie im Laden und half, die restlichen Flaschen einzusortieren. Kaltenbach war dankbar darum. Die Schulter hatte wieder zu schmerzen begonnen.

»Ich habe heute Morgen schon mit Silvie telefoniert«, sagte Luise.

»Warum das denn?«

»Wir hatten doch überlegt, was jetzt mit Leos Wohnung passiert. Und jetzt pass auf: Leo war tatsächlich nie verheiratet. Kinder gibt es auch keine. Aber sein Vater lebt noch.«

»Und der erbt jetzt?«

»So wie es aussieht, ja.« Luise nickte. »Die Wohnung gehörte Leo. Keine Miete.«

»Na schön. Dann ist das jetzt auch geklärt. Bringt uns leider keinen Schritt weiter. Jetzt können wir nur darauf warten, was Wankas Schwester zu sagen hat.«

»Moment. Leos Vater. Das könnte doch ein Anhaltspunkt sein! Vielleicht weiß er ja, ob Leo etwas versteckt hatte.«

»Und das würde er ausgerechnet uns verraten.«

»Warum nicht? Einen Versuch ist es wert.«

Kaltenbach blieb skeptisch. »Wenn du meinst. Wo wohnt denn der Vater?«

»Das ist der Haken an der Sache. Silvie wusste es nicht. Sie vermutet, dass er jetzt Anfang 80 sein müsste.«

Der Gedanke kam völlig unvermittelt. »Das Altersheim!«, rief Kaltenbach. »Er wohnt im Altersheim! Daher der Prospekt!«

Luise blickte ihn fragend an.

»In Leos Schlafzimmer! Der Prospekt in dem Buch! Es lag neben dem Bett. Das muss es sein.«

»Weißt du noch, wie es hieß?«

»Warte.« Kaltenbach zwang sich zum Nachdenken. »Es hieß nicht Altersheim. Seniorenidylle oder so ähnlich. Am

Wald. Im Grünen. Irgendetwas mit Natur. Wenn ich es höre, fällt es mir wieder ein.«

Luise hatte bereits eine Suchanfrage in den Rechner eingetippt. »Seniorenheim. Freiburg. Da wird es ja nicht so viele geben.«

»Wieso Freiburg?«

»Wer wagt, gewinnt. Außerdem glaube ich nicht, dass er seinen alten Herrn weit weg untergebracht hat. Sieh mal, hier ist schon die Liste.«

Kaltenbach trat neben Luise und überflog die Einträge. »Hier: Seniorenstift Waldesruhe. Das ist es. Oder nein, Moment. Seniorenoase am Rosskopf. Eines von den beiden ist es.«

»Sicher?«

»Ganz sicher.« Er hatte das Foto auf dem Titel wieder deutlich vor sich. »Ein helles modernes Haus mit viel Grün außen herum.«

»Wir rufen einfach an.« Sie hatte bereits den Telefonhörer in der Hand. »Diktier mal die Nummer.«

Zehn Minuten später waren beide ziemlich ernüchtert. »Keine persönlichen Auskünfte am Telefon!«, knurrte Kaltenbach. »Wenn ich das schon höre! In Zeiten, in denen die Geheimdienste alles abhören! Was machen wir jetzt?«

»Hinfahren! Das dürfte nicht allzu schwer fallen, die richtige Adresse herauszubekommen. Und vor Ort wird uns schon etwas einfallen.«

KAPITEL 23

Es war einfacher, als sie zunächst befürchtet hatten. Schon bei der ersten Adresse waren sie erfolgreich.

Das »Seniorenidyll am Rosskopfwald« trug seinen Namen zu Recht. Die modernen Gebäude wenige Schritte oberhalb der Kartäuserstraße wirkten auf den ersten Blick wie ein Hotel im Grünen. Die kleinen Balkone vor den Zimmern waren blumengeschmückt, vor dem verglasten Café standen Tische und gemütliche Stühle im Freien. Die Bäume, die Kaltenbach auf dem Prospekt gesehen hatte, trugen eine prächtige Herbstfärbung. Hinter dem Gebäudekomplex breitete sich eine gepflegte Wiese aus, dazwischen standen Ruhebänke. Nach Norden hin zog sich der Wald den Rosskopf hoch.

»Sieht ganz schön teuer aus«, meinte Kaltenbach, »so etwas werde ich mir später einmal nicht leisten können.«

Luise stellte sich an der Pforte als Großnichte von Herrn Gerwig vor. Überraschungsbesuch.

»Da wird er sich aber freuen«, sagte die junge Frau, die nach Kaltenbachs Einschätzung die Schule gerade hinter sich hatte. Eine Praktikantin vermutlich. »War das ihr Vater, der vor ein paar Tagen …?« Sie unterbrach sich. »Entschuldigen sie, das tut mir leid.«

»Mein Onkel«, sagte Luise rasch. »Wo ist er denn?«

Die Frau studierte den Monitor auf ihrem Schreibtisch. »Zimmer 302. Soll ich Sie anmelden?«

»Nein«, antwortete Luise. »Es soll eine Überraschung sein.«

»Moment, ich sehe gerade, dass Ihr Großonkel nicht da ist. Wir haben da so ein System, wissen Sie. Ach Veronika, weißt du, wo Herr Gerwig ist?«

Eine Frau in Kaltenbachs Alter trat eben mit einem Wagen voller Bettwäsche und Handtücher aus dem Aufzug. »Er wird spazieren sein, das macht er meist nach dem Essen.« Sie deutete hinaus in den Garten. »Weit kann er nicht sein.« Sie bedachte Kaltenbach und Luise mit einem mürrischen Blick, dann zog sie weiter.

Die beiden bedankten sich und traten hinaus auf die große Terrasse. Von hier aus war das Gartengelände gut überschaubar. Nicht weit entfernt vom Haus liefen zwei alte Damen. Auf der Bank am Teich saß ein Mann.

»Das wird er sein. Komm!« Luise ging die Treppenstufen hinunter.

»Was sollen wir denn sagen?«

»Nichte geht jetzt wohl schlecht. Wie wäre es mit Rechtsanwalt des Verstorbenen? Oder Hausverwalter? Besorgter Nachbar?«

»Ich kann das nicht so wie du«, protestierte Kaltenbach.

»Jetzt bist du dran, Lothar. Du machst das schon.«

Der Mann auf der Bank hatte die Augen geschlossen. Er trug eine getönte Brille, die ihm auf die Nase heruntergerutscht war.

Kaltenbach atmete einmal tief durch. Dann räusperte er sich. »Herr Gerwig?«

Der Mann öffnete sofort die Augen und blinzelte. »Ja, ich. Hier. Was ist? Wer sind Sie?«

Kaltenbach entschloss sich, es zumindest mit der halben Wahrheit zu versuchen. »Kaltenbach«, stellte er sich vor. »Lothar Kaltenbach aus Emmendingen. Ich bin – ich war ein Freund Ihres verstorbenen Sohnes.«

Gerwig rückte die Brille zurecht und musterte Kaltenbach ausgiebig. »Ein Freund von Leo? So, so. Leo hatte nicht viele Freunde.«

»Ja, das stimmt. Wir sahen uns nicht so oft. Ich wohne nicht in Freiburg.«

»Nicht in Freiburg?«

»Ich komme aus Emmendingen.«

»Emmendingen!« Gerwig kicherte. »Was kommt schon Gescheites aus Emmendingen!«

Kaltenbach verkniff sich einen Kommentar. An die Sticheleien hatte er sich schon während der Unizeit nur schwer gewöhnt. Es gab heute noch Freiburger, die die psychiatrische Klinik mit der Stadt gleichsetzten.

Zum Glück ging Gerwig nicht weiter darauf ein. »Und die hübsche junge Dame ist Ihre Tochter, nehme ich an?«

Luise packte ihr charmantestes Lächeln aus. »Der Vorschlag zu einem Besuch kam von mir. Als ich erfuhr, was mit Ihrem Sohn passiert ist.«

»Es tut mir leid«, sagte Kaltenbach. »Mein Beileid.« Ihm fiel nichts Besseres ein. Er fühlte sich nicht sonderlich wohl in der Situation.

»Einmal sind wir alle dran«, meinte Gerwig knapp. »Aber die Kinder sollten nicht vor den Eltern gehen. Nein, das sollten sie nicht.« Er griff nach einem Stock, der an die Seite der Bank gelehnt war, und stand auf. »Ich werde ihm das sagen. Ja, das werde ich.« Er setzte sich langsam in Bewegung. »Laufen Sie ein paar Schritte mit mir, junge Frau?« Er kicherte. »Das habe ich lange nicht mehr gemacht.«

Zum Glück fragte er nicht weiter nach Kaltenbachs Beziehung zu Leo. Überhaupt schien Gerwig über den unverhofften Besuch wenig irritiert. Luise sagte ein paar nette Worte, und schon bald plapperte er munter drauf los. Schon nach wenigen Sätzen wurde aus dem Gespräch ein Monolog. Der alte Herr schien hoch erfreut, jemanden zu haben, der ihm zuhörte.

Luise schien es ihm angetan zu haben. Kaltenbach hörte immer wieder den Satz »So eine nette junge Frau!« dazwischen. Ansonsten war nur von früheren Zeiten die Rede und wie schwierig alles gewesen sei. Im Krieg sowieso, aber auch später, als Leo geboren wurde.

Kaltenbach begann unruhig zu werden. Auf diese Weise verhalfen sie Gerwig zu einem angenehmen Nachmittag, doch deswegen waren sie nicht hergekommen. »Wer sorgt denn jetzt für Sie, Herr Gerwig, jetzt, wo Leo das nicht mehr kann?«, unterbrach er den redseligen Alten.

»Wie meinst du das?«

Luise warf Kaltenbach einen ärgerlichen Blick zu.

»Hier sorgen alle für mich. Gut. Sehr gut. Ich bin zufrieden.«

»Ist schon recht, Herr Gerwig!« Luise tätschelte die faltige Hand auf ihrem Unterarm. »Er meint nur, ob Sie auch alles haben, was Sie brauchen.«

»Jaja. Ich habe alles, was ich brauche. Nur der Rücken. Und die Knie. Die könnten sie gerne austauschen. Da hätte ich nichts dagegen.« Er kichert wieder. »Emmendingen!«

Ein paar Schritte weiter blieb Gerwig mit einem Mal stehen. »Wissen Sie was, junge Frau, ich lade Sie ein. Kommen Sie auf mein Zimmer, da werden Sie schon sehen, dass es mir gut geht.«

Sie brauchten fast eine Viertelstunde, bis sie vom Garten über die Terrasse und den Fahrstuhl in Gerwigs Zimmer gelangt waren. Das Innere des Wohntrakts hielt, was das Äußere versprach. Gerwigs Zimmer war geräumig und hell und in einem angenehmen Ockerton lasiert. An den Wänden hingen Merian-Kupferstiche von Freiburg und Straßburg. Neben der Balkontür stand ein großer Ficus, der fast bis zur Decke reichte. Die Möbel schienen, dem Alter nach zu schließen, Gerwigs eigene zu sein. Schrank, Kommode, ein Tisch mit Stühlen, ein Polstersessel. An einer der Längswände stand ein modernes Krankenbett.

Gerwig bot seinen Gästen Platz an und stieg vorsichtig in den Sessel. Er genoss es sichtlich, den Nachmittag nicht alleine verbringen zu müssen. Er bot Tee und Kekse an und zeigte Bilder aus einem Fotoalbum. Luise hielt derweil das Gespräch mit Fragen und Kommentaren in Gang.

Über Leo sprach Gerwig kein Wort. Kaltenbach fragte sich, ob er den Tod seines Sohnes überhaupt realisiert hatte. Dabei kam es ihm eigentlich nicht so vor, als ob das Alter den Verstand des Mannes beeinträchtigte. Wenn man von den sporadischen Einwürfen zu Luise und Emmendingen absah.

Kaltenbach war daher überrascht, als Gerwig von sich aus wieder begann.

»Natürlich sorgt er für mich. Mein Leo hat sich immer um mich gekümmert. Seit seine Mutter nicht mehr da ist.« Mit einem Mal wirkte er sehr gefasst. »Deshalb habe ich Sie doch heraufgebeten.« Er deutete zu einem der Schränke. »Junge Frau, gehen Sie doch mal dort hinüber zu der Kommode. Und machen Sie die Vitrine auf.«

Luise stand auf und öffnete die Tür des Jugendstilschränkchens. Dahinter standen auf zwei Regalbrettern eine Reihe Bücher und zwei bunte Pappschachteln, dazwischen lag ein Päckchen mit verschnurten Briefen.

»Rechts hinten«, dirigierte Gerwig. »Das Kästchen. Bringen Sie es her.«

Luise griff hinter die Bücher, zog eine hölzerne Schatulle heraus und legte sie auf den Tisch. Sie war mit Blumenschnitzereien geschmückt und erinnerte Kaltenbach an das Schmuckkästchen seiner Großmutter.

»Machen Sie auf!«

Der Deckel war nicht verschlossen. Das Innere war mit dunklem Samt ausgekleidet. Darauf lagen eine Krawattennadel, mehrere Ringe mit und ohne Steine und ein kleines goldenes Kreuz an einer Kette. Dazu ein schmaler Umschlag.

Gerwig nahm ihn heraus und hielt ihn in die Höhe. »Das hat mir Leo zur Aufbewahrung gegeben«, sagte er. Ein zufriedenes Lächeln huschte über sein Gesicht. »Vor ein paar Tagen erst. Es ist das Wichtigste, was ich habe, hat er gesagt.«

Kaltenbach dachte an das Gespräch mit Frau Kölblin heute Morgen und das, was sie über die Einbrecher gesagt hatte. Das Wertvollste dorthin bringen, wo es keiner vermutet.

»Hat er gesagt, was es ist?«

»Ich habe ihn nicht gefragt. Wenn ihm etwas zustößt, solle ich nachschauen, hat er gesagt. Und das würde mir dann helfen. Wie wenn er damit gerechnet hätte, dass …« Gerwig brach ab und schlug die Augen nieder. Es war die erste Regung zum Tod seines Sohnes, die Kaltenbach bei ihm sah.

Doch Gerwig fing sich sofort wieder. »Aber Ihnen, junge Frau, Ihnen vertraue ich. Sie sind sehr nett. Wirklich. Machen Sie auf. Ich will sehen, was darin ist.«

Luise trennte den Umschlag vorsichtig an der Seite auf. Der Reihe nach legte sie einen Schlüssel, eine Plastikkarte und einen Zettel auf den Tisch. Kaltenbach nahm das Papier. Es standen ein paar Zahlen darauf. Vielleicht eine Telefonnummer.

Gerwig ließ die Sachen liegen. »Das gehört Leo.« Er strahlte Luise an. »Jetzt können Sie für mich sorgen.«

Kaltenbach stieß die Luft aus. Gerwig schwankte in Sekundenschnelle zwischen geistiger Klarheit und kindlicher Einfalt.

»Das mache ich gerne, Herr Gerwig«, hörte er Luise sagen. Sie steckte die Sachen zurück in den Umschlag. »Ich werde herausfinden, wofür der Schlüssel ist. Dann komme ich wieder, und wir überlegen zusammen, was zu tun ist.«

»Zusammen!« Das Gesicht des alten Mannes hellte sich noch weiter auf. »Ich wusste, dass Sie mir helfen würden. Sie sind nett!«

»Und ich dachte schon, du vermasselst alles. ›Wer sorgt denn jetzt für sie, wenn Leo tot ist?‹ Deine Frage hätte fast alles zunichte gemacht!«

Kaltenbach und Luise gingen auf dem Uferweg entlang der Dreisam. Das schöne Herbstwetter hatte etliche Freiburger ins Grüne gelockt. Auf der Wiese saßen die Leute auf Decken im Gras. Grillduft zog durch die Luft. Eine Frisbeescheibe surrte wie ein bunter Vogel durch die Luft. Von Weitem sahen sie das alte SC-Stadion.

Kaltenbach antwortete nicht. Er war immer noch hin und her gerissen, ob er es gut finden sollte, was eine halbe Stunde zuvor geschehen war. Er wusste nicht, was er von Luises Auftritt halten sollte. Außerdem hatten sie in seinen Augen Glück gehabt. Wer konnte schon erwarten, dass Gerwig von Luise derart eingenommen sein würde.

»Alte Menschen soll man nicht drängen«, fuhr Luise fort. »Den Fehler machen viele. Dann wundern sie sich, wenn der andere bockig reagiert wie ein Kind. Da bist du manchmal gar nicht weit weg davon.«

»Bin nicht bockig«, grummelte Kaltenbach. Trotzdem musste er wieder einmal zugeben, dass Luise richtig gehandelt hatte. Sie überraschte ihn immer wieder.

»Schon gut«, lachte sie. »Du hast natürlich auch recht. Die Chancen standen 50:50. Genau so gut hätte er uns zum Teufel jagen können.«

»Aber du wirst jetzt nicht tatsächlich Enkelin spielen wollen?«

»Natürlich nicht. Keine Heimlichkeiten. Aber Freundlichkeit ist nie verkehrt.«

»Was dann?« Kaltenbach war nicht zufrieden mit der Antwort.

»Wir haben erreicht, was wir wollten. Das ist das eine. Der alte Herr Gerwig hatte einen unterhaltsamen Nachmittag. Das ist das andere. Und außerdem finde ich ihn wirklich nett. Ich habe ihm nichts vorgespielt. Mein Angebot war völlig freiwillig.«

»Und wie soll es weitergehen?«

»Wir müssen nachprüfen, was es mit dem Schlüssel und der Karte auf sich hat. Vielleicht können wir auf diese Weise Gerwig tatsächlich helfen, irgendwie. Wenn nicht, dann nicht. Er bekommt alles wieder, und keiner hat einen Nachteil davon.« Sie zog Kaltenbach auf eine der Sitzbänke und holte das Kuvert heraus.

»Das ist es also, wofür Leo sterben musste. Und vielleicht auch die anderen. Ein Schlüssel, eine Kreditkarte und eine Telefonnummer.« Kaltenbach nahm die Karte. »UBS. Eine Schweizer Bank. Das sieht nach einem Konto aus.« Er drehte die Karte um. »Die Unterschrift könnte Leo Gerwig heißen. Dann ist das doch ziemlich klar. Leo hat für seinen Vater Geld auf einem Konto in der Schweiz. Vielleicht sogar einen Teil der Beute aus dem Überfall. Und wenn ihm etwas zustößt, kommt sein Vater auf diese Weise an das Geld heran.«

Luise betrachtete den Schlüssel. »Eine Möglichkeit. Aber das scheint mir zu einfach. Um ein Konto musst du kein großes Geheimnis machen. Aber wofür ist der Schlüssel? Für ein Bankkonto brauchst du keinen Schlüssel. Für mich gehört das alles zu einem Banksafe.«

»Das würde bedeuten, dass es um mehr als um Geld geht.«

»Ein bisschen Bargeld vielleicht. Warum nicht. Aber wer viel Geld hat, legt es an. Ich denke eher an etwas anderes, was Leo wichtig war.«

»Die Waffe vielleicht, die er auf dem Friedhof hatte?«

»Auch zu einfach. Dafür braucht er keinen Banksafe bei der UBS.«

»Gold, Diamanten, Familienschmuck? Besitzurkunden?« Wieder musste Kaltenbach an Frau Kölblin denken.

»Alles ist möglich. Mein Gefühl sagt mir, dass es um Wissen geht.«

»Wissen?«

»Überlege doch einmal. Leo hat etwas, was niemand sonst haben darf. Etwas Wertvolles. Es ist ihm so wichtig, dass er es nicht einmal in seiner eigenen Wohnung aufbewahren will.«

»Trotzdem weiß ein anderer davon und will mit Gewalt daran kommen.« Kaltenbach führte den Gedanken fort. »Was ist, wenn es zwischen Leo und dem anderen einen Zusammenhang gibt?«

Luise nickte. »Erpressung. Dann würde alles plötzlich Sinn machen.«

»Sogar Leos Tod!«, rief Kaltenbach. »Der andere hat nicht gefunden, wonach er suchte, also wollte er wenigstens den Erpresser loswerden.«

»Richtig. Und es würde erklären, woher Leo so viel Geld hatte. Warum er seinen Vater in einem kostspieligen Seniorenheim unterbringen konnte.«

»Dann wäre die Theorie mit Leos Beteiligung an dem Bankraub womöglich falsch?«

»Das ist offen. Aber jetzt sollten wir unbedingt an dieses Schließfach herankommen.«

»Gut gesagt. Aber da haben wir überhaupt keine Chance. Die UBS ist eine Großbank mit Hunderten Filialen. Wie sollen wir da das richtige Schließfach finden?«

»Lass mich mal machen.« Sie sah auf die Uhr und stand auf. »Am besten gleich.«

Kaltenbach sah sie ungläubig an. »Hast du jetzt auch noch hellseherische Fähigkeiten?«

»Nein«, lachte Luise, »Beziehungen!«

»Herr Jünemann weiß, dass Sie da sind. Er ist derzeit noch in einem Kundengespräch und bittet Sie um einen Moment Geduld.« Die akkurat gekleidete Dame vom Infoschalter wies zu einer ausladenden Ledersitzgruppe, die durch üppige Grünpflanzen vom übrigen Schalterraum der Bank abgetrennt war. »Nehmen Sie doch bitte so lange Platz. Darf ich Ihnen etwas anbieten? Einen Kaffee vielleicht?«

Kaltenbach und Luise lehnten beide höflich ab. Die Dame lächelte und eilte davon.

Kaltenbach ließ seine Augen über die quadratmetergroßen grellbunten Bilder an der Wand gleiten. »Wen du alles kennst«, wunderte er sich. »Einen Arzt, der heimlich Patienten behandelt, obwohl er eigentlich zur Polizei gehen müsste. Und jetzt einen Banker, der dir Bankgeheimnisse verraten soll. Ich staune nur noch, auf was ich mich mit dir eingelassen habe«, grinste er.

»Dummkopf«, lachte Luise. »Sven Jünemann ist aus meinem früheren Bekanntenkreis, als ich noch mit Hajo zusammen war. Einer der ganz wenigen, die übrig geblieben sind. Und Julian ist ein alter Studienfreund. Hab ich dir doch schon gesagt.«

Kaltenbach erinnerte sich, als ihm Luise das erste Mal von ihrer gescheiterten Ehe erzählt hatte. Als ihr deutlich geworden war, dass die Kreise um den smarten Banker und Immobilienmakler nicht zu ihrer Welt gehörten, hatte sie damals alle Kontakte radikal abgebrochen.

»Dann bin ich mal gespannt, wie er das anstellt«, meinte er. »Auskunft geben und trotzdem nichts sagen.«

»Das wird er auch nicht tun. Nicht einmal für mich. Aber es geht ja nur darum, ob er Näheres zu dieser Karte weiß.«

Fast unbemerkt war ein Mann neben ihnen aufgetaucht. Als Luise ihn sah, stand sie rasch auf.

»Luise! Welche Freude!« Die beiden umarmten sich, Küsschen links, Küsschen rechts. Dann begrüßte er Kaltenbach mit kräftigem Händedruck und bat beide in sein Büro.

Zu Kaltenbachs Beruhigung verzichteten beide auf den ausschweifenden Austausch von Erinnerungen. Sven Jünemann beherrschte die Balance zwischen Freundlichkeit und Distanz perfekt. Er vermittelte den Eindruck persönlicher Nähe und kam doch rasch zur Sache.

Luise hatte den Inhalt von Gerwigs Umschlag auf dem Schreibtisch ausgebreitet. Jünemann betrachtete alles der Reihe nach. »Der Schlüssel gehört zu einem Schließfach. Die Art der Bartanordnung ist typisch für die Modelle, die die Schweizer mit Vorliebe benutzen. Etwas teurer, aber sehr effizient.«

Luise und Kaltenbach sahen sich an. Ihre Vermutung war richtig gewesen. Kaltenbach mochte sich kaum vorstellen, wie viel in der Bankensprache »etwas teurer« sein würde.

»Die Karte ist klar. UBS. Schweizer Großbank. Hauptsitz Zürich und Basel. Filialen in über 50 Ländern.«

Kaltenbach schluckte. Das klang wenig ermutigend.

Jünemann hatte mit einem kurzen Seitenblick Kaltenbachs Gesichtsausdruck wahrgenommen. »Keine Sorge«, sagte er. »ich bin noch nicht fertig. Sehen sie hier diese Zeichenkolonne auf der Rückseite? Die fünfte und sechste Zahl geben den Ländercode an. Diesen hier kenne ich sehr gut. Die Karte gehört zu einer Filiale in der Schweiz.«

»Und welche?«, fragte Kaltenbach rasch. »Steht das auch da?«

»Das kann ich leider nicht sagen.« Jünemann legte die Karte neben den Schlüssel. »Dafür sieht die Zahlenkombination auf dem Zettel nach einem PIN-Code aus.«

»Wofür?«, fragte Luise.

»Zur Sicherheit. Die Karte und die PIN sind sozusagen zwei weitere Schlüssel. Es funktioniert nur, wenn alle drei zusammen benutzt werden.«

»Und das kann dann jeder?«, wollte Kaltenbach wissen.

»Man muss sich zusätzlich ausweisen. Oder eine Vollmacht mitbringen. Es gibt ein paar wenige Ausnahmen, die in den letzten Jahren geschaffen wurden. Da kann der Benutzer auch außerhalb der Schalterzeiten an sein Schließfach. Daher die PIN. Kundenfreundlichkeit.«

Luise und Kaltenbach sahen sich an. Die Auskunft half ihnen weiter, aber sie war noch nicht das, was sie sich erhofft hatten.

»Und es gibt keine Möglichkeit, herauszufinden, wo die Filiale ist?«, fragte Luise.

»Hab ich das gesagt?« Zum ersten Mal sah Kaltenbach den Banker lächeln. Es ließ ihn sofort sympathischer erscheinen. »Auch ich habe meine Beziehungen.«

265

Jünemann griff in eine der Schubladen und holte eine lederbezogene Mappe heraus. Kaltenbach sah, dass alle Seiten dicht bedruckt mit Adressen waren. Der Banker suchte kurz, griff dann zum Hörer und wählte.

»Sparkasse Freiburg, Sven Jünemann. Bitte verbinden sie mich mit Herrn Roman Stadler.«

Das Gespräch dauerte nur kurz. »Mein Kontakt ist beschäftigt. Aber er ruft zurück. Es kann natürlich dauern. Wollt ihr mir die Sachen dalassen? Ich rufe dich dann an, Luise.«

»Wann?«

»In einer Stunde. Höchstens.« Jünemann hatte sein Lächeln auf Bankerprofi zurückgestellt. »Versprechen kann ich aber nichts. Es gibt Vorschriften.«

»Ich weiß«, sagte Luise.

KAPITEL 24

»Sag jetzt nichts!« Luise hatte sich bei Kaltenbach untergehakt. Um sie herum trieb der Strom der Einkaufswilligen die Kajo entlang. »Sven ist in Ordnung. Und mehr brauchst du nicht zu wissen.«

Kaltenbach spürte trotzdem eine leichte Unruhe in sich. Wieder einmal wurde ihm klar, wie wenig er über Luise wusste. Obwohl er in manchen Momenten das Gefühl hatte, sie ewig zu kennen.

»Schau mal«, Luise blieb vor dem mehrstöckigen Gebäude der Badischen Zeitung stehen, »hier wird heute Wankas Schwester ihren Auftritt haben. Da wäre ich gerne dabei.«

»Grafmüller meinte, es seien nur ausgewählte Pressevertreter zugelassen.«

»Er auch?«

»Klar. Die Freiburger konnten ihn schwerlich übergehen. Nach allem, was er schon über die Sache geschrieben hat. Er platzt vor Stolz!«

»Lust auf einen Kaffee, so lange wir warten?«

»Gerne.«

In einem der Straßencafés am Rande der Universität fanden sie einen freien Tisch. Kaltenbach orderte Cappuccino, Luise trank Milchkaffee.

»Wohin in der Schweiz würdest du gehen, wenn du einen Banksafe bräuchtest?«, fragte Luise.

»Kommt darauf an. Wenn ich schnell rankommen müsste, nicht weit von der Grenze. Basel. Oder Rheinfelden. Vielleicht noch Schaffhausen. Aber das ist schon ein gutes Stück weg.«

»Weißt du, ob Leo ein Auto hatte?«

»Klar. Aber da kommst du auch überall mit dem Zug hin.«

»Und wenn er es irgendwo auf dem Land hat?«

»Das glaube ich nicht. Dort fällt man als Ausländer zu sehr auf. Das wollte er bestimmt nicht riskieren. Ich tippe auf Basel.« Kaltenbach löffelte den Schaum von seinem Cappuccino und verrührte den Rest. Den Keks schob er zu Luise hinüber. »Wenn ich deinen Sven richtig verstanden habe, müssten Schlüssel und Karte genügen, um an das Schließfach heranzukommen.«

»Und das werden wir auch sofort tun. Ich habe das starke Gefühl, dass wir dort einige Antworten bekommen. Für mich hängt das alles irgendwie zusammen.« Sie tunkte den Keks ein und knabberte daran. »Das Schließfach, Leos Geheimnisse, Wankas Geldtasche. Und die Korsaren. Diese Geschichte, die Walter von der Aktion in Breisach erzählt hat, klang für mich reichlich merkwürdig.«

Kaltenbach nickte. »Für Walter und die anderen war die Sache eindeutig. Für mich ist da noch einiges offen. Auffällig war doch, dass es keinen offiziellen Bericht darüber gab.«

»Was mich berührt, ist, wie die Korsaren damit umgegangen sind. Ein paar Indizien haben genügt, Andi Heilmann zum Schuldigen zu stempeln. Und Schachner war die treibende Kraft dahinter. Schachner hat Andi als Verräter präsentiert, und alle sind ihm gefolgt. Ohne Widerspruch.«

»Walter meinte, es habe Beweise gegeben. Briefe, Geld.«

»Man kann alles interpretieren, wie man will.«

Kaltenbach zog die Stirn in Falten. »Willst du damit sagen, dass dieser Rollo Andi absichtlich reingeritten hat? Warum sollte er so etwas tun?«

»Da fallen mir einige Gründe ein. Schachner war der uneingeschränkte Anführer, der natürlich keine Abweichungen dulden konnte. Und nachdem einiges schiefgelaufen war, musste ein Sündenbock her. Das schweißt die übrigen dann wieder umso mehr zusammen.«

»Walter hatte doch erzählt, dass Andi bei den anderen sehr beliebt war.«

»Noch ein Grund. Auf diese Weise konnte Schachner beizeiten einen potenziellen Konkurrenten ausschalten. Das Prinzip Kohl. Ein beliebtes Vorgehen aller Herrschenden.«

»Vielleicht hat Walter doch noch nicht alles erzählt. Weil er nicht alles wusste. Es könnte doch auch sein, dass Rollo mit der Ächtung Andis von etwas anderem ablenken wollte. Etwas, das für die ganze Gruppe äußerst unangenehm gewesen wäre.«

»Und damit auch für ihn!«

Luise nickte. »Auch für ihn.«

»Dann müssten wir alles, was in der letzten Woche geschehen ist, völlig neu betrachten. Vielleicht liegt der Schlüssel zu allem bei Leo und diesem Rollo.«

»Das kann gut sein. Wir haben den Fehler gemacht und uns viel zu sehr von Walters Fixierung auf Wanka und dessen scheinbares Motiv beeinflussen lassen. Das alles hat viel Zeit gekostet. Vielleicht könnten Leo und Wanka noch leben!«

»Wanka!« Kaltenbach hielt plötzlich inne. »Sein Tod passt nicht in das Schema.« Er sprang auf und schob einen Geldschein unter seine Kaffeetasse. »Dass ich das vergessen konnte! Wanka hatte angekündigt, sein Wissen öffentlich zu machen. Und einen Tag später war er tot.«

»Was willst du damit sagen?« Luise eilte ihm hinterher. »Wo willst du hin?«

»Wankas Schwester! Sie will das Gleiche tun.« Kaltenbach eilte mit raschen Schritten Richtung Parkhaus. »Es soll ihr nicht das Gleiche passieren. Ich hoffe, wir kommen noch rechtzeitig.«

Wenig später fuhren sie Richtung Merzhausen. »Was willst du ihr sagen, wenn wir dort sind? Mehr als Vermutungen haben wir doch nicht! Ich glaube kaum, dass sie sich dadurch von der Pressekonferenz abhalten lässt.«

»Sie wird es einsehen müssen. Hoffentlich kommen wir nicht zu spät.«

Zehn Minuten später parkte Kaltenbach den Wagen direkt gegenüber Wankas Haus. »Alles ruhig. Ich läute mal.«

Hinter der Eingangstür hörten sie einen elektronischen Gong. Doch auch nach dem dritten Versuch rührte sich nichts.

»Vielleicht ist sie schon auf dem Weg in die Stadt«, meinte Luise.

»Oder wir kommen zu spät.« Kaltenbach betrachtete nachdenklich die schwere Holztür. Das kleine Fenster daneben war ausgestellt und mit einem Eisenkreuz gesichert. »Außenherum! Komm, vielleicht finden wir einen Eingang.«

Sämtliche Fenster im Erdgeschoss waren geschlossen. Überall waren Vorhänge vorgezogen. Das Garagentor war ebenso abgeschlossen wie die Terrassentür. Kaltenbach versuchte, durch die Scheibe etwas zu erkennen. »Tisch, Sessel, Sofa, Fernseher. Scheint das Wohnzimmer zu sein. Niemand zu sehen. Kein Licht.«

»Komm, vergiss es. Wir gehen wieder. Oder willst du etwa einbrechen?«

Kaltenbach ballte die Fäuste. »Was ist, wenn sie drinnen liegt und Hilfe braucht?«

»Das kann ich mir nicht vorstellen«, meinte Luise. »Bisher hat der Täter jedes Mal ganze Arbeit geleistet. Wir wären auf jeden Fall zu spät. Außerdem«, sie deutete unauffällig hinüber zum Nachbarhaus, »würde das ein Riesenspektakel auslösen.« Im gegenüberliegenden Fenster war deutlich zu erkennen, wie jemand sie hinter dem Vorhang beobachtete.

»Trotzdem! Wir müssen … Halt! Ich bin ein Idiot! Wie konnte ich das vergessen. Es geht doch viel einfacher.«

Im Haus auf der gegenüberliegenden Straßenseite hörten sie gleich nach dem ersten Läuten im Haus Ulfs schlurfenden Schritt.

»Aha! Die Detektive!«, begrüßte er sie leutselig. »Immer noch auf Gangsterjagd?«

»Ja. Ich meine – nein.« Kaltenbach drängte sich in den Hausflur. »Können wir mal kurz nach oben?«

»Euer Zimmer.« Ulf trat zur Seite. »Kein Problem.«

Sie eilten die Treppe hinauf. »Hoffentlich hat Walter die ganze Elektronik noch nicht abgebaut«, keuchte Kaltenbach. Doch seine Sorge war unberechtigt. Der erste Blick ins Zimmer zeigte, dass alles wie zuvor an seinem Platz stand. Sogar das rote Lämpchen leuchtete noch.

»Glück gehabt. Jetzt werden wir gleich wissen, was los ist.« Kaltenbach klappte das Notebook auf. »Hier sind die Tagesordner. Mittwoch – hier ist es.« In dem Ordner befand sich eine einzelne Aufnahme. »Wankas Schwester. Man sieht, wie sie aus dem Haus geht. Das war um die Mittagszeit. Keine weitere Aufnahme. Sie ist noch nicht wieder zurückgekommen.«

Im selben Moment brummte Kaltenbachs Handy.

»Walter! Stell dir vor, was wir herausgefunden haben. Ich bin mit Luise in Merzhausen und …«

»Lothar!« Walter unterbrach ihn. »Vergiss Merzhausen.« Seine Stimme klang angsterfüllt.

»Was ist los?« Kaltenbach hatte seinen Freund noch nie so sprechen hören.

»Er hat wieder angerufen. Es wird wieder passieren. Heute.« Walter stieß die Sätze kurz nacheinander hervor.

»Was soll das heißen? Was hat er gesagt?«

»Es ist sehr merkwürdig. Dieses Mal hat er nur eine Uhrzeit genannt.«

»Keinen Ort?«

»Nein. ›Halte dich bereit um genau 20 Uhr! Dann wird sich alles aufklären.‹ Das war alles.«

»Aufklären? Das verstehe ich nicht. War es derselbe wie die Male zuvor? Bist du sicher?« Er warf einen raschen Blick zu Luise, die gespannt das Gespräch verfolgte.

»Die selbe dumpfe Stimme, wieder durch ein Taschentuch.«

»Ich komme, so schnell es geht!«

Er legte auf und schilderte in wenigen Worten, was Walter gesagt hatte. Luise sah auf die Uhr. »Halb sechs. In einer halben Stunde beginnt die Pressekonferenz mit Wankas Schwester. Außerdem wird Sven jeden Moment anrufen. Wir müssen uns entscheiden.«

»Ich muss zu Walter, da gibt es nichts zu entscheiden. Er braucht mich jetzt.« Er klappte den Rechner zu und stand auf. »Ob vielleicht doch Wankas Schwester hinter allem steckt? Immerhin ist sie verschwunden. Ausgerechnet jetzt. Das kann kein Zufall sein.«

»Beruhige dich. Wir wissen nicht, ob sie verschwunden ist. Sie ist nicht da, das ist alles. Außerdem können wir nichts tun außer abwarten. So hart es klingt.« Sie griff nach Kaltenbachs Handy und tippte eine Nummer ein. »Walter ist jetzt wichtiger. Und ich werde gleich Sven anrufen.«

Nach wenigen Sätzen legte sie wieder auf. »Und?«, fragte Kaltenbach gespannt.

»Er wollte gerade zurückrufen. Der Schweizer Kollege konnte natürlich keine Daten herausgeben. Aber die Karte gibt trotzdem Hinweise. Sie gehört zu einem neuen System, das einige Banken erst kürzlich installiert haben. Dabei wird kein Bankmitarbeiter mehr gebraucht, und du kannst jederzeit an dein Schließfach. Ein neuer Service vor allem für ausländische Kunden.«

»Und wo? Hat er gesagt, zu welchem Safe der Schlüssel gehört?«

»Das nicht. Aber es gibt wie gesagt erst ganz wenige dieser Art. An der deutschen Grenze nur drei, zwei davon in Basel und eines in Kreuzlingen.«

»Basel! Keine Frage!«

»Sven sagte, es gebe ein System in der Hauptfiliale in der Altstadt und eines in Riehen.«

»Dann fahren wir hin, jetzt sofort. Wenn alles klappt, sind wir rechtzeitig zurück und können danach gleich zu Walter nach Emmendingen. Ich habe das Gefühl, dass die Lösung in diesem Schließfach liegt.«

Knapp 40 Minuten später verließ Kaltenbach die Autobahn bei Weil. Wenn er nach Basel fuhr, benutzte er am liebsten diesen kleinen Grenzübergang. Meist wurde er freundlich durchgewunken. Doch dieses Mal sahen sie schon von Weitem, dass es länger dauern würde. »Routinekontrolle. Mist.«

Es war zu spät, jetzt noch umzukehren. Luises bestes Charmelächeln nützte nichts. Kaltenbach musste sich zur Ruhe zwingen. Der Grenzer spulte in stoischer Ruhe sein Programm ab.

»Die Papiere bitte.«

»Haben Sie irgendwelche Waren anzumelden?«

»Sie haben keine Vignette. Warum nicht?«

»Fahren Sie an die Seite.«

»Öffnen Sie den Kofferraum.«

»Grüezi und angenehmen Aufenthalt in der Schweiz.«

»Augen zu und durch«, ärgerte sich Kaltenbach, nachdem sie endlich weiterfahren konnten. »Da ist jeder Widerstand zwecklos. Die sind gnadenloser als jeder Türsteher an der Disco.«

Luise lachte. »Ein Bekannter von mir hatte es einmal besonders eilig. Er hat es ihnen gesagt. Höflich. Dem haben sie das halbe Auto zerlegt.«

»Ich frage mich trotzdem, was die suchen. Welcher normale Mensch ist schon so blöd …«

»Bargeld. Ist immer noch lukrativ.«

Die Bankfiliale der UBS im Baseler Stadtteil Riehen war laut Stadtplan in einem Einkaufszentrum nur wenige 100 Meter hinter der Grenze. Wenn Leo schnell an sein Schließfach kommen wollte, war dies die nächste und beste Möglichkeit. Im Ortszentrum hielt Kaltenbach vergeblich Ausschau nach einer Parklücke am Straßenrand. »Es gibt einen Parkplatz hinterm Bahnhof, aber das ist noch ein Stück von hier. Ich warte in der zweiten Reihe. Wird schon klappen.«

Luise nahm den Umschlag mit Schlüssel und Karte aus dem Handschuhfach und stieg aus. Kaltenbach ließ den Motor laufen.

Es war tatsächlich merkwürdig, was Walter über den unbekannten Anrufer am Telefon gesagt hatte. Ob es wirklich derselbe war, der schon die ersten drei Morde angekündigt hatte? »Es wird sich alles aufklären.« Was konnte das bedeuten? Ging es dieses Mal um etwas ganz anderes?

Es klopfte an der Scheibe. Ein Radfahrer war abgestiegen und gab Kaltenbach gestenreich zu verstehen, dass er in seinen Augen ein Verkehrshindernis darstellte. Kaltenbach nickte freundlich und blieb stehen. Der Velofahrer schimpfte und fuhr weiter.

Kaltenbachs Gedanken waren bei Walter. Wollte der Anrufer etwa sein Motiv enthüllen, die Angst unter den anderen noch mehr schüren? Oder wollte er sich zu erkennen geben? Walter musste schockiert sein. Kaltenbach konnte nur hoffen, dass er nichts Unbedachtes unternahm.

»Sie können hier nicht parken!« Das Gesicht eines Anzugträgers erschien in Kaltenbachs Seitenfenster. Der Mann deutete auf den Ladeneingang in der Häuserzeile. Kaltenbach sah, dass er vor einem Softwareshop geparkt hatte. Neben dem Schaufenster war eine Reihe Praxisschilder übereinander angebracht, fast alle trugen den Doktor im Vorsatz.

Kaltenbach klopfte mit dem Zeigefinger auf seine Armbanduhr und deutete zwei Minuten an. Der Anzug schüttelte energisch den Kopf und wiederholte seine Aufforderung. Zum Glück kam im selben Moment Luise zurück. Sie nickte dem Mann freundlich zu und ließ sich auf den Beifahrersitz fallen.

»Treffer! Ich hab's. Fahr los!«

Begleitet von einem Kopfschütteln fuhr Kaltenbach nach einem gewagten Wendemanöver in die Gegenrichtung wieder zurück.

»Und?«, fragte er. »Ging alles gut?«

»Wir haben Glück gehabt. Das Schwierigste war, den Eingang zu finden. Tarnung durch Normalität. Ich habe dann einfach am Schalter gefragt. Mit dem Fahrstuhl ging es in einen Kellerraum, und da war es auch schon. Eine ganze Wand voller Schließfächer. Mit Chipkarte und PIN ging alles problemlos.«

»Haben wir Leo doch richtig eingeschätzt.« Kaltenbach deutete auf den Plastikordner. »Mach doch schon mal auf. Ich habe keine Lust, an der Grenze mit irgendwelchen Überraschungen aufzufallen.«

Luise löste den Verschluss. »Ein Sparbuch der UBS. Ein Ordner mit Papieren. Eine CD. Ein Umschlag mit Geld. Moment.« Sie zählte rasch durch. »5000 Franken. Das ist noch im Rahmen.«

»Und auf dem Sparbuch?«

»8500. Nicht sonderlich viel. Sieht eher nach Notgroschen aus.«

Der Schweizer Zöllner an der Lörracher Straße würdigte sie keines Blickes. Ihre deutschen Kollegen winkten sie durch.

»Alles klar. Jetzt zurück auf die Autobahn. Es wird knapp.«

Luise knipste die Innenleuchte des Wagens an. »Hoffentlich sind das nicht nur Geburtsurkunden und Testamente.« Sie schlug den Ordner auf und begann, die Papiere durchzublättern. »Das Meiste sieht aus wie Briefe. Hier, ein Vertrag. Eine Aufstellung von Kontoüberweisungen. Ein Schwarz-Weiß-Foto von zwei Männern. 70er-Jahre-Stil. Inklusive Koteletten.«

»Leo? Andi? Erkennst du jemanden?«

»Nein, hab ich beide noch nie gesehen. Ziemlich unscharf. Sieht aus wie eine Vergrößerung. Oder mit einem Teleobjektiv aufgenommen.«

»Lies doch mal rein.« Kaltenbach trommelte ungeduldig mit den Fingern auf das Lenkrad. »Fang einfach vorne an.« Kaltenbach musste sich auf den Verkehr konzentrieren. Die Südbadenpendler schienen alle gleichzeitig auf dem Heimweg zu sein. Über den Rhein zog die hell erleuchtete Silhouette des riesigen Chemiewerks in Chalampé vorbei.

Kaltenbachs Blick ging zur Seite. Die Lichter der Autos glitten über Luises Gesicht. Sie hatte die Augen weit aufgerissen.

»Luise! Was ist? Ist dir nicht gut?«

»Doch, doch«, sagte sie rasch. »Es ist nur … Warte noch einem Moment.« Sie blätterte um und las weiter.

»Unnütze Papiere? Sind wir umsonst gefahren?«

»Im Gegenteil.« Ihre Stimme wurde zu einem Flüstern. »Fahr schneller. Was hier steht, stellt alles auf den Kopf!«

Kaltenbach drückte das Gaspedal durch und zog auf die linke Fahrbahnseite. »Was soll das heißen?«

Luise begann, einige der Passagen laut vorzulesen. »Hier die Liste. Jeden Monat Eingänge, fast zwei Jahre lang. Und nicht wenig. Und hier: geheime Absprachen, Geldzuweisungen, Prämien, die Aussicht auf eine gut bezahlte Stelle. Es passt alles zusammen.«

Als der Name fiel, stöhnte Kaltenbach laut auf. »Das wird der absolute Schock für Walter werden.«

»Nicht nur für ihn. Das ist das Ende der Korsaren. Roland Schachner! Ihr verehrter Anführer als Drahtzieher und Verräter. Dieser Rollo hat von Anfang an mit der Gegenseite zusammengearbeitet! Nicht Andi, er war der Verräter!«

»Jetzt ist auch klar, dass Schachner es war, der Leos Wohnung durchsucht hat. Und es ist klar, warum Leo es nicht zu Hause aufbewahren wollte. Dieses Material ist hochbrisant.«

»Perfekt für eine Erpressung. Und wahrscheinlich Leos Todesurteil.«

»Glaubst du, Lissy hat davon gewusst? Oder ihr Sohn? Das wäre doch ein absolutes Rachemotiv.«

»Keine Ahnung. Auf jeden Fall wird jetzt einiges klarer. Roland Schachner hat heimlich mit der Gegenseite zusammengearbeitet. Er hat Tipps gegeben und Einsätze sabotiert. Und alles gegen gutes Geld.«

»Das Übelste ist natürlich, dass Schachner all das Andi untergeschoben hat. Walter wird verrückt, wenn er das erfährt. Seine sämtlichen Ideale werden zusammenbrechen.«

»Wir müssen ihn anrufen. Sofort!«

»Ist das klug? Er wird es nicht glauben! Es ist besser, wenn er alles mit eigenen Augen sieht. Sieh lieber mal nach, was auf der CD drauf ist.« Kaltenbach deutete mit dem Finger über die Schulter. »Auf der Rückbank liegt mein Notebook.«

Luise holte den Rechner nach vorn, fuhr ihn hoch und legte die CD ein. »Noch mehr Dokumente«, sagte sie, als die ersten Dateien auf dem Bildschirm auftauchten. »PDFs hauptsächlich, Scans von den Papieren. Das Foto, noch zwei ähnliche dazu. Moment, hier ist noch etwas. Eine Sprachdatei.«

»Dreh mal ganz auf!«, sagte Kaltenbach.

Zuerst war wenig mehr als ein Rauschen zu hören, das sich kaum vom Motorengeräusch um sie herum unterschied. »Das sind Tassen. Und Stühle werden gerückt!«, meinte Luise, die ihr Ohr nah an dem Lautsprecher hatte. Plötzlich hörte Kaltenbach deutlich zwei Stimmen. Das Ganze klang wie mit einem Kassettenrekorder mit Mikrofon aufgenommen.

Beide lauschten jetzt gebannt. Nach knapp drei Minuten brach die Aufnahme plötzlich ab.

»Das ist der endgültige Beweis.« Luise lehnte sich wieder zurück. »Schachner im Gespräch mit einem Konzernmitarbeiter der Kraftwerksgesellschaft. Vielleicht derselbe wie auf den Fotos.«

»Glaubst du, Leo hat die beiden belauscht?«

»Ich vermute eher, Schachner hat die Aufnahmen selber gemacht. Es war ein Spiel mit dem Feuer, auf das er sich da eingelassen hat. Und er wollte sich nach allen Seiten absichern.«

»Bis irgendwann einmal Leo das Material in die Hände bekommen hat. Ein perfektes Druckmittel.«

»Oder Leo und Schachner haben die ganze Zeit schon zusammengearbeitet. Es könnte erklären, woher das Geld für Leos Vater kam. Schachners jahrelanger Preis für Leos stillschweigende Mitwisserschaft.«

»Bis Leo aus irgendeinem Grund auf die Idee kam, von Schachner mehr zu verlangen. Das war sein Todesurteil.«

»Glaubst du, dass Schachner auch die Übrigen auf dem Gewissen hat?«

»Möglich. Als Wanka entlassen wurde, musste er in ständiger Angst leben, dass sein Doppelspiel auffliegt. Vielleicht wusste Wanka mehr als die anderen. Vielleicht wurde er auch von Enzo und Gegge unter Druck gesetzt.«

»Das würde passen. Aber wir dürfen Andis Sohn nicht vergessen. Wenn er die Wahrheit wusste, hatte er das perfekte Motiv, sich an den Korsaren zu rächen.« Kaltenbachs Blick fiel auf die Uhr im Wagen. »Mist! Es ist schon nach acht, und wir sind erst in Teningen. Wir müssen uns beeilen!«

Knapp zehn Minuten später standen sie vor Walters Wohnung am Mühlbach. Regina empfing sie unter der Tür. Sie war völlig aufgelöst.

»Vor ein paar Minuten ist er weg. Der Anruf kam pünktlich um acht. Walter sagte, er habe nur ein einziges Wort gehört: Bickensohl. Dann ist er sofort los. Ich konnte ihn nicht zurückhalten. Lothar, ich hab solche Angst, dass ihm etwas passiert!«

Kaltenbach sah auf die Uhr. »Er hat knapp 20 Minuten Vorsprung. Er muss diese Unterlagen sehen. Luise, du bleibst hier bei Regina und versuchst, Walter auf dem Handy zu erreichen. Ich fahre hinterher. Ich kann mir schon denken, wo er hin ist. Vielleicht kann ich noch ein Unglück verhindern.«

Kaltenbach rannte zu seinem Wagen und stieg ein. Ehe er losfuhr, wählte er Walters Nummer, doch der meldete sich nicht. Sekunden später jagte er durch die Nacht in Richtung Kaiserstuhl davon.

KAPITEL 25

Hinter Achkarren verengte sich die Straße, und Kaltenbach musste das Tempo deutlich zurücknehmen. Die Sonne war längst untergegangen. Die letzten Farbspiele spiegelten sich hinter den Vogesen im Westen.

»Es wird sich alles aufklären.« Dieser Satz ging ihm nicht aus dem Kopf. Er konnte es nicht glauben. War es nur ein Versuch, Walter in eine Falle zu locken? Oder hatte der Anrufer tatsächlich vor, das Geheimnis um die vier Morde zu lüften? Wieder hatte er Walter nach Bickensohl bestellt. Wieder an diesen für die Korsaren symbolträchtigen Ort, an dem alles angefangen hatte.

In dem kleinen Winzerdorf waren die Straßen menschenleer. Vereinzelt brannte Licht in den Häusern. Die letzte schwach leuchtende Straßenlaterne stand am Ortsende vor der Abzweigung zum Eichenweg. Dahinter wurde es rasch dunkel. Obwohl Kaltenbach den Weg kannte, musste er sich langsam und vorsichtig die schmale Wirtschaftsstraße entlangtasten.

Am Rande von Josef Kaltenbachs Weinberg standen einige Autos am Weg geparkt. Auch hier war kein Mensch zu sehen. Trotzdem war Kaltenbach vorsichtig. Alles konnte passieren. Wenn es irgendwo einen Aufpasser gab, hatte er kaum eine Chance, unbemerkt bis zum Höhleneingang vorzudringen.

Kaltenbach stieg aus und blieb hinter dem Wagen stehen. Außer dem Knacken des Motors direkt neben ihm war es völlig still. Weit von Westen her hörte er das Rauschen der

Autobahn. Er steckte die Taschenlampe ein und huschte geduckt die Rebzeilen entlang. Nach wenigen Schritten sah er den Eingang zur Lösshöhle vor sich. Durch die Ritzen der Brettertür flackerte Licht. Erregte Stimmen waren zu hören.

Wieder sah Kaltenbach sich um. Er hätte gerne einen Blick hineingeworfen, doch er wollte nichts riskieren. Stattdessen schlich er seitlich den Berghang entlang weiter zu dem Bretterverschlag, der den hinteren Zugang verbarg. Er ließ kurz die Lampe aufleuchten. Seit er mit Grafmüller hier gewesen war, schien alles unverändert. Dasselbe Durcheinander, dasselbe Gerümpel. Die Netze lagen auf demselben Platz, auf den sie sie gezerrt hatten.

Kaltenbach zwängte er sich durch den schmalen Eingang nach hinten. Dann knipste er die Lampe an und hielt die Hand davor. Schon nach den ersten Metern umfing ihn die dumpfe Kühle des Höhlenganges. Vorsichtig setzte er Schritt um Schritt. Hinter der Wasserkuhle, die nach den Regenfällen der letzten Tage deutlich größer geworden war, schaltete er die Lampe wieder aus. Von hier aus tastete er sich mit beiden Händen an den Wänden entlang.

Vor ihm waren jetzt Stimmen zu hören, die mit jedem Schritt lauter wurden. Dann sah er einen Lichtschimmer. Noch einmal verlangsamte er seinen Schritt, bis er zu der Stelle kam, an dem ein Teil der Höhlendecke heruntergebrochen war. Weiter konnte er nicht, ohne in Gefahr zu geraten, entdeckt zu werden.

Vorsichtig schob er sich an den schmalen Durchlass heran. Von hier aus konnte er nur einen Teil des Raums überblicken. Was Kaltenbach sah, ließ ihm den Atem stocken.

Direkt vor ihm waren zwei Männer, deren Gesichter Kaltenbach nicht erkennen konnte, weil er sie nur von hinten sah. Einer der beiden saß auf einem klapprigen Gartenstuhl und hatte die Hände hinter seinem Rücken zusammengebunden. Der andere stand daneben. In seiner Hand hielt er eine Pistole, deren Lauf dicht vor dem Kopf des Gefesselten schwebte.

Auf dem Lehmboden vor dem Stuhl standen nebeneinander zwei Petroleumlampen, wie sie früher oft benutzt wurden. Ihre kleinen Lichtflammen flackerten hin und her und warfen ein seltsam unruhiges Licht in den Raum. Dahinter drängten sich vor der Wand und der Eingangstür eine Reihe Gestalten, die Kaltenbach nur undeutlich wahrnehmen konnte. Hektisches Gemurmel kam von allen Seiten.

Eben erhob sich aus dem Gewirr eine Stimme. »Du bist völlig verrückt, Brucker. Es gibt nichts zu sagen!«

Andreas Brucker! Der Mann mit der Pistole war Andis Sohn. Kaltenbach hielt den Atem an.

»Überhaupt, was soll das Theater?« Laute Rufe erhoben sich. »Machen wir Schluss damit! Sofort!«

Ein paar der Männer rückten nach vorn. Jetzt konnte Kaltenbach im Schein der Petroleumlampen ihre Gesichter sehen. Sie waren wütend.

»Stopp!« Der Mann mit der Pistole drückte die Mündung der Waffe dem Sitzenden an die Schläfe. »Keinen Schritt weiter. Zurück an die Wand. Alle!«

Für ein paar Momente war der Raum von gespanntem Schweigen erfüllt.

»Tut, was er sagt«, kam die gepresste Stimme des Mannes auf dem Stuhl. Ohne den Blick abzuwenden, wichen die Männer langsam wieder zurück. Kaltenbach konnte nicht sehen, wie viele es insgesamt waren. Nach der Größe des Raumes und der Menge der Stimmen zu schließen mussten es um die zehn sein. Walter konnte er von seinem Beobachtungsort nicht erkennen.

»So ist es gut.« Brucker nahm die Pistole wieder ein Stück zurück. »Und jetzt bin ich dran. Ich will es endlich wissen. Ich will wissen, was damals wirklich passiert ist. Ich will wissen, wer die Aktion in Breisach verraten hat. Und ich will wissen, warum ihr alles auf meinen Vater geschoben habt.« Die Stimme klang scharf. »Was ist? Seid ihr zu feige? Versteckt ihr euch noch immer hinter eurem Anführer?« Kaltenbach sah, wie die Pistole neben Schachners Schläfe zitterte.

»Ihr braucht keine Rücksicht auf mich zu nehmen.« Der Mann auf dem Stuhl richtete seinen Oberkörper auf, so weit er konnte. »Jeder ist frei zu sagen, was er will.«

»Rollo hat recht. Und du wirst immer dasselbe hören. Ob es dir gefällt oder nicht.« Kaltenbach erkannte den Sprecher an der Stimme. Fritz Hafner.

»Alle waren sich einig. Und alle sind sich einig. Es ist besser, wenn du akzeptierst, dass dein Vater ein Verräterschwein war. Lass Rollo frei und gib auf. Dann verschwinde und lass dich nie wieder blicken!«

»Nichts da!«, rief einer derer, die direkt in Kaltenbachs Blickfeld standen. »Was ist mit Enzo? Mit Gegge? Was ist mit Leo und Jürgen? Das warst doch du!« Er ballte die Fäuste und hob sie drohend.

»Genug geredet!« In die Gruppe der Männer kam Bewegung. »Wir holen ihn uns!«

Ein ohrenbetäubender Knall ertönte. Eine der beiden Lampen zersplitterte, Scherben flogen umher, vom Boden spritzte Erde auf. Im nächsten Moment war der Lauf der Pistole wieder auf Schachner gerichtet.

»Ihr seht, ich spaße nicht.«

Die Männer wichen überrascht zurück. Das Licht der verbliebenen Lampe flackerte unruhiger als zuvor. Schatten tanzten durch die Höhle wie in einem alten Stummfilm.

»Ich habe nichts mehr zu verlieren.« Andis Sohn sprach langsam. »Ihr habt das Leben meines Vaters auf dem Gewissen. Ihr habt das Leben meiner Mutter zerstört. Jetzt zahlt ihr die Schuld zurück. Ich will es nicht. Aber ihr zwingt mich dazu.« Er nahm die Pistole von Schachners Kopf weg und drückte sie an dessen rechtes Knie. »Ihr könnt es abkürzen. Eins!« Seine Stimme erfüllte drohend den Raum.

»Er ist verrückt! Was sollen wir tun?« Alle riefen durcheinander. »Rollo, sag etwas! Was erwartest du von uns?«

»Zwei!«

Kaltenbach hielt den Atem an. Im selben Moment fühlte er, wie die Erdbrocken unter seinen Händen, auf denen er sich abgestützt hatte, ins Wanken gerieten. Er versuchte sich abzufangen, doch er spürte seinen Fuß nicht mehr. Sofort knickte er nach unten weg, gleichzeitig rutschte etwas zu Boden. Brucker drehte sich rasch um und zielte ins Dunkel hinter ihm.

Im nächsten Moment ließ sich Schachner mit dem Stuhl zur Seite fallen.

Auf diesen Moment hatten die Korsaren gewartet. In Sekundenschnelle stürzten sie vorwärts und entrissen Brucker die Waffe. Wütende Schreie ertönten von allen Seiten. »So, mein Freund. Das Blatt hat sich gewendet. Jetzt bist du dran!«

Die letzten Worte konnte Kaltenbach kaum mehr verstehen. So schnell es ging, hastete er durch den stockdunklen Gang zurück. Dabei konnte er mit seinem eingeschlafenen Fuß kaum auftreten. Er schürfte sich die Hände an den Wänden auf, schlug sich einmal den Kopf an, stolperte durch Wasser und über Geröll.

Erst hinter den Rebnetzen in dem Bretterverschlag hielt er inne. Sein Atem ging stoßweise. Er zwang sich zur Ruhe und lauschte. Hinter ihm blieb es still. Keiner verfolgte ihn. Kaltenbach drückte die Schuppentür einen Spaltweit auf und sah hinaus. Am Weg flammten Autoscheinwerfer auf. Von Weitem hörte er Rufe und Motorengeräusche.

Mit einem Seufzer der Erleichterung ließ sich Kaltenbach zu Boden sinken. Er hatte Glück gehabt. Niemand schien anzunehmen, dass ein versteckter Lauscher die Ursache des Geräuschs gewesen war. Immer noch atmete er schwer. Doch jetzt hieß es, rasch zu handeln. Er musste unbedingt Walter erreichen, ehe weiteres Unrecht geschah.

Kaltenbach holte sein Handy heraus und tippte Walters Nummer ein, während er sich rasch durch die Reihen der Rebstöcke schob. Eben wendete der erste Wagen und fuhr auf dem Wirtschaftsweg zurück ins Dorf. Der Reihe nach folgten ihm die anderen, bis sich fünf Scheinwerferkegel den Hang hinuntertasteten.

Walter meldete sich nicht. Hilflos musste Kaltenbach mit ansehen, wie die Autos im Dunkel verschwanden. Trotzdem wagte er sich nicht aus seiner Deckung, ehe das letzte Motorengeräusch verklungen war. Dann rannte er zurück zu seinem Auto und ließ sich in den Sitz fallen. Was hatten sie vor? Was würde nun mit Andis Sohn geschehen?

Kaltenbach lief es kalt den Rücken herunter. Vielleicht hatten sie bereits kurzen Prozess mit ihm gemacht, und in der Lehmhöhle lag jetzt ein weiterer Toter?

Er musste Gewissheit haben. Kaltenbach stieg wieder aus und lief zurück zur Höhle. Die Tür stand weit offen. Kaltenbach leuchtete mit der Taschenlampe den Raum ab. Auf dem Boden lagen die Reste des Stuhls zwischen den Scherben der Lampe. Ein stickiger Geruch von Petroleum und Schießpulver hing in der Luft. Von Brucker gab es keine Spur. Die Korsaren hatten ihn mitgenommen.

Kaltenbach rannte fluchend zurück zu seinem Wagen. Die Autos waren nicht mehr zu sehen. Es wäre sinnlos, ihnen nachzufahren. Wenn Walter sich nicht meldete, war alles verloren. Noch einmal wählte er die Nummer.

Dieses Mal meldete er sich. »Lothar! Wo warst du denn? Ich dachte, du wolltest … Egal. Wir haben ihn!«, rief er triumphierend. »Der Fall ist gelöst!«

»Du Walter …«

»Stell dir vor, es ist Andis Sohn! Das musst du dir vorstellen! Zuerst kidnappt er Rollo, dann lockt er uns nach Bickensohl. Gerechtigkeit für seinen Vater. Ha! Der wollte uns fertigmachen, einen nach dem anderen. Aber jetzt ist Schluss damit. Er kriegt, was er verdient.«

»Walter! Walter, hör zu!« Kaltenbach versuchte verzweifelt, sich Gehör zu verschaffen. »Du musst etwas wissen!«

»Was gibt es denn? Du hörst dich an, als sei etwas Schlimmes passiert. Ist etwas mit Regina?«

In Kaltenbachs Kopf schossen die Gedanken wild durcheinander. Wenn er es jetzt falsch anpackte, war Brucker verloren.

»Nein, nicht Regina. Wir haben … ich habe … es sind Dokumente aufgetaucht.«

»Was denn für Dokumente? Deswegen rufst du mich an?«

»Andi war nicht der Verräter. Wir sind die ganze Zeit über falsch gelegen. Ihr habt euch geirrt damals. Ein schrecklicher Irrtum.«

»Was redest du da? Das ist doch Unsinn!«

»Du musst dir das ansehen. Unbedingt. Jetzt sofort. Ich flehe dich an!«

Walter antwortete nicht. Kaltenbach hörte, wie er im Hintergrund mit jemandem sprach.

»Walter? Bist du noch dran?«

»Also gut. Auf die paar Minuten kommt es jetzt nicht mehr an. Ich bin jetzt … Da vorne kommt Ihringen.«

»Ich bin kurz hinter dir. Warte am Ortsausgang auf mich.«

Mit einem Klick beendete Kaltenbach die Sprachaufnahme. Walters Hände begannen zu zittern. Sein Blick wurde starr. Auf der Rückbank saß Friedrich Hafner mit versteinertem Gesicht.

»Das … ist …« Walter rang mühsam um Worte. »Rollo! Rollo selbst hat …« Die Stimme versagte ihm.

»Wir müssen hinterher«, drängte ihn Kaltenbach. Was haben die mit Brucker vor?«

Fritz hatte sich als Erster wieder gefangen. »Es hat nicht viel gefehlt, und er wäre an Ort und Stelle … Rollo selbst hat uns aufgehalten. ›Wir sind die Roten Korsaren‹, sagte er. ›Wir machen es auf unsere Weise!‹«

»Was heißt das? Wollen sie ihn der Polizei ausliefern?«

Walter riss den Kopf hoch. Seine Stimme klang kehlig. »Sie werden ihn richten. So wie seinen Vater damals.«

Kaltenbach erschrak. »Es ist noch nicht zu spät«, rief er. »Noch können wir sie aufhalten. Dieses Material muss jeden überzeugen!«

»Lothar hat recht!«, rief Fritz. »Jetzt heißt es, rasch handeln. Rollo soll nicht noch einmal triumphieren. Wir fahren hinterher.«

»Wohin?«

»Zum Höllsteig!«

KAPITEL 26

Walters Stimmung schwankte zwischen heller Empörung und völliger Niedergeschlagenheit. »Es ist nicht zu fassen! Unglaublich! Ich Idiot!«, stieß er immer wieder hervor, während sie über den Zubringer »Mitte« durch Freiburg hindurch Richtung Schwarzwald fuhren. Walter hatte sich zu Kaltenbach ins Auto gesetzt, Hafner fuhr mit Walters Auto dicht dahinter.

»Wie konnte ich Andi derart Unrecht tun? Das werde ich mir mein Leben lang nicht verzeihen können.«

»Dafür sollten wir jetzt versuchen, das Schlimmste zu verhindern«, entgegnete Kaltenbach. »Die entscheidende Frage bleibt natürlich, ob Schachner auch hinter den vier Morden steckt.«

Walter fuhr auf. »Das fragst du noch? Wer sollte es sonst sein? Er hat es mit der Angst bekommen! Wenn Leo diese Unterlagen den anderen gezeigt hätte, wäre es ihm an den Kragen gegangen. Jeder hätte mit dem Finger auf ihn gezeigt! Seine Karriere wäre am Ende gewesen. Er hätte seine Firma zumachen können, seine Pöstchen wäre er alle losgeworden.«

»Mit Leo hatte er sich arrangiert. So lange er nicht wusste, wo der das Material versteckt hielt. Bis Leo auf einmal mehr wollte.«

»Und Wanka. Sein plötzliches Erscheinen musste einiges ausgelöst haben. Nicht nur bei Schachner. Vielleicht waren ja noch andere in sein Lügengebäude verstrickt.«

»Enzo? Du meinst, er wusste auch Bescheid?«

»Möglich. Das Zeichen mit den Kreisen, die Anrufe, die Fundorte – das waren alles eindeutige Signale. Sie konnte nur von einem aus dem inneren Kreis stammen.«

»Oder doch von Andis Sohn. Seine Mutter wusste über all das genauso Bescheid.«

Im Dreisamtal drückte Kaltenbach aufs Gas. »Eigentlich müssten wir doch die anderen längst eingeholt haben. Bist du sicher, dass Schachner zum Höllsteig will?«

»Ganz sicher«, antwortete Walter. »Er wird sich das nicht nehmen lassen. Die große Show am Ende. Wenn er das schafft, bleibt die Wahrheit endgültig begraben. Aber es wird ihm nicht gelingen«, meinte er grimmig. »Fahr schneller!«

Eine knappe Viertelstunde später bog Kaltenbach auf den Parkplatz beim »Hofgut Sternen« ein. Das Hotel war hell erleuchtet, an den Tischen im Innenhof hatte sich eine lautstarke Abendgesellschaft niedergelassen.

»Umso besser«, meinte Hafner, der zeitgleich mit ihnen angekommen war. »Dann fallen wir weniger auf.«

»Schachner und die anderen aber auch nicht. Ich sehe nirgends die Autos.«

»Wir müssen trotzdem weiter. Vielleicht stehen sie weiter hinten. Nimm die Taschenlampe mit.«

Zu dritt hasteten sie am Goethehaus vorbei zu dem schmalen Pfad, der hinter dem Hotel zur Ravennaschlucht führte. Kaltenbach wurde mulmig, als sich über ihnen im Nachthimmel die riesigen Bögen der Brücke abzeichneten. Dicht dahinter wurde der Weg vom Wald verschluckt.

Um sie herum wurde es stockdunkel. Das Gurgeln des Baches begleitete sie. Bei der ersten Holzbrücke blieben sie stehen und lauschten. »Wir müssen äußerst vorsichtig sein«, sagte Walter leise.

»Aber hier ist niemand. Kein Licht zu sehen.«

»Das ist merkwürdig. Dabei müssten sie doch mit einem Gefesselten langsamer vorwärtskommen als wir.«

»Und wenn du dich doch geirrt hast? Wenn sie auf die andere Seite gegangen sind? Zu der Lichtung oberhalb des Bahnhofs, wo wir Wanka gefunden haben?«

»Ich vermute etwas ganz anderes«, sagte Hafner, der bisher geschwiegen hatte. »Wir haben sie längst überholt, ohne es zu merken. Es gibt schließlich mehrere Möglichkeiten, vom Kaiserstuhl aus hierher zu kommen.«

»Aber das wäre ja noch besser!«, rief Walter.

»Was soll das heißen? Vielleicht sind sie direkt hinter uns?« Kaltenbach sah sich ängstlich um. Die plötzliche Überrumpelung in der Höhle war in ihm noch äußerst lebendig.

»Auf diese Weise haben wir noch Zeit, uns etwas zu überlegen und sie entsprechend zu empfangen. Wir gehen voraus und verstecken uns.«

Kaltenbach schluckte. Diesen Teil des Plans hatten sie überhaupt noch nicht überlegt. Sie konnten unmöglich in eine wütende Menge Korsaren treten und sie zur Aufgabe bewegen. »Aber wo sollen wir denn hin?«, fragte er. »Etwa zu der Mühle?«

»Du vergisst, dass Fritz und ich den Weg kennen. Schachner wird zu unserem alten Versammlungsplatz kommen, da bin ich ganz sicher.«

»Ich bleibe hier«, sagte Hafner. »Wenn sie kommen, gebe ich euch sofort per Handy Bescheid. Dann schließe ich mich ihnen einfach an.«

»Fällt das nicht auf?«

»Ich sage einfach, wir seien einen anderen Weg gefahren und hätten uns verloren. Und jetzt beeilt euch. Lange kann es nicht mehr dauern.«

Trotz Taschenlampe war es nicht einfach, in der Dunkelheit vorwärts zu kommen. Die Steine waren feucht, der Erdboden aufgeweicht, das Herbstlaub tückisch. Trotz Hafners Versicherung sah sich Kaltenbach immer wieder besorgt um. Das ständige Rauschen wurde ihm unheimlich.

Hinter dem Keltenstein kam die Passage, bei der sich Kaltenbach schon wie beim ersten Mal zwingen musste, weiterzugehen. Über eine Stahltreppe ging es steil aufwärts, dahinter wand sich der Weg unter überhängenden Felsen direkt über der Schlucht entlang. Kaltenbach hielt den Blick starr nach vorne gerichtet. Der Bach unter ihm war mehr zu erahnen, als zu sehen. Er redete sich ein, dass hier schon Tausende vor ihm gegangen waren, sogar schon die Korsaren vor 40 Jahren. Warum sollte die stabile Konstruktion ausgerechnet jetzt einstürzen?

Es half nichts. Die Angst vor der Höhe hatte ihn wieder einmal gepackt. Kaltenbach war schweißgebadet, als er endlich am oberen Ende angelangt war. Die Vernunft war unterlegen. Wieder einmal.

Schon wenige Schritte später tauchte ein großer Schatten im Dunkel auf.

»Die Mühle«, sagte Walter. »Wir sind gleich da.«

Kaltenbach schüttelte sich. Das alte Gebäude flößte ihm gehörigen Respekt ein. Es war kein Wunder, dass die Menschen in früheren Zeiten geheimnisvolle Geschichten um diese Orte spannen und ihren Besitzern einen unehrlichen Beruf nachsagten.

Zu Kaltenbachs Überraschung blieb Walter schon wenige Schritte hinter der Mühle stehen. »Hier ist es!« Er leuchtete mit der Taschenlampe auf die gegenüberliegenden Felsen. »Wir müssen über den Bach.«

Eine Brücke gab es nicht. Vorsichtig balancierten sie von Stein zu Stein. Das Wasser warf von unten eisige Kälte herauf. Kaltenbach war froh, als er auf der anderen Seite war.

»Jetzt hier hoch!« Aus der Nähe sah Kaltenbach eine schmale Rinne, die zwischen zwei Felsen steil nach oben führte. »Ich klettere voraus. Es sind nur ein paar Meter.«

Als Kaltenbach an der Reihe war, musste er sich mit Händen und Füßen an den Seiten abstützen. Seine Schulter begann wieder zu schmerzen, als er sich an abgebrochenen Baumstrünken und überhängenden Felsvorsprüngen nach oben zog. Zu seiner Überraschung weitete sich der aufwärts führende Spalt nach etwa vier Metern zu einer Öffnung, die von unten nicht zu sehen war. Kaltenbach zwängte sich hindurch und stand plötzlich am Rande eines fast kreisrunden Felskessels.

»Der Versammlungsort der ›Roten Korsaren‹!« Stolz und Bitterkeit lagen in Walters Stimme. Langsam ließ er den Strahl der Taschenlampe von links nach rechts wandern. Die Senke hatte etwa 20 Meter Durchmesser und war von allen Seiten von hohen Felsen umgeben. Der Boden war dick mit altem Laub bedeckt. Weit oben blinkten über der schwarzen Silhouette einiger Bäume die Sterne am Nachthimmel.

Walter ging ein paar Schritte zur rechten Seite hinüber. Ein paar flache Steine bildeten eine etwas erhöhte Stelle, die wie eine kleine Bühne wirkte. Zu beiden Seiten standen meterhohe Fichten, dahinter hatten sich ein paar Büsche und eine riesige Stechpalme breit gemacht.

»Rollo selbst hat den Ort als Erster entdeckt. Das war noch zu Zeiten der geplanten Schwarzwaldautobahn. Er hat sich damals viel in den Wäldern herumgetrieben.«

Kaltenbach staunte. Schachner hatte genau gewusst, wie er seine damalige Gefolgschaft beeindrucken konnte. Die

Wahl der Orte, der Weg hierher, die Rituale und Mutproben – jeder musste es als besonderes Privileg empfunden haben, dabei sein zu dürfen.

»Still!«, sagte Walter plötzlich. »Ich glaube, sie kommen!« Tatsächlich hörten die beiden Männer von der Schlucht herauf Geräusche und Rufe, die rasch lauter wurden. Aus dem Felsspalt war ein undeutliches Flackern zu sehen.

»Das sind sie! Scheiße, warum hat Fritz nicht angerufen? Wir müssen uns verstecken, schnell!«

Die Fichten boten nur wenig Schutz. Kaltenbach hielt sich die Arme vors Gesicht und duckte sich dicht an den Felsen hinter die Stechpalme. Walter kauerte eng neben ihm. Sie konnten nur hoffen, dass es dunkel genug war, dass niemand sie sah.

Kaum waren Kaltenbach und Walter hinter dem Busch verschwunden, als ein Mann im Eingang zu dem Felskessel auftauchte.

»Rollo!«, flüsterte Walter. »Jetzt geht es los!«

Mit einer brennenden Fackel in den Händen leuchtete Schachner einmal langsam ringsum, dann machte er den Weg frei und stellte sich an der Seite auf. Der Reihe nach erschienen jetzt die Übrigen. Jeder von ihnen trug ebenfalls eine Fackel in der Hand, die er bei Schachner entzündete. Einer nach dem anderen stellte sich auf, bis alle zusammen entlang der Felsen einen feurigen Kreis bildeten. Kaltenbach zählte neun Männer.

»Deshalb haben sie länger gebraucht«, flüsterte Walter. »Schachner hat Fackeln besorgt. Sieh mal, da drüben ist Fritz!« Hafner hatte sich zu den Übrigen gesellt und stand ebenso regungslos wie alle anderen.

Schachner schritt langsam der Reihe nach den Fackelkreis ab. Dann stieg er auf einen der Felsblöcke und war so nur noch wenige Schritte von Kaltenbach entfernt.

Mit einem Mal wurde es still. Nur das Knistern der Fackeln war noch zu hören.

»Korsaren!« Schachners Stimme hallte durch den Felskessel wie in einem Burgverlies. »Es waren lange Jahre. Jahre, in denen wir uns nicht mehr getroffen haben. Jahre, in denen jeder für sich gekämpft hat. Doch keiner von uns …«, er machte eine kurze Pause und ließ seinen Blick über die Versammelten schweifen, »… keiner von uns war jemals allein. Jeder wusste stets den anderen an seiner Seite.«

Zustimmendes Gemurmel erhob sich. Schachner hob die Hand. »Doch der Kampf ist noch nicht zu Ende. Niemals.« Schachner stieß seine Fackel hoch in die Luft. »Einmal Korsar – immer Korsar!«

»Einmal Korsar – immer Korsar!«, kam es im Chor zurück.

»Ihr seht, dass der Kreis der 13 nicht vollzählig ist. Denn es ist ein trauriger Anlass, der uns heute zusammenführt. Wir werden der toten Mitkämpfer würdig gedenken. Doch zuerst gilt es, die Pflicht zu erfüllen.«

Kaltenbach wagte es kaum, zu atmen. Das Stechen der spitzen Blätter nahm er kaum mehr wahr. Völlig gebannt verfolgte er das Geschehen.

Wieder hob Schachner die Hand. Dieses Mal winkte er.

Erst jetzt bemerkte Kaltenbach die Gestalt, die im Eingang der Felsspalte im Dunkeln auf dem Boden kauerte.

»Andis Sohn!«, stieß Walter hervor.

Zwei der Fackelträger fassten Brucker unter den Armen und schleppten ihn in die Mitte des Kreises. Dort sank er zu Boden. Die beiden Männer traten zurück an ihre Plätze.

Schachner steckte seine Fackel vor sich in den Boden. Der Widerschein spiegelte sich auf seinem Gesicht. Auch wenn viele Jahre dazwischen lagen, konnte Kaltenbach jetzt deutlich erkennen, dass er einer der beiden Männer auf dem Foto aus dem Schließfach war.

»Ich klage an!« Schachner zog einen Stab aus seiner Jacke und hielt ihn mit beiden Händen vor sich in den Himmel.

»Der Tod von Werner Grässler!«

»J'accuse!« Dumpf hallten die Worte aus dem Kreis zurück.

»Der Tod von Gregor Süßlin!«

»J'accuse!«

»Der Tod von Leo Gerwig!«

»J'accuse!«

Verzweifelt überlegte Kaltenbach, was er tun konnte. Wenn sich die Menge auf Brucker stürzte, war es zu spät.

»Der Tod von Jürgen Wanka!«

In diesem Moment sprang Walter mit einem gewaltigen Satz nach vorn und riss die Fackel vom Boden empor. Schachner sah völlig verblüfft auf den unerwarteten Gegner.

»Ich klage an!«, schrie Walter. »Ich klage Roland Schachner an des vierfachen Mordes an unseren Kameraden. Ich klage ihn an der falschen Beschuldigung von Andi und seinem Sohn. Ich klage ihn an des Verrats an den ›Roten Korsaren‹ und ihren Idealen!«

Walters Worte hallten wie Peitschenschläge von den Felswänden wider. Alle standen wie erstarrt.

Dann brach ein wildes Durcheinander aus. Alle begannen gleichzeitig zu reden und zu gestikulieren.

»Es ist Walter!«

»Was will er?«

Dann drangen die Ersten vorwärts. Innerhalb weniger Augenblicke bildete sich ein Halbkreis um Walter und Schachner, der sich wieder aufgerappelt hatte.

»Sieh an!« Seine Stimme klang schmeichelnd und dabei gleichzeitig eiskalt. »Walter Mack! Deshalb warst du plötzlich verschwunden. Du willst hier jetzt den Anführer spielen, oder was?«

Die Männer fuchtelten drohend mit ihren Fackeln. Wüste Beschimpfungen wurden ausgestoßen.

Schachner hob beschwichtigend die Hände. »Ich frage mich schon die ganze Zeit, meine Freunde, woher der erbärmliche Mörder über uns Bescheid wusste. Jetzt weiß ich es. Er hat sich selbst zu erkennen gegeben.«

Kaltenbach war völlig gelähmt. Jeden Moment erwartete er, dass die Männer über sie beide herfielen. Plötzlich krachte ein Schuss. Fritz Hafner sprang hervor, eine Pistole in der Hand. Er richtete die Mündung auf Schachner.

»Auf die Knie!«, befahl er. »Und ihr geht jetzt wieder zurück. Alle. Wir wollen hören, was Walter zu sagen hat!«

Die Korsaren wichen in Zeitlupentempo zurück. Alle Augen waren jetzt auf Walter gerichtet. Schachner kauerte auf dem Boden. Kaltenbach sah, dass er zitterte.

Walter strich sich die Haare aus der Stirn. »Es hat lange gedauert«, begann er. »Angst war eingekehrt bei den Korsaren. Besonders bei mir. Ich habe lange gekämpft. Doch jetzt ist es vorbei!« Er wandte sich nach hinten. »Lothar, komm heraus!«

Kaltenbach zitterte, als er hinter dem Busch hervorkroch. Er zog die Papiere heraus, die er die ganze Zeit bei sich getragen hatte. Walter nahm das Foto und hielt es in die Höhe. »Dieses Bild sagt mehr als alle Worte. Seht es euch an. Seht euch an, wie der Anführer der ›Roten Korsaren‹ mit dem Gegner paktiert hat.« Er reichte es dem am nächsten Stehenden. Sofort traten andere dazu und starrten auf das Bild.

»Aber es gibt noch mehr. Lothar, fang einfach an!«

Mit wackeliger Stimme begann Kaltenbach aus den Dokumenten vorzulesen. Zuerst wurde er noch vereinzelt durch Rufe unterbrochen. Doch schon nach wenigen Sätzen hörten alle gebannt zu.

»Im Wagen haben wir noch eine Sprachaufnahme«, sagte Walter, als Kaltenbach geendet hatte. »Sie wird die letzten Zweifler überzeugen.«

»Woher habt ihr das?«, fragte einer der Männer.

»Das ist alles von Leo. Er wollte Rollo damit erpressen. Er hat es nicht überlebt.«

»Dieser undankbare Wicht!«, brach es aus Schachner hervor. »Jahrelang habe ich ihn und seinen Alten über Wasser gehalten. Doch er wollte mehr, immer mehr.«

»Musste deshalb auch Enzo sterben?«

Schachner spuckte auf den Boden. »Angst hatte der. Wegen ein paar Briefchen. Er drohte mir und wollte die Wahrheit wissen. Die Wahrheit! Ich lasse mir doch von so einem nicht alles kaputtmachen!«

»Und Gregor?« Hafner stieß Schachner die Pistole vor die Brust. »Was war mit dem? Deinem besonderen Vertrauten?«, formulierte er überspitzt. »Der ist dir doch früher immer nachgelaufen wie ein Hündchen?«

Schachner sah zu Boden und antwortete nicht.

»Ein Verräter wittert selbst überall Verrat«, sagte Walter. »Als die anonymen Drohungen nach Enzos Tod nicht aufhörten, konnte es für Rollo nur einen geben, der mehr wusste als die anderen. Dabei war er harmlos. Damals wie heute. Ein völlig sinnloses Verbrechen.«

Schachner heulte auf. Er versuchte, sich auf Walter zu stürzen, doch Hafners Pistole hielt ihn zurück.

»Keine schlechte Idee, den Verdacht zuerst auf Jürgen

zu lenken. Offene Rechnungen nach über 30 Jahren! Das dachte ich auch zuerst. Dabei wolltest du nur sein Geld!«

»Das stimmt nicht«, stammelte Schachner. »Ich wollte ihm helfen, die alten Scheine umzutauschen. Ein gutes Geschäft, er hätte sonst …«

»Ein Geschäft, das du nie vorhattest einzulösen. Leo sollte Wanka beschatten und ihm das Geld abjagen, sobald er das Versteck wusste.«

»Er wollte alles für sich. Leo war ein Schwein«, zischte Schachner.

»Und als Jürgen ankündigte, seine Memoiren an die Öffentlichkeit zu bringen, musste er ebenfalls dran glauben. Er war eine Bedrohung, so lange er lebte.«

Der Kreis der Männer war jetzt wieder enger geworden. Mit jedem Satz, den sie hörten, lösten sie sich mehr aus ihrem Schock. Ihre Augen blitzen zornerfüllt. Wütende Rufe wurden laut.

»Mörder!«

»Bestie!«

»Kameradenschwein!«

Einer von ihnen sprang auf die Felsplattform und hob die Hand. »Korsaren!«, rief er laut. »Wir haben genug gehört. Wir können froh sein, dass nicht noch ein Unschuldiger büßen musste. Holt ihn her.«

Brucker wurde nach vorne in den Kreis geschoben. Er hielt sich mit wackeligen Beinen aufrecht.

»Dieser Mann hier ist der lebende Beweis für das, was Rollo getan hat.« Er drehte sich zu Schachner um und hielt ihm die Faust vors Gesicht. »Du hast alles in den Schmutz gezogen. Alles, was uns teuer war. Alles, woran wir geglaubt haben. Du hast Andi in den Tod getrieben und du wolltest seinen Sohn zerstören. Ich verachte dich!«

»Genug jetzt!« Wieder erhoben sich zornige Rufe. »Es reicht! Wir machen kurzen Prozess mit ihm. Schlagt ihn tot, den Kerl!«

»Halt!« Walters Stimme donnerte über die Köpfe der Männer hinweg. »Seid ihr wahnsinnig? Es ist genug passiert. Wollt ihr euch jetzt mit seinem Blut besudeln? Wollt ihr so sein wie er?«

»Was schlägst du vor?«

Kaltenbach sah in Walters Augen dieselbe Verzweiflung wie bei den anderen Männern. Die Korsaren standen vor den Trümmern ihrer Ideale.

»Jetzt ist der Zeitpunkt gekommen, Schluss zu machen«, sagte Walter langsam. »Das Weitere liegt nicht mehr bei uns. Wir werden Roland Schachner der Polizei übergeben. Wir können ihn anklagen. Aber wir sollten ihn nicht richten.«

Die Männer sahen betreten zu Boden. Einer derer, die neben Brucker standen, trat vor. »Ich bin nicht einverstanden«, sagte er wütend. »Wir sollten …«

In diesem Moment sah Kaltenbach, wie Schachner sich blitzschnell zur Seite drehte und dem überraschten Hafner den Ellbogen vor die Brust rammte. Fast gleichzeitig löste sich ein Schuss. Mit einem Schrei wichen alle zurück.

»Niemand wird mich richten!«, schrie Schachner. »Keiner von euch! Habt ihr geglaubt, ihr könnt mich aufhalten? Ihr wart nichts, bevor ich euch aufgenommen habe. Und jetzt fallt wieder zurück in eure erbärmliche Bedeutungslosigkeit!« Er riss die Fackel vom Boden auf, dann sprang er mit einem verzweifelten Satz nach vorn und war Sekunden später in dem Ausgang verschwunden, der nach unten zur Schlucht führte.

Kaltenbach und Walter gehörten zu den Ersten, die sich von dem Schreck erholten. Alle drängten sich jetzt zu dem Felsspalt. »Ihm nach! Lasst ihn nicht entwischen!«

So schnell sie konnten, kletterten sie nach unten. »Mist! Das dauert viel zu lange, bis jeder Einzelne nachkommt«, sagte Walter. »Wo ist die Pistole?«

»Ich habe sie«, rief Hafner, der trotz seiner Überrumpelung ebenfalls rasch reagiert hatte.

»Dann los jetzt.« Zwei weitere Männer schlossen sich ihnen an. »Wir müssen zusammenbleiben.«

Ein Stück den Weg hinunter sah Kaltenbach das Flackern von Schachners Fackel. »Er kann sie nicht ausmachen, ohne Licht kommt er nicht vorwärts.«

»Das ist unsere Chance. Weiter!«

Kaltenbach richtete den Strahl der Taschenlampe schräg vor sich auf den Boden, die anderen liefen neben und dicht hinter ihm.

»Soll ich schießen?«, keuchte Hafner.

»Das bringt nichts. Treffen wirst du ihn sowieso nicht. Und Drohungen werden ihn nicht aufhalten. Wir müssen ihn unten am Parkplatz erwischen.«

In einiger Entfernung hinter ihnen sah Kaltenbach die Fackeln einer zweiten Gruppe. »Sollen wir warten?«

»Nein. Weiter. Moment, was ist das?«

Sie hielten inne. Kurz hinter einer Biegung des Ravennabaches stieß von links her ein gut ausgebauter Waldweg auf den Wanderpfad. »Den habe ich vorher völlig übersehen«, sagte Kaltenbach.

»Der alte Wirtschaftsweg. Noch aus der Zeit, als hier gebaut wurde.«

»Wo führt der hin?«

»Von unten her zur B31. Dort, wo die 180-Grad-Kurve ist.«

»Dann wird Schachner dort hoch sein. Wenn er die Straße erreicht, kommt er schneller vorwärts.«

»Und wenn nicht?«

»Risiko. Einer muss hier warten und die zweite Gruppe den Weg nach unten schicken. Wir gehen hier hoch. Schnell!«

Nach 200 Metern standen sie vor einer etwa zehn Meter hohen steilen Mauer.

»Dort hinten ist eine Treppe«, rief Walter.

Die Stufen endeten hinter der steinernen Randmauer der Bundesstraße. Ein paar wenige Autos huschten vorbei.

»Da vorne ist er!«, rief Hafner. »Scheiße, er haut ab!«

Schachner hatte seine Fackel weggeworfen. Dadurch kam er noch schneller voran. Doch schon hinter der nächsten Kurve sahen sie ihn über die Leitplanke klettern.

»Er will auf den Waldweg nach Hinterzarten kommen. Wenn er das schafft, ist er weg.«

»Nein! Sieh doch, er will auf die Gleise!«

Vom Tal her führte die Bahnlinie über das Viadukt, überquerte dann die Straße und verschwand anschließend in einem der vielen Tunnel. Als die Männer näherkamen, sahen sie, wie Schachner die Eisenbahnböschung emporkletterte. Im nächsten Moment hatte er das Gleisbett erreicht.

»Rollo, bleib stehen! Ich schieße!« Hafner feuerte blindlings in die Nacht.

Schachner richtete sich auf und drehte sich um. Sein Lachen hallte über das Tal.

»Keiner von euch wird über mich richten!« Seine Stimme tönte laut und klar in die Nacht. Er ist wahnsinnig, dachte Kaltenbach.

»Niemals!«

Schachner drehte sich um und lief über die Gleise bergaufwärts. Nach wenigen Schritten war er im Tunnel verschwunden.

Kaltenbach keuchte, sein Kopf schien vor Anstrengung fast zu zerplatzen. Erschöpft ließ er sich auf das Gleisbett fallen.

»Was jetzt? Sollen wir ihm nach?«, rief Hafner. »In den Tunnel?«

Kaltenbach schüttelte den Kopf. Von den Schienen her tönte ein leises Vibrieren, das rasch lauter wurde.

»Das wird nicht nötig sein«, sagte er müde.

KAPITEL 27

»Zum Wohl!« Drei Weingläser und ein Bierkelch trafen sich über der Mitte.

»Auf uns und das gelungene Ende! Und jetzt greift zu!«

Regina wies mit beiden Händen über den reich gedeckten Tisch im Wohnzimmer der Macks. Um den Raclette-Elektroofen verteilten sich Teller, Schüsseln und Schälchen in allen Größen. Von Schinken und Speckwürfeln, Lachsstreifen und Gambas über Pilze, Schalotten und Paprikastreifen bis hin zu verschiedenen Salaten reichte die Auswahl.

»Eigentlich ist es ja kein echtes Raclette-Essen, was wir hier machen«, meinte Walter. »Im Original wird nur der Käse geschmolzen und dann über das Essen gekippt.«

»Mir schmeckt es trotzdem.« Kaltenbach nahm sich eines der Pfännchen und begann, sich kunstvoll eine Portion aufzutürmen. Auch Luise und Regina schoben jetzt ihre Pfännchen in den Ofen. Würziger Duft breitete sich aus.

»Eines ist mir noch nicht ganz klar«, meinte Regina. »Was hatte Wanka mit der ganzen Sache zu tun? Er war ja anfangs das Schreckgespenst und hat uns alle lange genug in die falsche Richtung geführt.«

Walter verzog den Mund und riss ein Stück Brot von der Baguettestange ab. Kaltenbach hatte den Eindruck, dass ihm die unerwartete Wendung immer noch zu schaffen machte.

»Mit Wankas Entlassung hat alles angefangen. Andreas Brucker sah die Gelegenheit gekommen, endlich etwas zur Ehrenrettung seines Vaters zu tun.« Luise schnitt eine Kartoffel in Scheiben. »Er wollte die Korsaren unter Druck setzen und sie dazu bringen, von sich aus die Wahrheit zu bekennen.«

»Er hat die Briefe geschrieben und die Zeichen verschickt?«

»Er wollte damit die Gruppe verunsichern. Und das ist ihm gelungen. Bei Schachner sowieso, der musste immer damit rechnen, dass sein Doppelspiel irgendwann aufflog. Doch der Erste, der richtig nervös wurde, war Enzo.«

»Wahrscheinlich hat er Fragen gestellt, die Schachner gar nicht gefallen konnten. Vielleicht wusste er tatsächlich etwas. Das werden wir nicht mehr erfahren. Für Schachner war jedenfalls klar, dass Enzo hinter den Briefen steckte. Und dass er ihn aufhalten musste.«

»Er handelte genauso skrupellos wie schon Jahre zuvor. Nachdem er Enzo beseitigt hatte, versuchte er, den Verdacht auf Wanka zu lenken. Der Fundort des Toten in der Bickensohler Höhle, dazu das Aktionszeichen der ›Roten Korsaren‹, die persönlichen Anrufe – all das war als eindeutiger Hinweis auf einen Insider gedacht.«

»Was ihm zumindest bei uns wunderbar gelungen ist! Als die Briefe danach nicht aufhörten, kam für Schachner nur noch Gregor Süßlin infrage. Mit dem Mord an seinem früheren Vertrauten setzte er das Spiel einfach fort.«

»Wie kam es aber dazu, dass Brucker in Bickensohl und in Burkheim war?«

»Silvie. Wie wir wissen, hielt sie Kontakt zu allen Korsaren. Sie muss mit Lissy gesprochen haben. Und von ihr wusste es ihr Sohn.«

»Aber was wollte er von Wanka?«

»Ich nehme an, er wollte ihn auf seine Seite ziehen. Er wusste, dass Wanka reden wollte.«

»Und Leo?«

»Leo ist seine Gier zum Verhängnis geworden. Er wusste, dass Wanka das Geld aus dem Überfall mit Schachners Hilfe umtauschen wollte. Worauf er seine Chance sah, auf einen Schlag den großen Gewinn zu machen.«

»Er wollte das ganze Geld?«

»So sieht es aus. Auf dem Friedhof hätte es fast geklappt.«

»Ja, und am Ende stand Schachner nur noch Wanka im Weg. Nach allem, was geschehen war, war er für ihn am gefährlichsten.«

»Und die Pistolen?«

»Vielleicht war es Zufall, dass Schachner und Leo beide eine Walther besaßen. Die Polizei wird das noch herausfinden.«

»Weiß eigentlich einer von euch, was bei der Pressekonferenz mit Wankas Schwester herausgekommen ist?«

»Ich habe mit Grafmüller telefoniert«, sagte Kaltenbach. »Sie will das ganze Geld zurückgeben und mit der Polizei bei der Aufklärung des Überfalls zusammenarbeiten. Es sieht ganz so aus, als ob sie einen Strich unter die Vergangenheit ziehen will.«

»Da wird Grafmüller aber enttäuscht gewesen sein. Nichts mit Jahrhundertstory. Nichts mit steiler Reporterkarriere.«

»Von mir wird er auch nicht mehr erfahren. Ich will mit der ganzen Sache nichts mehr zu tun haben«, sagte Walter ernst. »Die Geschichte der Korsaren ist vorbei!«

»Walter hat recht. Sollen sich andere das Maul zerreißen. Ich bin froh, dass es gut ausgegangen ist.«

»Zum Wohl!«

Hinter Dijon nahm der TGV zum ersten Mal richtig Fahrt auf. Die Anzeige auf dem kleinen Bordmonitor an der Decke kletterte auf über 250 Stundenkilometer. Fast geräuschlos glitt der Hochgeschwindigkeitszug durch die sanft gewellte Landschaft der Champagne.

»Ein Traum!«, seufzte Luise und streckte sich wohlig in dem bequemen Sessel aus.

In ihrem Wagen war es völlig ruhig. Um sie herum ein paar Geschäftsleute, ein zweites Paar, das war alles. Die meisten dösten oder blätterten in einer Zeitung.

Kaltenbach strahlte über die gelungene Überraschung. »Ich hoffe, der Traum wird noch länger dauern. Der Wetterbericht hat ein Hoch vorhergesagt.«

»Drei Tage in Paris! Lothar, du bist ein Schatz!« Sie beugte sich zu ihm und drückte ihm einen Kuss auf die Wange. »Woher wusstest du, dass ich für das Wochenende noch nichts geplant hatte?«

»Männliche Intuition.« Kaltenbach bemühte sich, ruhig und überlegen zu wirken. Dabei hatte er Blut und Wasser geschwitzt, bis er endlich am Abend zuvor Luise von der Überraschung erzählen konnte.

Luise zog ihre Umhängetasche aus dem Gepäckfach. »Jetzt ist die richtige Gelegenheit!« Sie zog ein flaches Päckchen heraus und reichte es ihm. »Für dich!«

Kaltenbach war überrascht. »Aber es ist doch dein Geburtstag. Du sollst doch nicht …«

»Mach es auf.«

Kaltenbach streifte das rote Geschenkpapier ab. »Ein Buch?«

»Ein besonderes Buch.«

Kaltenbach fuhr mit den Fingern über den ledernen Einband. Dann löste er den kunstvollen Schnürverschluss und schlug es auf. Das Buch war leer.

»Die erste Seite!«

Er blätterte vor und las. »Lothar Kaltenbach. Gedichte. Ab heute.«

Luise schloss die Augen und lächelte.

ENDE

*Weitere Krimis finden Sie auf den
folgenden Seiten und im Internet:*

WWW.GMEINER-SPANNUNG.DE

THOMAS ERLE
Blutkapelle
....
978-3-8392-1592-0 (Paperback)
978-3-8392-4473-9 (pdf)
978-3-8392-4472-2 (epub)

Goethe in Baden

Eine tote Stadtführerin auf dem Grab von Goethes Schwester, kurz darauf ein Anschlag auf den beliebten Stadtarchivar! Und was verbirgt sich hinter den geheimnisvollen Hinweisen auf ein bisher unbekanntes Manuskript des Dichterfürsten?

Für Lothar Kaltenbach, Weinhändler und Musiker, ist die Ruhe in seiner Heimatstadt vor den Toren Freiburgs empfindlich gestört. Eine erste Spur führt in ein Kloster, das es eigentlich nicht mehr gibt. Doch Kaltenbach ahnt nicht, dass er längst beobachtet wird …

WWW.GMEINER-VERLAG.DE
Wir machen's spannend

THOMAS ERLE
Teufelskanzel
....
978-3-8392-1394-0 (Paperback)
978-3-8392-4109-7 (pdf)
978-3-8392-4108-0 (epub)

»Keltische Mystik im Schwarzwald – mit Gänsehautfaktor!«

Aschermittwoch. Am Kandel, dem sagenumwobenen Schwarzwaldberg, wird unterhalb der Teufelskanzel die Leiche eines jungen Mannes im Hexenkostüm gefunden. Die Polizei ist ratlos und vermutet das tragische Ende einer Mutprobe. Lothar Kaltenbach, Musiker und Weinhändler aus Emmendingen bei Freiburg, glaubt nicht an einen Unfall. Gemeinsam mit der Schwester des Toten versucht er, die wahren Zusammenhänge aufzudecken und kommt dabei einem düsteren Geheimnis auf die Spur …

WILDIS STRENG
Dorftheater
....
978-3-8392-1758-0 (Paperback)
978-3-8392-4779-2 (pdf)
978-3-8392-4778-5 (epub)

»Zwischen Weihnachtsstress, Schneematsch und Winterromantik lauert ein dunkles Geheimnis.«

Die Mitglieder der Altenmünsterer Theatertruppe proben für ihr diesjähriges Stück »Dorftheater«. Der Star der Truppe, Bezirksschornsteinfeger Dominik Winter, trinkt auf der Bühne noch einen Schnaps. Am Morgen darauf findet man ihn in den Kulissen – mausetot und mit einem Nagel im Hirn. Sofort nehmen die Kommissare die Schauspieler ins Visier, die allesamt verdächtig erscheinen. Als sich jedoch herausstellt, dass Dominik beruflich Dreck am Stecken hatte, wird klar, dass nicht nur seine Bühnenkollegen ein Motiv haben.

ULRICH MAIER
Gift im Brezelteig

978-3-8392-1772-6 (Paperback)
978-3-8392-4807-2 (pdf)
978-3-8392-4806-5 (epub)

»Ein witziger und erschreckend aktueller Schwabenkrimi.«

Die Welt in dem beschaulichen Städtchen Bäringen ist aus den Fugen. In der Schule am Ort ist der Teufel los. Gleichzeitig hält die Bäringer ein mysteriöser Erpressungsfall in Atem. Brezelfabrikant Eberle soll 10.000 Euro zahlen, sonst wird sein Brezelteig vergiftet. Zwischen Gewalteskalation, ungebremstem Medienkonsum und geschäftlichen Machenschaften suchen die Journalisten Nils Niklas und Rita Delbosco nach Spuren und stoßen schon bald auf eine Verbindung zwischen den Vorfällen an der Schule und dem Erpresser.

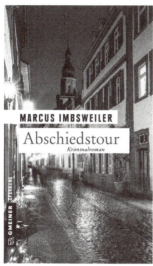

MARCUS IMBSWEILER
Abschiedstour
....
978-3-8392-1739-9 (Paperback)
978-3-8392-4741-9 (pdf)
978-3-8392-4740-2 (epub)

»Abschied für immer? In seinem letzten Fall steht Max Koller selbst unter dringendem Tatverdacht. Und setzt dabei seine engsten Freundschaften aufs Spiel.«

Prominenz am Neckar: US-Präsident Obama besucht Heidelberg. Entsprechend groß sind die Sicherheitsvorkehrungen. Da wird der Mord an einem Privatmann fast zur Nebensache – aber eben nur fast. Denn Harald C. Schmider, das Opfer, hatte ein Verhältnis mit Christine, der Ex von Privatermittler Max Koller. Und nun steht Koller selbst unter Mordverdacht.

Eine abenteuerliche Flucht durch die Rhein-Neckar-Region beginnt, die schließlich auch Max Koller vor die existenzielle Frage stellt: Hat er Schmider getötet?

WWW.GMEINER-VERLAG.DE
Wir machen's spannend

Das Neueste aus der Gmeiner-Bibliothek

Unsere Lesermagazine

Bestellen Sie das kostenlose KrimiJournal in Ihrer Buchhandlung oder unter www.gmeiner-verlag.de

Informieren Sie sich …

www … auf unserer Homepage:
www.gmeiner-verlag.de

@ … über unseren Newsletter:
Melden Sie sich für unseren Newsletter an unter www.gmeiner-verlag.de/newsletter

f … werden Sie Fan auf Facebook:
www.facebook.com/gmeiner.verlag

Mitmachen und gewinnen!

Schicken Sie uns Ihre Meinung zu unseren Büchern per Mail an gewinnspiel@gmeiner-verlag.de und nehmen Sie automatisch an unserem Jahresgewinnspiel mit »mörderisch guten« Preisen teil!

WWW.GMEINER-VERLAG
Wir machen's spann